散文教室

陳義芝——主編
石德華——導讀

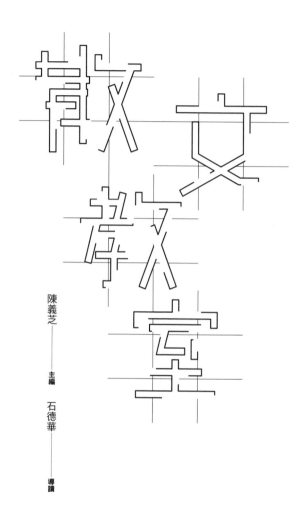

目錄（含作品導讀）

文成法立

〈二〇〇二年新版序〉

陳義芝

本書原名《簷夢春雨——當代台灣十二大散文名家選集》，一九九四年編印後，因行銷管道不暢，讀到它的人很少。去年秋天在大學講授現代文學的唐捐，偶然提到：可惜絕版了，否則是課堂上好用的「讀本」。聽了，不免心動，思索著該不該重印。隔了一段時日，原出版人洪宜勇同意編者收回版權，選入書中的十二位散文名家也都支持改版，並協助修訂小傳、創作年表，終於促成了九歌的這一本《散文教室》。

用《散文教室》作書名，有與九歌先前出版《小說教室》相配的意思。名家名作，各展精粹的技法，表達雍容的人生陶養、深刻的社會體驗，有助於讀者評鑑文辭、義理和風格，既具研賞之樂，兼得觀摩寫作之法，視之為散文教本，也的確合適。

十二位作家中，有二十世紀四十年代開始寫作的王鼎鈞、余光中，作齡超越一甲子，爐火純青；有八十年代初一啼鳴即受獎譽的簡媜、莊裕安，二十年不懈怠，筆力愈見渾厚。上下兩代，還包括林文月、陳冠學、楊牧、張曉風、黃碧端、陳列、阿盛、劉克襄等不同典型，或彩色絢爛、氣象崢嶸，或於老熟平淡中抒發世事潛在蒼涼的義理。不僅抒情、記事，還有論說，當代文學的特性與成就，於此可見。

古人說，好文章不論平順奇崛、濃豔清淡，也不論篇幅長短、題材為何。好在有節奏、有步驟，筆法相稱、情感相宜，讀來動心，不必管它有沒有技法，所謂「文成法立」，寫作的技法其實是在名篇範例裡。《散文教室》提供的正是這樣的名篇範例。它們是文學散文，不只是要傳達實際的生活意見，運用的語調、文詞，本身就是可讚美的風景。

不同的年代有不同的焦點名家，因聚焦移位造成的疏漏，可以其他選本彌補，在一個文學閱讀怠惰的社會，任何一個選本都有意義，特別是散文，擁有那麼多讀者，有其他文類無法取代的魅力。

〈一九九四年初版序〉

誰是當代散文大國手？

陳義芝

兩份名單——我心目中的十二大散文家

一九七七年源成文化圖書供應社出版了三冊中國當代十大詩人、小說家、散文家的選集，由張默、辛鬱、張漢良、管管等人主編。當時的「十大散文家」是：張秀亞、思果、徐鍾珮、琦君、蕭白、王鼎鈞、張曉風、顏元叔、子敏、張拓蕪。

以今日年輕朋友的眼光接觸，必不了解《煙愁》的琦君、《北窗下》的張秀亞、《小太陽》的子敏，曾如何受到廣大讀者的追從；而蕭白的呢喃風、顏元叔的潑辣語、張拓蕪的代馬滄桑，以至思果的河漢眺望，究竟是如何令人嚮往，他們也沒有來得及趕上。那時候，提起外交官夫人徐鍾珮，馬上想到的是《追憶西班牙》；提起張曉風，誰能忘記〈地毯的那一端〉或〈十月的陽光〉；提起王鼎鈞，自然聯想到《開放的人生》。

十七年前的「十大」名單，反映了當時的現實風尚，那份名單也給若干青少年揭示了一個讀寫散文的方向。然而，我從來沒有「認定」上榜者「的確」強過未上榜者。只是一份名單而已！就像一九七七年的籃球國手是洪濬哲、洪濬正、程嘉寶、鍾枝萌、陳恩鐘等人一樣，過個三兩年還可能披堅上陣，但過個十年就不見得人人都還在場上，更不要說九十年代的今天，早已換成鄭志龍、朱志清、東方介德的天下。

我拿長程的文學創作與講究體能狀態的球賽技藝作比較，本質似乎不倫，但外在的時間因素卻又著實相近；當代，在台灣，除非創作質精量大到如同後人看待古之韓愈、歐陽修、柳宗元，否則，一時的聲名只是浮在空中的彩球，並不保證高居不墜，在時間的考驗下，後來者成為新焦點、往上騰升，自屬意料中事。

去年冬，相識逾二十年的老友洪宜勇，邀我為他新創辦的「朱衣出版社」編書，其路線既不譁眾，目的也不純為商業。電話中多次閒聊，直拖到今年二月下旬我結束了爾雅年度小說選編務，才下定決心，答應再作一次書的媒人！宜勇最先感興趣的是年度散文選，但我告以之「九歌」已經營了十幾年，再插手徒然浪費。他說不編年度選，編本別的也行，說的還是散文，於是乃有新編「十大散文家選集」的構想。起初決定只選中堅代，大約光復以後至民國五十年出生者，但至取捨人選時，發覺這樣的「十大」在界定上有諸多模糊不清的地方，不如不作年齡限制，放眼自老中青三代中挑選，反倒自然。從而又想到，「十」之數固周全，若換成「十二」以呼應一年四季十二個月，使讀者每月能讀一位名家，凝思於草木、神遊於春秋，未嘗不美。遂就多年來眼界所及，平素所關心，衡量出十二個名字：王鼎鈞、余光中、林文月、陳冠學、楊牧、張曉風、黃碧端、陳列、阿盛、劉克襄、莊裕安、簡媜。

這一組人選的誕生先是考慮風格，以不重出為宜；次則考慮年齡，暗寓文學薪傳、典範更替之精神。以專欄馳譽的黃碧端，以自然寫作見長的劉克襄和以世界作閱讀之旅的莊裕安，都是有創意的選擇。對人選有所質疑時，則再三斟酌以我對散文的四項「標準」：

一、他是不是了解本國文字之文化意涵，在運用上能盡其精粹、優美，特別是——自然？

二、他對人事物是否具有寬闊的視野，在思考上能超越表象，深刻透徹地描敘？

三、他知不知道捕捉個人的經驗是為呈現一種時代的心理，在氣質上雍容大度而不瑣碎？

四、他知不知道散文之散，非如手札般無結構，它指的是文氣的瀟灑，不是結構的散漫？

早年創作成績雖獲稱揚，其後進境不大，至今影響已弱者，自不可能還廁身於現役散文大國手之列。

人選挑定，更由編者主觀，依各家筆路、情懷、氣象，「分派」於不同月令，並用一句象徵的話形容之：

一　月，簷夢上的春雨——林文月；
二　月，大氣中的游虹——王鼎鈞；
三　月，繁花熾燃的爝火——簡媜；
四　月，群山互撞的回聲——陳列；
五　月，熱情旋轉的音樂台——莊裕安；
六　月，高空的赤金火球——余光中；
七　月，無垠時空的長歌——楊牧；
八　月，城鄉絕響的鑼——阿盛；
九　月，天地間的光和影——陳冠學；
十　月，壠上行走的唐衫——張曉風；
十一月，大自然的長鏡頭——劉克襄；
十二月，澄江融溶的雪——黃碧端。

一位創作力鼎盛的作家原本很難用一句話涵括，像這樣各以一依稀之意象勾畫作者神采，只為增添一點助讀的樂趣。

如果散文家可以像籃球國手選出藍白兩隊，那麼，照我個人主觀，除上述十二位藍隊國手，另一份白隊國手的名單或許可以如下述：琦君、思果、子敏、陳之藩、西西、莊因、葉維廉、許達然、董橋、奚淞、蔣勳、林清玄。陣容同樣堅強，令人刮目相看。

一張統計表——三十七位精英觀察者票選新十大

三月十五日我所編《簷夢春雨——當代台灣十二大散文名家選集》初稿草定。為免作業延遲（出版社要趕五四文藝節出書），不再與人商榷名單。但誰是當代新十大，又的確是一可堪切磋、認知、玩味的議題，值得做一調查。因此發函予四十五位中青代學者、作家、文學刊物編輯，請他們推荐心目中的十大散文家（已過世者不列入）。我確信受信者都是勤於閱讀、評比，關心文壇過去與未來的人，因此不提任何參考名單，以免有「暗示」的嫌疑。所有徵詢函件皆附限時回郵信封，發出後未作任何催請，結果回收三十七件，回收率逾八成，十足具代表性。這三十七位精英觀察者是（按收件序）：

張恆豪（台灣文藝企劃人，評論家）
孫瑋芒（聯合報資深編輯，小說家）
陳家帶（聯合報資深編輯，詩人）
楊　澤（中國時報人間副刊主任，詩人）
羅智成（中時晚報時代副刊主任，詩人）
張大春（縱橫書海節目主持人，小說家）

蘇偉貞（聯合報讀書人專刊主編，小說家）
鄭明娳（台灣師大國文系教授，散文家）
何寄澎（台灣大學中文系教授，評論家）
焦　桐（中國時報人間副刊副主任，詩人）
陳　黎（中學教師，詩人）
向　陽（自立早報總主筆，詩人）
蔡秀女（電影學者，小說家）
吳錦發（民眾日報主筆，小說家）
林　和（台灣大學大氣科學系教授，詩人）
顏崑陽（中央大學中文系教授，散文家）
封德屛（文訊月刊總編輯，散文家）
渡　也（彰化師大國文系教授，詩人）
楊文雄（成功大學中文系副教授，評論家）
陳雨航（麥田出版公司總編輯，小說家）
履　彊（國策中心研究員，小說家）
游　喚（彰化師大國文系副教授，詩人）
王家祥（台灣時報副刊主編，散文家）

林錦昌（洄瀾文教基金會秘書長，小說家）
林燿德（中國青年寫作協會秘書長，詩人）
路寒袖（中國時報人間副刊撰述委員，詩人）
陳信元（幼獅文化公司總編輯，評論家）
方　梓（自由時報副刊主編，散文家）
林明德（輔仁大學中文系教授，詩人）
孟　樊（聯經出版公司企劃副主任，評論家）
顧秀賢（自立早報讀書生活版主編，評論家）
陳憲仁（明道文藝社長，評論家）
林宜澐（大漢工商專校講師，小說家）
許悔之（聯合文學執行主編，詩人）
李瑞騰（中央大學中文系副教授，詩人）
白　靈（台北工專副教授，詩人）
石靜文（自立早報副刊主編，專欄作家）

邀請推荐者時，有意避開「專業」散文家，例如林文義、沈花末、劉克襄、劉靜娟、蕭蕭、簡媜、林錫嘉、陳幸蕙、廖玉蕙、吳鳴、阿盛、莊裕安原本也是不錯的推荐人，但因本身很可能「候選」，因此不邀他們投票。

大多數人都選滿十位，少數有只推荐六人者，如陳黎及何寄澎教授。何並附有補充說明：「昔唐宋古文可稱者唯八家耳，而二蘇尚有以為不宜入者。台灣現代散文存者雖多，但允稱大家而可與古人媲美者，殆三、四人耳。」

總計九十二人得票，前十五人為：

①楊　牧（30票）
②余光中（29票）
③簡　媜（24票）
④林文月（17票）
⑤陳　列（16票）
⑥王鼎鈞（14票）
⑦張曉風（13票）
⑧琦　君（12票）
⑨林清玄（11票）
⑩陳冠學（9票）
⑪阿　盛（8票）
⑫劉克襄（8票）

⑬莊裕安　（8票）
⑭蔣　勳　（7票）
⑮許達然　（6票）

得五票的有五人：思果、子敏、木心、西西、陳芳明；得四票的有四人：陳之藩、董橋、喻麗清、陳幸蕙；得三票的有七人：柏楊、蕭蕭、高大鵬、洪素麗、林文義、林燿德、龍應台。

作為一位調查者、統計者，在計票過程中所觀察到的及所收聽到的訊息共十一點，在此略作補注：

一、由於各人推舉之「十大」，不作排名序，不論是排在第一或第十都算得一票，因此這裡只能得出一張代表印象、聲望的概略表，無法得出一張相對成績評判表。

二、有九十二人得票，可見當代散文作手之眾。足以旁證散文是台灣媒體最歡迎、最大量的內容，閱讀與創作人口皆高居第一。

三、散文創作檯面正進行著空前的世代交替，除「三十餘年創作不輟，一再突破文體窠臼」（何寄澎語）的風格名家，如寫《疑神》的楊牧、寫《擬古》的林文月；作齡不滿十的莊裕安也已進佔一席之地。

四、同為詩人、散文家的楊牧、余光中高居榜前，二人得票數幾同，票源卻不盡同。開票過程，一路拉鋸，終場楊牧只以一票之微領先。看來，他們的文學決戰點恐怕還在「從今以後」。

五、簡媜年紀雖輕，但散文家的創作形象極鮮明突出，十個人就有六個半把票投給她；相形之下，黃碧端吃虧不小，黃之文字清新、明亮，有抽離眼前、垂示後世的象徵輻射力，可惜一般人只以專欄作家目之。文學要在當下眼前尋找知音，有時十分困難，原因近於此。

六、詩人游喚讚賞陳冠學「自然質直，文品與人品之表率」，這一點很可供只喜沾軟性抒情一味之讀者作思省。

七、絕跡於文壇應酬場合，不事喧嘩的陳列，交遊「純淨」而不減其知音之多。

八、王鼎鈞、張曉風、琦君的創作聲望歷二十年而不衰，堪稱散文界的長青樹。

九、劉克襄排名十一，說明了活潑、有生機、有教育性的自然寫作，在散文中寖寖然有另立一派之趨勢。在這方面，徐仁修的表現同樣精采。

十、大陸作家上榜者僅汪曾祺、阿城、余秋雨，各只得一、二票，可見不在這塊土地上，聲音不容易大起來。

十一、從張作錦、南方朔、陳芳明、王德威等「意見領袖」都有得票，又可證在行家眼中，現代散文的向度比從前寬廣得多，這一「觀念」的轉變，既反映了社會發展之需，也回應了中國傳統散文原本有多種類、多風貌的認知。十分可喜。

永遠的選票——我不斷期望新的名單

……然而，所有當代的名單都只存在一時，最後的投票人竟是：有沒有能夠久藏到未來的作品。

（一九九四年五月朱衣版《詹夢春雨》編序）

（附記）

1. 謝謝十二位作者同意將作品選編此書中，各家散文，皆經認可，因此也有「自選」的意義。各家皆附有小傳、書目、年表或紀事等資料，供參閱。紀年依各家習慣，民元或公元並不強加統一。
2. 本書所選散文盡量不與其他選集重複，因名家之作原不限三五佳篇而已。
3. 本書選文多大塊文章，讀來淋漓痛快，但限於篇幅無法盡收各家各階段代表作，卻又不無遺憾。
4. 陳冠學寧捨編者建議之篇目，而堅持收入〈一隻人與一個人〉、〈變〉二文，必有他對散文的執著看法，宜加尊重（編者按，重印九歌版《散文教室》，徵求原作者同意時，作者自選〈對稱〉、〈大洋國〉二文替換）。
5. 謝謝三十七位精英觀察者協助，完成了新十大散文家票選。其實，票選者本身也都是文學界值得作為議題探索的人物。

一月◆林文月篇

簷夢上的春雨

林文月小傳

台灣彰化縣人，誕生於上海日本租界，啟蒙教育為日文，至小學六年級返歸台灣，始接受中文教育，故自然通曉中、日語文。自大學時期即從事中、日文學翻譯工作。一九五八年至一九九三年在台灣大學中文系任教時，專攻六朝文學、中日比較文學，並曾教授現代散文等課。一九九三年退休，次年獲聘為台大中文系名譽教授。曾任美國華盛頓大學、史丹佛大學、加州柏克萊大學、捷克查理斯大學客座教授。曾獲得中國時報文學獎（散文類）、國家文藝獎散文獎及翻譯獎（舊制）、台北文學獎、行政院文化獎等。

林文月重要書目

■作品

京都一年（散文），一九七一年二月，純文學出版社。一九九六年三民出版社重刊，二〇一九年修訂版。

謝靈運（傳記文學），一九七七年五月，河洛出版社。

青山青史——連雅堂傳（傳記文學），一九七七年十月，近代中國出版社。

讀中文系的人（散文、論著），一九七八年九月，洪範書店；二〇〇七年修訂版。

遙遠（散文），一九八一年四月，洪範書店。

午後書房（散文），一九八六年二月，洪範書店。

交談（散文），一九八八年二月，九歌出版社；二〇一一年修訂版。

作品（散文），一九九三年五月，九歌出版社；二〇〇八年修訂版。

擬古（散文），一九九三年六月，洪範書店。

風之花（散文），一九九三年九月，大陸長江文藝出版社。

飲酒及與飲酒相關的記憶（散文），一九九六年九月，洪範書店。

飲膳札記（散文），一九九九年三月，洪範書店；二〇一八年修訂版。

林文月精選集（散文），二〇〇二年七月，九歌出版社。

回首（散文），二〇〇四年二月，洪範書店。

人物速寫（散文），二〇〇四年四月，聯合文學。

寫我的書（書評），二〇〇五年八月，聯合文學。

蒙娜麗莎微笑的嘴角（散文），二〇〇九年，有鹿文化。

文字的魅力：從六朝開始散步（散文），二〇一六年十一月，有鹿文化。

山水詩人謝靈運（傳記），二〇一八年七月，國家出版社。

■學術論著

謝靈運及其詩（學術論著），一九六六年五月，台灣大學文學院文史叢刊。

澄輝集（學術論著），一九六七年六月，文星叢刊。一九八三年二月洪範書店重刊。

山水與古典（學術論文集），一九七六年十月，純文學出版社。一九九六年三民出版社重刊；二〇一二年修訂版。

中古文學論叢（學術論著），一九八九年六月，大安出版社。

中國文化對日本文學的影響（學術論著），二〇〇二年十二月，中研院。

■編譯、翻譯

聖女貞德（編譯），一九六〇年，東方出版社。

居禮夫人（編譯），一九六一年，東方出版社。

南丁格爾（編譯），一九六一年，東方出版社。

茶花女（編譯），一九六二年，東方出版社。

小婦人（編譯），一九六三年，東方出版社。

基督山恩仇記（編譯），一九六六年，東方出版社。

源氏物語（譯註），一九七八年初版，中外文學叢書；一九八一年修訂版。一九九九年洪範書店重刊。

破天而降的文明人（翻譯），一九八四年五月，九歌出版社。

枕草子（譯註），一九八九年二月，中外文學叢書。

和泉式部日記（譯註），一九九三年七月，純文學出版社。二〇一五年三民書局重刊。

伊勢物語（譯註），一九九七年，洪範書店。

十三夜：樋口一葉小說選（譯註），二〇〇四年，洪範書店。

千載難逢竟逢：《源氏物語》千年紀念（譯註），二〇〇九年，洪範書店。

林文月的散文觀

散文的經營，是須費神勞心的，作者萬不可忽視這一番努力的過程。但文章無論華麗或樸質，最高的境界還是要經營之復返歸於自然，若是處處顯露雕鑿之痕跡，便不值得稱頌。南朝宋代顏延之與謝靈運俱以華麗的詩風見重於世，江左稱「顏謝」，但南史記載延之嘗問鮑照（一作湯惠休）己與靈運優劣，照曰：「謝五言如初發芙蓉，自然可愛；君詩若鋪錦列繡，亦雕繢滿眼。」顏延之聞後深以為憾！顏謝二家的詩，便足以說明經營的成敗不同結果。至於由經營而出，達到「行於當行，止於當止」的化境，那是一切文學家藝術家要窮畢生精力追求的最崇高目標了。

——節錄洪範版《午後書房》代序

溫州街到溫州街

從溫州街七十四巷鄭先生的家到溫州街十八巷的臺先生家，中間僅隔一條辛亥路，步調快的話，大約七、八分鐘便可走到，即使漫步，最多也費不了一刻鐘的時間。但那一條車輛飆馳的道路，卻使兩位上了年紀的老師視為畏途而互不往來頗有年矣！早年的溫州街是沒有被切割的，台灣大學的許多教員宿舍便散布其間。我們的許多老師都住在那一帶。閒時，他們經常會散步，穿過幾條人跡稀少的巷弄，互相登門造訪，談天說理。時光流逝，台北市的人口大增，市容劇變，而我們的老師也都年紀在八十歲以上了，辛亥路遂成為咫尺天涯，鄭先生和臺先生平時以電話互相問安或傳遞消息；偶爾見面，反而是在更遠的各種餐館，兩位各由學生攙扶接送，筵席上比鄰而坐，常見他們神情愉快地談笑。

三年前仲春的某日午後，我授完課順道去拜訪鄭先生。當時《清晝堂詩集》甫出版，鄭先生掩不住喜悅之情，叫我在客廳稍候，說要到書房去取一本已題簽好的送給我。他緩緩從沙發椅中起身，一邊念叨著：「近來，我的雙腿更衰弱沒有力氣了。」然後，小心地蹭蹬地在自己家的走廊上移步。望著那身穿著中式藍布衫的單薄背影，我不禁又一次深刻地感慨歲月擲人而去的悲哀與無奈！

《清晝堂詩集》共收鄭先生八十二歲以前的各體古詩千餘首，並親為之註解，合計四八八頁，頗有一些沉甸甸的重量。我從他微顫的手中接到那本設計極其清雅的詩集，感激又敬佩地分享著老師新出書的喜悅。我明白這本書從整理、謄寫，到校對、殺青，費時甚久；老師是十分珍視此詩集的出版，有意以此傳世的。

見我也掩不住興奮地翻閱書頁，鄭先生用商量的語氣問我：「我想親自送一本給臺先生。你哪天有空，開車送我去臺先生家好嗎？」封面有臺先生工整的隸書題字，鄭先生在自序末段寫著：「老友臺靜農先生，久已聲明謝絕為人題寫書簽，見於他所著《龍坡雜文》〈我與書藝〉篇中，這次為我破例，尤為感謝。」但我當然明白，想把新出版的詩集親自送到臺先生手中，豈是僅止於感謝的心理而已；陶潛詩云：「奇文共欣賞，疑義相與析。」何況，這是蘊藏了鄭先生大半生心血的書，他內心必然迫不及待地要與老友分享那成果的吧。

我們當時便給臺先生打電話，約好就在那個星期日的上午十時，由我駕車接鄭先生去臺先生的家。其所以挑選星期日上午，一來是放假日子人車較少，開車安全些；再則是鄭先生家裡有人在，不必擔心空屋無人看管。

記得那是一個春陽和煦的星期日上午。出門前，我先打電話給鄭先生，請他準備好。我依時到溫州街七十四巷，把車子停放於門口，下車與鄭先生的女婿顧崇豪共同扶他上車，再繞到駕駛座位上。鄭先生依然是那一襲藍布衫，手中謹慎地捧著詩集。他雖然戴著深度近視眼鏡，可是記性特別好，從車子一發動，便指揮我如何左轉右轉駛出曲折而狹窄的溫州街；其實，那些巷弄對我而言，也是極其熟悉的。在辛亥路的南側停了一會兒，等交通號誌變綠燈後，本擬直駛到對面的溫州街，但是鄭先生問：「現在過了辛亥路沒有？」又告訴我：「過了辛亥路，你就右轉，到了巷子底再左轉，然後順著下去就可以到臺先生家了。」我有些遲疑，這不是我平常走的路線，但老師的語氣十分肯定，就像許多年前教我們課時一般，便只好依循他的指示駕駛。結果竟走到一個禁止右轉的巷道。遂不得不退回原路，重新依照我所認識的路線行駛。鄭先生得悉自己的指揮有誤，連聲向我道歉。「不是您的記性不好，是近年來台北的交通變化太大。您說的是從前的走法；如今許多巷道都有限制，不准隨便左轉或右轉的。」我用安慰的語氣說。「唉，好些年沒有看臺先生，路竟然都不認得走了。」他有些感慨的樣子，習慣地用右手掌摩挲著光禿的前額說。「其實，是您的記性太好，記得從前的路啊。」我又追添一句安慰的話，心中一陣酸楚，不知這樣的安慰妥當與否？

崇豪在鄭先生上車後即給臺先生打了電話，所以車轉入溫州街十八巷時，遠遠便望見臺先生已經站在門口等候著。由於我小心慢駛，又改道耽誤時間，性急的臺先生大概已等候許久了吧？十八巷內兩側都停放著私家小轎車，我無法在只容得一輛車通行的巷子裡下車，故只好將右側車門打開，請臺先生扶鄭先生先行下車，再繼續開往前面去找停車處。車輪慢慢滑動，從照後鏡裡瞥見身材魁梧的臺先生正小心攙扶著清瘤而微僂的鄭先生跨過門檻。那是一個有趣的形象對比，也是頗令人感覺溫馨的一個鏡頭。臺先生比鄭先生年長四歲，不過，從外表看起來，鄭先生步履蹣跚，反而顯得蒼老些。

待我停妥車子，推開虛掩的大門進入書房時，兩立老師都已端坐在各自適當的位置上了——臺先生穩坐在書桌前的藤椅上，鄭先生則淺坐在對面的另一張藤椅上。兩人夾著一張寬大的桌面相對晤談著；那上面除雜陳的書籍、硯臺、筆墨，和茶杯、煙灰缸外，中央清出的一塊空間正攤開著《清畫堂詩集》。臺先生前前後後地翻動書頁，急急地誦讀幾行詩句，隨即又看看封面看看封底，時則又音聲宏亮地讚賞：「哈啊，這句子好，這句子好！」鄭先生前傾著身子，背部微駝，從厚重的鏡片後瞇起雙眼盯視臺先生。他不大言語，鼻孔裡時時發出輕微的喀嗯喀嗯聲。那是他高興或專注的時候常有的表情，譬如在讀一篇學生的佳作時，或聽別人談說一些趣事時；而今，他正十分在意老友臺先生對於他甫出版詩集的看法。我忽然完全明白了，古人所謂「奇文共欣賞」，便是眼前這樣一幕情景。

我安靜地靠牆坐在稍遠處，啜飲杯中微涼的茶，想要超然而客觀地欣賞那一幕情景，卻終於無法不融入兩位老師的感應世界裡，似乎也分享得他們的喜悅與友誼，也終於禁不住地眼角溫熱濕潤起來。

日後，臺先生曾有一詩讚賞《清畫堂詩集》：

千首詩成南渡後，

精深雋雅自堪傳。
詩家更見開新例，
不用他人作鄭箋。

鄭先生的千首詩固然精深雋雅，而臺先生此詩中用「鄭箋」的典故，更是神來之筆，實在是巧妙極了。

其實，兩位老師所談並不多，有時甚至會話中斷，而呈現一種留白似的時空。大概他們平常時有電話聯繫互道消息，見面反而沒有什麼特別新鮮的話題了吧？抑或許是相知太深，許多想法盡在不言中，此時無聲勝有聲嗎？

約莫半個小時左右的會面晤談。鄭先生說：「那我走了。」「也好。」臺先生回答得也簡短。回鄭先生家的方式一如去臺先生家時。先請臺先生給崇豪、秉書夫婦打電話，所以開車到達溫州街七十四巷時，他們兩位已等候在門口；這次沒有下車，目送鄭先生被他的女兒和女婿護迎入家門後，便踩足油門駛回自己的家。待返抵自己的家後，我忽然冒出一頭大汗來。覺得自己膽子真是大，竟然敢承諾接送一位眼力不佳，行動不甚靈活的八十餘歲老先生於擁擠緊張的台北市區中；但是，又彷彿完成了一件大事情而心情十分輕鬆愉快起來。

那一次，可能是鄭先生和臺先生的最後一次相訪晤對。

鄭先生的雙腿後來愈形衰弱；而原來硬朗的臺先生竟忽然罹患惡疾，纏綿病榻九個月之後，於去秋逝世。

公祭之日，鄭先生左右由崇豪與秉書扶持著，一清早便神色悲戚地坐在靈堂的前排席位上。他是公祭開始時第一位趨前行禮的人。那原本單薄的身子更形單薄了，多時沒有穿用的西裝，有如掛在衣架上似的鬆動著。他的步履幾乎沒有著地，全由女兒與女婿架起，危危顛顛地挪移至靈壇前，一路慟哭著，涕淚盈襟，使所有在場的人倍覺痛心。我舉首望見四面牆上滿布的輓聯，鄭先生的一副最是真切感人：

> 六十年來文酒深交弔影今為後死者
> 八千里外山川故國傷懷同是不歸人

那一個仲春上午的景象，歷歷猶在目前，實在不能相信一切是真實的事情！

臺先生走後，鄭先生更形落寞寡歡。一次拜訪之際，他告訴我：「臺先生走了，把我的一半也帶走了。」語氣令人愕然。「這話不是誇張。從前，我有什麼事情，總是打電話同臺先生商量；有什麼記不得的事情，打電話給他，即使他也不記得，但總有些線索去打聽。如今，沒有人好商量了！沒有人可以尋問打聽了！」鄭先生彷彿為自己的詩作註解似的，更為他那前面的話作補充。失去六十年文酒深交的悲哀，絲毫沒有掩飾避諱地烙印在他的形容上、回響在他的音聲裡。我試欲找一些安慰的話語，終於也只有惻然陪侍一隅而已。腿力更為衰退的鄭先生，即使居家也須倚賴輪椅，且不得不雇用專人伺候了。在黃昏暗淡的光線下，他陷坐輪椅中，看來十分寂寞而無助。我想起他〈詩人的寂寞〉啟首的幾句話：「千古詩人都是寂寞的，若不是寂寞，他們就寫不出詩來。」鄭先生是詩人，他老年失友，而自己體力又愈形退化，又豈單是寂寞而已？近年來，他談話的內容大部分圍繞著自己老化的生理狀況，又雖然緩慢卻積極地整理著自己的著述文章，可以感知他內心存在著一種不可言喻的又無可奈何的焦慮。

今年暑假開始的時候，我因有遠行，準備了一盒鄭先生喜愛的鬆軟甜點，打電話想徵詢可否登門辭行。豈知接電話的是那一位護佐，她勸阻我說：「你們老師在三天前突然失去了記憶力，躺在床上，不方便會客。」這真是太突然的消息，令我錯愕良久。「這種病很危險嗎？可不可以維持一段時日？會不會很痛苦？」我一連發出了許多疑問，眼前閃現兩周前去探望時雖然衰老但還談說頗有條理的影像，覺得這是老天爺開的玩笑，竟讓記性特好的人忽然喪失記憶。「這種事情很難說，有人可以維持很久，但是也有人很快就不好了。」她以專業的經驗告訴我。

旅次中，我忐忑難安，反覆思考著：希望回台之後還能夠見到我的老師，但是又恐怕體質比較薄弱的鄭先生承受不住長時的病情煎熬；而臺先生纏綿病榻的痛苦記憶又難免重疊出現於腦際。

七月二十八日清晨，我接獲中文系同事柯慶明打給我的長途電話，鄭先生過世了。慶明知道我離開前最焦慮難安的心事，故他一再重複說：「老師是無疾而終。走得很安詳，很安詳。」

九月初的一個深夜，我回來。次晚，帶了一盒甜點去溫州街七十四巷。秉書與我見面擁泣。她為我細述老師最後的一段生活以及當天的情形。鄭先生果然是走得十分安詳。我環顧那間書籍整齊排列，書畫垂掛牆壁的客廳。一切都沒有改變。也許，鄭先生過世時我沒有在台北，未及瞻仰遺容，所以親耳聽見，也不能信以為真，有一種感覺，彷彿當我在沙發椅坐定後，老師就會輕咳著、步履維艱地從裡面的書房走出來；雖是步履維艱，卻不必倚賴輪椅的鄭先生。

我辭出如今已經不能看見鄭先生的溫州街七十四巷，信步穿過辛亥路，然後走到對面的溫州街。秋意尚未的臺北夜空，有星光明滅，但周遭四處飄著悶熱的暑氣。我又一次非常非常懷念三年前仲春的那個上午，淚水便禁不住地婆娑而往下流。我在巷道中忽然駐足。溫州街十八巷也不再能見到臺先生了。而且，據說那一幢日式木屋已不存在，如今鋼筋水泥的一大片高樓正在加速建造中；自臺先生過世後，實在不敢再走過那一帶地區。我又緩緩走向前，有時閃身讓車輛通過。

不知道走了多少時間，終於來到溫州街十八巷口。夜色迷濛中，果然矗立著一大排未完工的大廈。我站在約莫是從前六號的遺址。定神凝睇，覺得那粗糙的水泥牆柱之間，當有一間樸質的木屋書齋；又定神凝睇，覺得那木屋書齋之中，當有兩位可敬的師長晤談。於是，我彷彿聽到他們的談笑親切，而且彷彿也感受到春陽煦暖了。

（原載一九九一年九月二十二日《中國時報》人間副刊）

江灣路憶往

——擬《呼蘭河傳》

一

上海江灣路，是我童年記憶所繫的主要空間。

我在那裡出生，上海事變時，為避亂曾舉家遷居於日本東京，但年餘又回去，直到抗戰勝利翌年返台，所以可說童年的大部分都是與江灣路息息相關的。

說息息相關，其實當時年少，家裡又管得嚴，我所認識的江灣路是極其有限的。

先說對面吧。我們家的門牌號碼是五四〇號，大門與一條鐵路軌道平行，鐵軌的正對面是汽油加油站，規模不小。

加油站的右邊是虹口公園附設的游泳池。除了夏天以外的三季，門都鎖住，頂多有些賣臭豆腐乾啦，賣糖炒栗子的小販，在門前擺個臨時性的攤子，吸引一些過路嘴客罷了。但我們家的孩子是沒有辦法買那些嘴食的，因為家裡的規矩不作興給小孩零用錢。母親除了三餐以外，又每天給我們準備早晚的零嘴，她說外面賣的東西不乾淨。但我們倚在二樓的陽台上，看街上行人在對過現買現吃，熱呼呼、香噴噴，羨慕極了。雖然隔著馬路隔著鐵軌，彷彿想像得出那味道。

夏天的時候，游泳池的門敞開，戲水的人很多，但那是賣票子的。我有時跨越鐵軌，在那門前晃來晃去，趁機會偷覷內裡的景象。可真熱鬧得很，有男有女，穿著各式花花綠綠的泳裝，而且，裡面的世界好像很自由放任，常常有大聲驚叫溢出門外來。但我們家除了大哥和二哥，都不准去那裡游泳。母親說，我們還太小，危險的。何況，要游泳嘛，小學裡也有游泳池，有老師照顧，安全些。我想，如果自己長大些，到大哥、二哥那個年紀，大概母親就會答應我買票去虹口游泳池了。但是，我終於只是徘徊在門外的孩子而已，等不及長那麼大，我們就離開了上海。

虹口游泳池，是在虹口公園的後門部分。從游泳池再向右方延伸的一大片空間，便是虹口公園了。

虹口公園裡有大片大片的青草地和步行道。那裡是我更小的時候，和外祖父共同散步過無數次的地方。

我出生那年，外祖父與外祖母、姨母自台南共赴上海定居。那時候，他的《台灣通史》早已撰成刊行，《台灣詩薈》發行二十二號後，因經費不足而告停刊，至於雅堂書局，也不是像他那樣子的書生所能經營的；而舅父母在西安，我的母親在上海，他才決心離台赴大陸。

他住在我們家隔壁衖堂裡的一間小洋房，那是我父親的產業之一。晚年和外祖母住在那裡，母親可以就近照顧，生活是頗安定的，但遠離了詩文酬和的文友，難免寂寞，所以除了讀書寫文章外，總愛逗弄我這個外孫女。

母親也常常抱我過去陪伴兩位老人家。

外祖母裹著小腳，不方便走路，外祖父總是一個人去散步。等我三、四歲的時候，外祖父便習慣帶我一齊去虹口公園散步了。他是一位瘦高的老人，架一副深度的近視眼鏡，由於長期的讀書著作，晚年背部佝僂著，而為了要牽住我的小手，更得彎腰遷就著我。一老一少，時常走在公園裡。但我可不是十分安分的，往往淘氣地掙脫了他的大手跑開，外祖父急得在後頭追，邊喊著：

「阿熊，阿熊。不要跑，小心摔跤。」

他越喊越追，我就越發跑得快，邊笑著，終於真的摔跤，哭了起來。

「看吶！乖乖。阿熊乖，不哭的。」

外祖父來扶起我，摩挲著跌倒碰痛的部位，無限心疼的樣子。

外祖父的手乾乾瘦瘦的，卻不是帶孩子的靈活的手。

「阿熊，阿熊。」

他用關愛的呼喊和摟抱，替代了一雙不靈活的手。

至於他為何喚我做阿熊呢？我不明白原因，只是一直記得，記得他喊我的聲音和模樣。那暱稱大概是祖孫兩個人之間的秘密，當時也許知道的，時隔多年竟忘了。

春天，蒲公英開花的時候，我就邊走邊採，採完一小束就交給外祖父：

「阿公，先替我拿著。」

然後繼續採，採滿集成一大束捧回家，過不了多久，大概就任由它們枯萎在什麼地方去了吧。快樂是在採花的過程中。我在前頭，外祖父在後頭跟著，替我捧著蒲公英花的那些過程中。

外祖父和我在虹口公園散步過多少次呢？我一天天長大，外祖父一天天衰老，直到他不再要我陪他去散步，永遠也不再能一齊去虹口公園散步、採蒲公英的花。

一日，我被帶去外祖父的住所。許多大人哭泣流淚。我的阿公全身覆蓋白布，不再喊我：「阿熊」。

那一年，外祖父五十九歲，我四歲。

二

虹口公園的外側，是一條鋪著石板路的人行道，人行道外側種植著高大的法國梧桐樹。夏天，樹葉濃密，往往遮蔭半邊人行道。秋天，葉子始落，我最愛聽枯葉飄落碰觸石板路的聲音，十分清脆，也有一些些淒涼；雖然當時我還不真切懂得什麼叫做淒涼，可是那清脆的聲音，總叫我心頭突然收緊，微微疼痛。其實，是長大以後多讀了一些文學的書，才逐漸明白那種心頭微疼收緊的生理變化，就是所謂淒涼。冬天，枯葉落盡，只剩粗大的枝幹矗立於灰濛濛天空的背景裡，倒反不會令人難過。冬天的梧桐樹很好看，教人感覺十分硬挺，很可信賴的樣子。

寫到這裡，已經超過江灣路的範圍了，應該屬於北四川路，但我無法控制自己，必需提上一筆。

虹口公園的外側人行道，順著北四川路一直走下去，是我小學一年級讀書時，每日往返必經的路。

第一國民學校，在日本租界內，係為日本居民的子弟而設的小學。當時台灣人在法律上屬日本公民，故我的啟蒙教育，便是給分發到那所位於北四川路的小學。

不過，我只讀一年，便又給再分發到另一頭的第八國民學校。閘北日租界的日本人子弟實在太多，所以日本學校不停地擴展，總共有九所。我後來讀到停戰的第八國民學校，便是其後增設的新學校。全校都是來自日本各地的小學生，只有我和四妹是台灣人；後來，我弟弟也入學讀了半年的時間。

至於第九國民學校，離我們的學校並不遠，卻是一所比較特殊的日本小學，係專為韓國人的子弟而設立。那時我們都管韓國人叫做朝鮮人。朝鮮人也同台灣人一樣，法律上隸屬日本人。可能是日租界裡的朝鮮人太多，所以才專門設置一所小學而將他們集合起來的吧。

我記得有一次我們學校修建教室，曾有十天左右的時間，借用第九國民學校的教室上課。我的日本同學都十分鄙視朝鮮學生，嫌他們有大蒜臭味兒，嘲笑他們的日語有朝鮮腔調。我和四妹也都嫌他們大蒜臭，笑他們有朝鮮腔。因為當時我們並不太了解自己跟別的日本同學有何分別。

話岔遠了，再回到北四川路來。

那北四川路上有一座日本式的上海神社。上海神社再過去一點，就是有軌電車的終點。上學要趕路，不敢分心，但放學時，我們結隊走回家，往往不約而同地佇立，等看電車到站，再掉轉車頭。

北四川路底的電車終點，是來回的電車掉換行車方向的地方。我們站在人行道上等電車噹噹噹噹地順著軌道駛入，於是有許多乘客陸續下車。所有乘客都下來了，最後，剪票員也跳下來，他肚子上繫了一個陳舊的皮包，裝著車票子，鼓鼓的。他把聯在空中電纜上的一根繩子用力往下拉，車廂上頭那一截粗鐵絲便鬆開。然後，很專心用力地拉著那繩子跑半圓的圈子到車廂的另一頭，瞄準電纜，讓那個粗鐵絲尖端的滑輪嵌進電纜裡，於是，原先的電車頭就變成車尾，駕駛員將車廂開到岔軌上，再滑駛一下，那來的車，馬上又變成了去的車。

一切的動作都很熟練順利，而這些手續進行的時候，人行道上往往都站了一排小孩子，好奇地瞪著眼睛看。

有些男童發願長大後要當電車剪票員，大概就是佩服那種英雄似的作為之故吧。

三

現在再回到我家對面加油站的左邊。

老實說，這個方向是我記憶比較模糊的一方。那加油站的後頭，有一條稍窄的馬路，可以通達一所也是日本人設立的女子中學。學生夏天都穿藏青色有細褶的長裙，上身是短短齊腰的水手服。這種制服太好看了，尤其是上了中學之後都不再用背包，人人右手提一個中型手提包，裡面裝滿書，走起路來非常神氣，也很有學問的樣子。每一個女童恐怕都曾偷偷許願過，將來要考上那所女子中學。

我的二姐比我大四歲，曾經在那所中學讀了幾個月的書，但我自己終於等不及長那麼大就離開了上海。

加油站的左邊，聽說是直通到江灣去的，但我從來沒有去過江灣。父親每個週末都乘車去江灣打高爾夫球。

父親打球的時候，跟去三井物產株式會社上班的模樣很不相同。穿的衣服很自在的樣子，連皮鞋都換了另一雙。司機替他扛一袋大大小小各形各式的球桿，放進後車廂內，那球桿上面套著各色的毛線套子保護，是母親編織的。

我那時並不懂打高爾夫球是怎麼一回事？只曉得大概是很花時間，又很累人的運動。因為父親總要到傍晚才回家。他的臉上曬得紅紅的，衣褲都變髒了。尤其是皮鞋上一層土粉，襪子上都黏滿了芒草的細刺。那芒刺是我們小孩最討厭的，因為父親脫下來的毛襪子，清洗之前都要先把那些細刺除去，母親經常把這個工作派給我做，有時同二姐一齊做，有時同四妹。

拔芒草刺的工作是急不來的，須得耐心拔，往往耽誤老半天戲耍的時間，而且我們都曉得，拔除乾淨的襪子，下個星期父親打完球回來，準又會黏滿細細的刺。

但是，父親去江灣打球回來，有時也會帶給我們一些驚喜。他常常順途買一大包冰棒回來。打開包裹的紙，紅色、綠色、橘色、白色的冰棒就露出來。於是，姐妹兄弟人手一枝，連娘姨（上海人稱女傭為娘姨）也有份，每個人都喜孜孜地舔著好看冰涼又甜甜的冰棒。

有時父親買回的是一大布袋的玉蜀黍。娘姨在廚房裡剝穀皮，用水煮熟，連鍋一齊給端出院子裡來。那樣子的黃昏，我們不遑吃晚飯，全家人在院內邊看夕陽邊吃玉蜀黍。父親坐在門前中央的藤椅上，母親和姆媽也各有椅子坐，孩子們則隨便搬個木凳，或索性坐在石階上（但是要記得鋪好報紙才許坐）。

當天摘下的玉蜀黍又香又甜，顏色也是一等好看的，真珠色玉米粒，摻雜著黃色和紫色。父親吃得很多，也很快速，有時我看他吃玉蜀黍的樣子，像極了二哥吹口琴。因為吃得快，常有餘粒留下，孩子們難免就搶著撿他吃剩的，重新啃一次。家裡孩子多，不得不分配額量，每人頂多也不超過兩枝，至於父親吃剩的，則不在限內的緣故。

對我而言，吃玉蜀黍和替父親的毛襪子拔芒草刺，這兩件快樂與不快樂的記憶，一直是我對於未嘗真實見過的江灣的鮮活印象。

四

鐵路軌道這邊，靠近我家門前，也是左右伸長著一條乾淨的柏油馬路。向右邊走，過了我家的圍牆，有一扇鏤花的大鐵門，門內一條小衖堂，整齊地排列著七幢二層樓的紅磚小洋房，每家門前有一小方庭。那二號的房子，便是外祖父與外祖母住處了。其餘六幢房子是出租給日本人住的。

衖堂過去，是一大片草地，雖然沒有任何設施，只有樹和草，但草坡起伏，為附近孩子們戲耍的好去處。我們家的院子相當廣大，又有兩架鞦韆和一具單槓及砂坑，我們兄弟姐妹日久玩膩，寧願溜出去大草地上玩。更何況，那裡隨時都有各種年齡的男童和女童。想捉迷藏、跳橡皮繩，或踢球、捉蟲，都不愁沒有玩伴。

那片大草地綠油油，其實是屬於公園坊。公園坊裡面共計有三十三幢三層樓的洋房，多數兩兩相毗鄰，也是父親的產業。我的父親出身清寒，苦學奮鬥，是第一位從台灣以公費考取上海的日本同文書院高材生。他一生勤儉成習，獨對房地產的經營有特別的嗜好。那三十三幢的房子整個租與三菱株式會社，供做高級職員的宿舍。

公園坊內住著三十多個家庭，其中頗有一些男女孩童，是我家兄弟姐妹的同學。

公園坊的學區也隸屬第八國民學校。我有一個同班好友植田玲子便是住在那裡面。她品學兼優，是人人佩服的模範生，常常都做班長。我的成績也跟植田玲子在伯仲之間，但是只能偶爾做副班長。我認為老師有點不公平，但是想不出原因何在？

不過，班上的競爭並沒有影響我們的友誼。放學後，我常常去她家一同做功課，有時也一同製做布娃娃，她也有時來我家彈鋼琴。

公園坊裡，後來又搬來一個新家庭，兩兄弟都長得高瘦白淨。哥哥名字是小川滿洲國，跟我同年不同班。據說出生在滿洲國，所以有那樣奇怪的名字。

小川君轉入第八國民學校不久，便成為全校最出鋒頭的人物。功課、體育，樣樣行，何況他的外表也是挺俊的。升旗典禮，老師都愛指名由小川滿洲國喊口令。

那時候我們都已經四年級了，男生和女生漸漸不來往，也不交談，但我們女生聚在一起，卻常常捕風捉影，講一些有關小川君的傳聞，無形中大家對他頗有一些仰慕的傾向了。

我去公園坊找植田玲子，不小心會在小衖堂裡跟小川君碰見。有時他望望我，有時露齒一笑，我便禁不住心跳臉紅，也不明白是為什麼？那大概是我生平第一次被男孩看得臉紅心跳的經驗了吧。

小川君從來沒對我說過一句話，我也始終不敢正面望回去。無意或有意相遇的經驗，倒是有好幾回。日子淡淡地過去。後來小川君和他的弟弟忽然都不見了。小川君一家已經遷回日本去了。

那時值太平洋戰爭近尾聲時期，日本節節敗退。我們對於戰況都不甚了解，不過常常有同學隨家人渡海遷歸日本，倒是奇怪的事情。有的同學會預先告知，於是互相交換禮物啦什麼的，有的人則是默默的走。

小川君也默默的走了。其實，小川君從來沒有跟我說過一句話。

五

第八國民學校在什麼街上，我已不記得，但是每天只要順著江灣路走下去就到了。從公園坊再往下走，可以到達六三公園。這個在日租界裡的小公園，大概是日本人營造的。小小，很整潔，除綠色修剪整齊的草坪之外，內裡還有花木和假山石，而在假山石的幽深處，彷彿供著什麼神或狐狸精之類。

那個幽深處，我們總是成群結隊才敢去。由於有流水、有樹木，終年都是陰暗潮濕的，有一種神秘可怖的氛圍。我們原本都提心吊膽、戰戰兢兢的，而走到一塊大石頭附近，偏偏會遇著喜愛惡作劇的男生忽然蹦出，嚇唬人：「鬼來囉！」

「哇——」

一群膽小的女孩子，逃的逃，哭的哭，沒命的跑。可是，過一陣子，又忘了怕，再一次戰戰兢兢去探險。

六三公園大概是不准中國人進出的。

一天早上，上學途中，我們在公園門前看到一個日本兵用穿著大皮鞋的腳，踢打一個懷孕的中國女人。那女人想逃，又被捉回。皮鞋踢在她的大肚子上痛得她哀嚎討饒，但日本兵不斷地啐她：「馬鹿野郎！」

這是我第一次親眼看見的殘忍景象，十分恐慌，但是同行的男童都歡呼：「萬歲！萬歲！」也跟著日本兵一齊罵：「馬鹿野郎！」

「支那人！馬鹿野郎！」後來女童也跟著歡呼拍手，我也就參加了歡呼和拍手。支那人都是壞的。日本皇軍是代天行道。學校的老師如此教育我們，而我以為我自己當然也是日本小孩。

走到六三公園，就是到學校的一半路程。

我們再繼續往前走，會看見一條小運河。那運河的水終年溷濁，總是有兩條破舊的小船停泊在那溷濁呈咖啡色的運河當中。船身和上面所有的設備，也是污穢的，甚至於船上的幾個孩童也是污穢的。他們是水上人家。

我懷疑水上人家的孩童是否從來不梳洗？每天早晨我們經過運河的橋上時，橋上、船中的孩童，往往互相好奇的睇望。有的時候，他們正每個人捧著一隻碗，啜飲著碗中的粥汁或是什麼。衣衫襤褸、頭髮枯黃紊亂，面孔腌臢，但對著上學途中的我們舉手招呼，如果我們也搖手，他們會露齒高興地笑，牙齒卻是白的。或許因為面孔腌臢，所以才特別顯得牙白亦未可知。

上學途中可記述的，大致如此。那時江灣路一帶並不算繁華，或許路旁還有些房屋或住家之類的，但總不若六三公園及運河那麼吸引我。

第八國民學校，是在我讀二年級時才建造完成的，所以校舍比我讀過一年書的第一國民學校新，而且美觀，校園也寬敞多了。我們每個人都留一雙白球鞋在校內的鞋櫃裡，先要脫掉走路的皮鞋，換穿那乾淨的白球鞋，才能上校舍內。走廊是由未施漆的檜木板拼成，每天放學前，我們都要在老師領導之下，兩兩相對，用乾抹布對擦地板，直到檜木片發亮為止。我們學校的地板真是「光可鑑人」，卻不會教人滑倒。

我在第八國民學校，從二年級讀到五年級的第一學期。日子過得平淡而甜蜜。我的成績，始終維持在前三名之列。最不喜歡的功課是算術，雖然每次考試的成績也都還不錯。尤其怕珠算和心算，因為會緊張；一緊張就分心，往往更跟不上了。最喜歡的是繪畫課和國語。每一次畫被張貼在教室後面，甚至於貼到門口，心中真是高興且驕傲。

新的國語課本發下來，我都會一口氣先把全書大致翻看一遍。聞著新書的紙墨香氣，貪婪而好奇地快讀的興奮心情，至今猶記得。五年級開始有一些和歌（日本古典詩）出現於國語課本中。級任老師大津先生帶我們吟誦菅原道真謫居筑前國時所作的梅歌，內容和誦法，我一直沒忘記。

三十年後，在福岡大宰府親眼看見相傳為道真手植的梅樹，遂把那首和歌翻譯了出來：

東風拂兮梅未香，
莫謂主人遠離別，
遂將春光兮竟相忘。

小學五年級時，跟著大津先生朗誦的，當然是日語原文。但是，同時期，我也背得幾首中國詩，是母親在我牙牙學語之初用台灣話教給我的，譬如：

春眠不覺曉，處處聞啼鳥。
夜來風雨聲，花落知多少？

至今，這首唐詩還是以台語背誦，最稱自然。

這裡，我應該補充說明，前文所記的對話，其實是用不同種語言發音的。例如跟外祖父，我們使用的是台語；和小學同學，我們講日本話；至於在家裡，父母跟我們講話時是夾雜著日語、台語，甚至還有些許滬語。我同娘姨，以及偶爾在街上碰見的「支那人」，便都講上海話了。我的日本同學和他們的家人，也都多少懂些上海話，否則上街購物極不方便。

我們有兩項頗有意義的課外活動。一是養山撥鼠，一是種番茄。學校的空地多，後面搭蓋屋棚，養了一些山撥鼠。棕色的毛、烏黑骨碌碌的眼睛，吃乾草，繁殖得快。班上同學輪流值班去割草飼餵牠們，也要清除驚人大量的糞便。一次瘟疫，山撥鼠都死光了。大家傷心地哭，合力為築一個土墳。

種番茄是全校性的，每班分到一方土地。老師要求我們從耕地、撒種子、發芽，到茁長、開花、結果，都記錄過程在全班共有的日記上。自然的課程，因而變得十分鮮活多趣。

我們還跟著老師走到很遠處去割草秣馬。戰爭末期，學校裡忽然駐進一小隊騎兵。校長命令（其實，校長大概也是奉命的吧）兩班合成一班，勻出幾間教室供軍人住。

我們在一片幾乎沒膝的草地裡割草。那是大部分同學第一次用鎌刀割草的經驗，起初覺得挺有趣，但在烈陽下連續割了兩個多小時草，便不好玩了。有兩、三個同學暈倒。我雖然沒有暈倒，但渴得厲害，手臂和腿都被草割破流血了。

自從騎兵隊駐紮學校後，上課的情形就不太能夠正常了。而且我們雖然坐在擁擠的教室裡，總忍不住分神，偷偷看操場上軍隊的活動。

空襲警報響的頻數，也越來越密，有時，一天之內要跑兩次防空洞。

躲警報倒是沒有什麼好害怕的，因為我們那一區從來也沒見過敵人美軍的 B-29 飛機，連砲聲都沒聽到過。每一個防空壕裡，除了學童，總有幾個軍人。我們很喜歡跟阿兵哥交談。

一次，年輕的二等兵問大家的籍貫。

「我是東京人。」

「我是大阪。」

「熊本。」

大家自告奮勇地報告。

「你呢？」

他問我，我有些遲疑吞吐地回答：

「我是台灣人。」

那二等兵先是一楞，大概一時弄不清楚台灣在日本的什麼地方吧？隨後，彷彿又若有所悟，卻變得異常冷漠，不再理睬我。

我像毛毛蟲嗎？我為什麼跟大家不太一樣呢？我覺得羞恥、屈辱、憤怒；但是我一點反應都不敢有。

六

大概不出半個月，日本皇軍投降。軍隊消失了。我的同學，也一個個走了，東京人、大阪人、熊本人……。

從家門前往左方走，跟鐵軌對過一樣，也是我比較陌生的一區。最遠，只到過復旦大學的門口，而且，只是有一回參加學校的遠足，走經過那裡的。

復旦大學的校舍如何，大門如何，已完全不記得；說實在的，我只記得在前面的廣場上休息時，忽然有同學在細砂石路中發現晶亮如同鑽石或破璃的東西。於是，大家分頭找，我也找到一小截六角形晶晶發亮的東西。教自然的老師告訴我們，那叫做水晶。所以我記憶中的復旦大學，是與水晶有密切關係的了。

自復旦大學往我家方向走，是後來商學院所在地，但那時卻為日本軍隊駐營。那裡的阿兵哥，對於揹著日式背包走過的我們很和藹，常喜歡逗我們學童說笑，但他們對於附近賣東西做生意的支那人卻很凶。

我們常看見日本兵用槍刺子搗亂、翻騰賣水果人的擔子，弄得香瓜啦、桃子啦，滿地滾。做生意的連忙磕頭討饒，一邊又忙不迭地滿地爬著撿回瓜果。那模樣兒有些可憐，也有些可笑。有一個特別懂事的同學告訴我：

「支那人很壞。我爸爸說，他們時常藏手榴彈在水果堆裡頭。」

她跟我咬耳朵，悄聲說話，極恐怖而又神秘的樣子。

我想起，有一次在家裡也偶然聽見父親和母親悄聲講話，彷彿是在講哪一個飯店或酒樓裡頭，日本軍人被支那人暗殺的事件。那氣氛也是神秘恐怖的。

軍營再過來一點，便是與我家貼隔壁的永樂坊。

我對於永樂坊，不如公園坊熟悉，不過，因為也有兩個同班同學住在那裡，所以也難免去她們家寫功課，或戲耍。有一個同學姓伊藤，名字忘了。每回去她家寫功課，她的母親都用精緻的水果或點心招待我，她的母親會把紅色的蘋果切成像兔子的模樣，使我不捨得吃，吃起來又覺得特別有味。我要求我的母親也那麼切蘋果，母親說：

「家裡頭事情那麼多，哪有閒功夫呢。」

我那時是十分羨慕伊藤樣的。

永樂坊內，又另有一個我的好友，她便是三十餘年後的前年，我在東京重逢的大山弘子。跟大山樣特別熟，是由於我們共有一位鋼琴老師的緣故。

大山家似乎比別的日本同學富裕，客廳內的地氈、壁飾等等，瑣瑣碎碎，精緻又華麗。一架大鋼琴，光亮得很，好像是音樂廳裡擺的那種。她的母親介紹給我們的鋼琴老師是英日混血的男子，清癯而且英俊，可是教起琴來，十分嚴格。

我和二姐一齊學琴，三個人並坐在一張長椅上。二姐進步得很快，我則是永不休止地練習單調的譜子。鋼琴上方的節拍器無聊地的答的答響，我也無聊地按著琴鍵，總盼望著夕陽快點斜斜地從落地窗照到鋼琴上，好提醒老師快點下課。

我們只學了半年多，時局就變得不安。混血兒的鋼琴老師向大山家和我們家辭職回國。最後一次上課時，他特別溫和，彈了一首曲子給二姐和我聽。我小小年紀，卻覺得音樂好像比講話更傳達了老師的別思離緒，遂猛然後悔不曾用功練琴。

二姐送了一本精美的記事簿給老師做紀念。我沒有精美的禮品，便將在自然課堂上做的蝴蝶標本送給他。那隻蝴蝶的彩翅很美麗，是我的寶貝之一。我不知道老師有沒有帶走我送他的蝴蝶；我甚至於也不知道他是回日本？還是回英國去的？

日本天皇在電台廣播中宣布投降的沉重話語，我們都親耳聽到。但是隔不多久，台灣人就轉變身分為中國人，所以我家倒不必像左鄰右舍的日本人那樣慌張遷走。日租界裡的台灣居民都分到一面青天白日滿地紅的中國國旗，鄉人競相走告：要趕緊把日本的太陽旗焚燒掉。

我家大門前插上一面簇新的中國國旗。我覺悟到，我們突然變成「支那人」了。而支那人一夜之間卻變得凶狠起來。永樂坊與我家只一牆之隔，從二樓浴室的窗口，可以清楚地俯瞰衖堂裡瘋狂的掠奪。許多上海當地的男女，爭先恐後地湧入日本人的住宅內，不管主人在或不在，肆意地搬走他們所見到、所欲望的東西。

有一家人的餐桌和椅子被扛出來。

大山弘子的大鋼琴被抬走了。

一箱一箱的衣物被搬出屋外。搶奪的人貪婪地滿懷抱著、雙手提著。他們吆喝著、尖叫著，互相拉扯個不清，終於彼此叫罵，扭打起來。

從前看不起支那人的日本人，一個個低聲下氣，連討饒都不敢，全家人蜷縮在一隅，眼睜睜看著自家的財物被人搬走。

「東洋鬼仔。」

「東洋鬼子！」

掠奪者邊搶還邊詈罵。

大人不許我們小孩子趴在窗口看，但我們被下面前所未見的混亂景象震懾住，沒法子離開那裡。一切都真實地進行著，但是隔著一堵牆，從二樓的窗口看下去，一切又都是那麼虛幻的樣子。

七

冬天來臨，差不多的日本人都走了。

永樂坊的日本人，公園坊的日本人，以及日租界其他地區的日本人大概都走了。遷回日本去了。但我的好朋友是什麼時候怎麼走的呢？消息完全斷絕，無由獲悉。

我的父親因為曾在日人的公司任職，上海本地的流氓竟也來我家尋隙，說我們是東洋鬼子的走狗，是漢奸。

門口的中國旗子仍在風中飄揚著，但我們究竟還是與普通中國人不相同的吧。

翌年二月，我們只得匆匆舉家渡海回台灣來。

（一九八八年四月）

二月◆王鼎鈞 篇

大氣中的游虹

王鼎鈞小傳

山東省臨沂縣人，民國十四年四月四日（？）生。抗戰末期棄學從軍，民國三十八年來台，曾任中廣公司編審、節目製作組長、專門委員，中國電視公司編審組長，掃蕩報副刊編輯，公論報副刊主編。中國時報主筆、人間副刊主編，中國文化大學講師，美國西東大學雙語教程中心中文編輯。現旅居美國專事寫作。著有散文集二十餘種，小說、論評等多種。曾獲中國文藝協會文藝獎章、行政院新聞局圖書著作金鼎獎、中國時報文學獎散文推薦獎、吳魯芹散文獎、國家文藝獎等。

王鼎鈞寫作年表

- 民國二十八年（一九三九年），十四歲。寫小詩。
- 民國二十九年，十五歲。在抗戰地下刊物《新聞》中寫「游擊隊員的家信」專欄。
- 民國三十年，十六歲。試批《聊齋誌異》，寫成〈評紅豆村人的詩〉。
- 民國三十三年，十九歲。在陝西《安康日報》發表〈評紅豆村人的詩〉，此為作者正式發表之第一篇作品。
- 民國三十七年，二十三歲。寫成中篇小說《伶仃腳》。
- 民國四十年，二十六歲。

1. 寫成中篇小說《秋水》。
2. 為《公論報》副刊撰「民間閒話」雜文專欄。
3. 為全國各電台寫廣播短劇「民間夜話」，每週三次。
4. 為中廣公司撰「自由談」，每週三次。

- 民國四十一年，二十七歲。

1. 繼續撰寫「民間夜話」、「自由談」。
2. 寫成廣播劇《富國島》、《老兵不死》。
3. 為《聯合副刊》寫「飲苦茶齋筆記」雜文專欄。

- 民國四十二年，二十八歲。
1. 繼續撰寫「民間夜話」。
2. 寫成中篇小說《冰雪》、廣播劇《散金台》。
3. 為中廣公司撰「廣播影評」（至民國四十三年），每週六次。
- 民國四十四年，三十歲。
1. 寫舞台劇《女大不嫁》。
2. 撰寫小說《青天》。
- 民國四十六年，三十二歲。為《徵信新聞報》（今《中國時報》）副刊寫「信手拈來」雜文專欄（至民國五十五年）。
- 民國五十年，三十六歲。獲得中國文藝協會文藝獎章。
- 民國五十二年，三十八歲。
1. 在《空中雜誌》寫「廣播寫作」專欄，專論廣播文學諸問題。
2. 在《自由青年》寫「講理」專欄，輔導青年寫作。
3. 出版《小說技巧舉隅》（光啟）。
4. 出版《文路》（益智），輔導青年寫作。
- 民國五十三年，三十九歲。
1. 出版《講理》（自由青年雜誌社）。
2. 出版《廣播寫作》（中廣公司），為國內廣播文學理論第一本專業性著作。

3.為《台灣日報》寫「長短調」雜文專欄。

- 民國五十四年，四十歲。出版雜文集《人生觀察》（文星），此書獲得中山文藝獎散文類獎。
- 民國五十六年，四十二歲。

1.為《中國時報》寫「今日春秋」時評專欄（至民國六十三年）。

2.為《中國語文月刊》寫「短篇小說透視」專欄。

- 民國五十七年，四十三歲。繼續撰寫「今日春秋」。
- 民國五十八年，四十四歲。

1.出版《短篇小說透視》（大江）。

2.出版《長短調》（驚聲）。

3.出版雜文集《世事與棋》（驚聲）。

4.出版短論集《文藝論評》（廣林）。

- 民國五十九年，四十五歲。

1.出版抒情散文集《情人眼》（大林），短篇小說集《單身漢的體溫》（大林）。

2.寫成電視劇《仁者無敵》，參與電視連續劇《情旅》及《鳳凰樹》編劇。

3.出版《人生觀察》（大林）。

- 民國六十一年，四十七歲。參與電視連續劇《大路》編劇。
- 民國六十二年，四十八歲。參與電視連續劇《烽火江南》編劇。
- 民國六十三年，四十九歲。

1.出版《文藝與傳播》（三民），為國內就傳播媒體的特性研討文藝技巧之第一本著作。

2.《講理》改由大地出版社印行。

- 民國六十四年，五十歲。

1.寫成電視劇《罪手》。

2.為《中華日報》副刊撰「人生金丹」勵志專欄，並出版單行本第一集《開放的人生》（爾雅）。

3.《王鼎鈞自選集》（黎明）出版。

4.《人生試金石》（作者自印）出版。

- 民國六十五年，五十一歲。《我們現代人》（作者自印）出版，與《開放的人生》、《人生試金石》合稱「人生三書」。

- 民國六十六年，五十二歲。短篇小說〈哭屋〉由周兆祥教授譯為英文，發表於香港中文大學出版之《譯叢》秋季號。

- 民國六十七年，五十三歲。

1.以早歲生活為背景之散文集《碎琉璃》（九歌）出版。

2.散文《靈感》（作者自印）出版。

3.短篇小說〈土〉，由 Mr. Una Y. T. Chen 譯為英文，在 *Chinese Pen* 夏季號發表。

- 民國六十八年，五十四歲。短篇小說〈紅頭繩兒〉由 Mr. Eve Markowit 譯為英文，在 *Chinese Pen* 秋季號發表。

- 民國六十九年，五十五歲。散文〈在離愁之前〉由龐雯先生譯為英文，在 *Chinese Pen* 夏季號發表。

・民國七十一年，五十七歲。

1.《文學種籽》（明道文藝）出版，文學理論專書。

2.《碎琉璃》由作者收回自印。

3.《海水天涯中國人》（爾雅）出版，南美洲遊記。

・民國七十三年，五十九歲。

1.《別有一番滋味》（皇冠）出版。

2.《山裡山外》（洪範）出版，抗戰後期流亡學生生活。

3.《看不透的城市》（爾雅）出版，以美國華僑生活為素材。

4.《作文七巧》（作者自印）出版。

・民國七十四年，六十歲。《意識流》（作者自印）出版，使用意識流手法作論說文。

・民國七十五年，六十一歲。《作文十九問》（作者自印）出版。

・民國七十七年，六十三歲。

1.《單身溫度》改由爾雅出版社印行。

2.散文《左心房漩渦》（爾雅）出版。

3.《左心房漩渦》獲行政院新聞局優良圖書金鼎獎、圖書著作金鼎獎暨中國時報文學獎推薦獎、吳魯芹散文獎。

・民國七十八年，六十四歲。《靈感》增訂本改由爾雅出版社印行。

・民國七十九年，六十五歲。

1.《情人眼》增訂本自印出版。
2. 書評《兩岸書聲》由爾雅結集出版。
・民國八十一年，六十七歲。回憶錄第一卷《昨天的雲》出版。
・民國八十二年，六十八歲。〈水心〉、〈人，不能真正逃出故鄉〉兩文，由 Mr. Daniel Bauer 譯為英文，在 *Chinese Pen* 秋季號發表。
・民國八十四年，七十歲。自傳第二部《怒目少年》（作者自印）出版。
・民國八十六年，七十二歲。《隨緣破密》（爾雅）出版。
・民國八十七年，七十三歲。《心靈分享》（爾雅）出版，後增訂改版易名為《心靈與宗教信仰》。
・民國八十八年，七十四歲。
1.《有詩》（爾雅）出版。
2.《千手捕蝶》（爾雅）出版。
3.《活到老，真好》（爾雅）出版。
・民國八十九年，七十五歲。散文選集《風雨陰晴》（爾雅）出版。
・民國九十二年，七十八歲。
1.《意識流》（爾雅）出版。
2.《文學種籽》（爾雅）出版。
・民國九十四年，八十歲。
1.《昨天的雲：王鼎鈞回憶錄四部曲之一》（爾雅）出版。

2.《怒目少年：王鼎鈞回憶錄四部曲之二》（爾雅）出版。
3.《關山奪路：王鼎鈞回憶錄四部曲之三》（爾雅）出版。

‧民國九十五年，八十一歲。

1.《葡萄熟了》（大地）出版。
2.《作文七巧（大字版）》（爾雅）出版。

‧民國九十六年，八十二歲。《作文十九問：《作文七巧》補述（大字版）》（爾雅）出版。

‧民國九十七年，八十三歲。《黑暗聖經》（爾雅）出版。

‧民國九十八年，八十四歲。《文學江湖：王鼎鈞回憶錄四部曲之四》（爾雅）出版。

‧民國一〇〇年，八十五歲。《葡萄熟了》改由九歌出版社印行。

‧民國一〇一年，八十六歲。

1.《桃花流水杳然去：王鼎鈞散文別集》（爾雅）出版。
2.《度有涯日記：王鼎鈞回憶錄四部曲．域外篇》（爾雅）出版。

‧民國一〇二年，八十七歲。《單身溫度》（爾雅）出版。

‧民國一〇六年，八十八歲。《小而美散文》（爾雅）出版。

‧民國一〇七年，八十九歲。

1.《靈感》改由聯經出版。
2.《昨天的雲：王鼎鈞回憶錄四部曲之一》、《怒目少年：王鼎鈞回憶錄四部曲之二》、《關山奪路：王鼎鈞回憶錄四部曲之三》、《文學江湖：王鼎鈞回憶錄四部曲之四》改由印刻文學出版。

3.《黑暗聖經》、《左心房的漩渦》、《桃花流水杳然去》改由馬可孛羅出版出版。

4.《作文七巧》、《作文十九問》、《文學種籽》改由木馬文化出版。

• 民國一〇八年，九十歲。

1.《活到老，真好》改由馬可孛羅出版。

2.《講理》改由木馬文化出版。

3.《碎琉璃》改由印刻文學出版。

4.《山裡山外》改由印刻文學出版。

王鼎鈞的散文觀

我寫散文是因為愛好自由——文學形式的自由，題材選擇的自由。同時因為我個性內向，長於自省。我相信「散文」此一體裁是專為「我輩」而設。

對聯

這些年，我常跟朋友談起老夫子出的那個題目：

桃花太紅李太白

下聯是什麼？咱們個個交了白卷，只有一個比較頑皮的同學寫著下聯是難題難題難難題。

無非是「童年往事偶然聽」罷了，原不指望有什麼結果，沒料到，有一次，一個朋友聽了，告訴我下聯早已有，而且有三個：

芙蓉如面柳如眉

詩書可誦史可法

梅萼迎雪柳迎春

三個下聯是怎麼來的？真想不到，有一家小報的副刊以「桃花太紅李太白」為題徵對，應徵的函件很多，經過評選，取了三名。真想不到！那位編輯莫非是咱們同學？莫非他也對老夫子的上聯念念不忘，想集合眾人的才力完成未竟之業？他心即我心，但不知他人是何人，世事滄桑幾度，一切無可究詰。

三個下聯是驚人的收穫，在我看來個個都好，當年公佈在報上的結果有名次，第一名「芙蓉如面柳如眉」，用白居易現成的句子，妙手偶得；第二名「詩書可誦史可法」，取其莊嚴；「梅萼迎雪柳迎春」，上聯是春景，下聯是有應景湊數的嫌疑。這是當時評審人的看法，你呢？我總覺得「詩書可誦史可法」有內涵，應該居首，「梅萼迎雪柳迎春」很樂觀，「芙蓉如面柳如眉」柔若無骨，撐不起來。你呢？

也許該問問老夫子。該去祭一次黃河。老夫子是跳河自盡的。把三副對聯寫好了，投入大河之中，應該是有一點兒意義的舉動吧？推究起來，老夫子出的這個上聯，文章裡頭還有文章，桃花本來該紅，為什麼說它「太紅」？李花本來該白，為什麼說它「太白」？國事蜩螗，世事滄桑，老夫子似乎有鄭板橋式的不耐煩。結果不同，板橋成怪，老夫子成仙。說什麼留得青山在，血肉之軀怎比南嶽北嶽。如果這一猜八九不離十，下聯不免隔靴搔癢，自說自話，老夫子在泉下不免喟然歎曰：「吾誰與歸！」

即使如此，我還是喜歡這三個下聯。無論如何，這是我們的一星香火，西有銅山，東有洛鐘，不相干，實相連，生生賡續，所謂「斷」，只是「段」。今天到處有人說還鄉，二十年前你說還鄉，那還得了，二十年後你閉口不提還鄉，反而不得了。鄉通心，心通物，眼前事物都有個還鄉的角度。依我看，這三個下聯可以代表三種還鄉的心情。梅萼迎雪柳迎春，迎春要趁早，要不怕冷，等到天氣溫暖已是初夏了。這是一些人的想法。詩書可誦史可法，於傳有之：進步會帶來痛苦。可是，於傳有之，也可以藉口進步製造痛苦。他去觀察痛苦，看痛苦是怎樣產生的，思索怎樣受苦才值得。這是另一些人的想法。還有一些人，心中只有風景名勝，美酒佳肴，冬在窗外，詩書在灰塵中，江山多嬌，他只是去享受一個國家。這就是「芙蓉如面柳如眉」的境界了。

老夫子啊老夫子，今日的一切，都不是你能預見的，否則你就不會跳河了。這一切也不是那些瘋狂顛倒的人能預見的，否則也不會有人逼你跳河了。那些人無知，可是有知又怎樣呢，學問能助人忍受痛苦，究竟能忍受多大的痛苦呢。學問能助人逃避現實，究竟能逃多遠呢。學問使人有眼光，究竟應該朝那個方向看呢。

我們戰黃河。我們唱黃河。我們祭黃河，祭我們的夫子。夫子一生崇拜黃河，作了許多詩詞詠之歎之禮之讚之。那蘸水可寫字、舀水可鑄金的黃河，是他唯一的神、最後的出路。那坦然對天、咆哮向人的黃河，動地搖山、奪人神志的黃河，一下子吞沒了他，銷蝕了他，沒給他一個漩渦，沒多給他一個浪花，沒讓他冒上來翻個身向人間告別。河使他無聲無色，無形無跡，河對他沒有痛惜或憤怒，沒有接待或拒絕，河並不記得他是誰，不在乎他的那些些。夫子啊夫子。他為什麼選擇了黃河呢，是因為恨這條水還是愛這條水呢。他是表示他對河的悲憤還是表示對河的忠誠呢。

黃河能當得起那麼多的歌頌嗎，八千里痙攣的肌肉，四百億立方尺的嘔吐。面對上游，河水使我高血壓；面對下游，河水使我心臟衰竭。不敢凝眸，不敢合眼，不敢吐痰，不敢吸菸。我為洗臉而來，不敢濕手。這條在三千里平原上隨意翻身打滾的河，用老年的皮膚，裹著無數螻蟻和人命，蘆葦和樑柱，珍珠和亂石。狐狸會上山，老鷹會上天，饒不了放不過的是流淚的牛、下跪的羊和縮在母親翅膀下的雛。那河幾乎滅省滅縣滅人三代九族，使中國人痛苦，無動於衷，不負責任。為什麼還要歌頌它，難道只是因為在河套在幾塊田，難道只是為了在河邊喝幾碗魚羹、在龍門拍幾張照片。

我想了又想，朝思暮想，再思再想，黃河讚美詩總有道理。道不遠人，人同此心。人愛其所有，既然有了，就愛，既然愛，就冠冕堂皇理直氣壯，自尊由此維護，自信由此產生。黃河已經存在，萬古千秋，天造地設，命中注定。無法填塞，無法更換，無法遺忘，無法否認。黃河是我們民族抱在懷裡的孩子，尿床，遺矢，踢被子，還是抱著，抱得更緊。黃河是國土的一部分，愚公移山不搬家，水患不去，拌沙吃飯不去，酷寒不去，盛暑不去，卑濕不去，瘴癘不去。偉哉黃河，豎高了是天柱，鋪平了是地維，水裡有幾具屍體算什麼，漂幾座屋頂算什麼。屍體不是我，我照樣歌頌黃河；屍體是我，別人照樣歌頌黃河。民族不能全上山。民族不能全投水。黃河黃河，我們驕縱它，修正它，防範它，美化它。我們對黃河賦予價值，再從黃河取得價值。

嗚呼夫子，你的上聯是五千年文化，下聯是萬里長河；我的上聯是桃花太紅李太白，下聯是詩書可誦史可法。

（選自民一九八八年五月十日出版《左心房漩渦》）

崔門三記

轉學記

星期一，一週復始，諸事更新，老崔且不管滿屋子高高低低、東倒西歪的行李雜物，急忙帶兒子去辦入學的手續。雖說孩子小，才四年級，可是「勤有功，戲無益」的古訓放之太平洋兩岸而皆準。

學校四面圍著黑色的鐵欄干，欄干裡面是一片草地，草地中央是高高的石階，雖是小學卻甚有氣派。大門好厚，單是外表釘上去的一層銅皮就不薄，難得孩子能推開。牆壁也是加厚了的，這要進門才感覺得出來，一種密封的、謹慎收藏，和外界有效隔絕的感覺，只有古堡或銀行的保險庫才會給你。老崔禱念，但願孩子進了寶庫就變成寶。

校長是四十來歲的紳士，他長得好乾淨，整潔的習慣簡直與生俱來。他對人的態度又文靜又熱心，文靜的人怎麼能熱心，他就能，若不是這兩種氣質調和了，家長會操實權的幾位太太怎會同意選他當校長。唉!他還有別的優點呢,他又敏捷又細心,不消兩分鐘就看完了老崔提供的文件(老崔簡直疑心他根本沒有看),也發現眼前這個由中國來的家長只能說些破碎的英語,就通知秘書用電話叫人。

老崔暗忖:人家說入學手續簡單易辦,並不需要討論交涉,現在……?坐在校長室裡聽壁上的電鐘那有頓挫、咳嗽一般的聲音,很窘,可以說有些羞愧。幸而不大功夫,校長要找的人來了,是一位女教師,竟是中國人,竟能說標準的中國話!老崔立刻血液暢通,呼吸均勻自然,並且怎樣也無法湮滅一臉的笑意。女老師不年輕了,魚尾紋很深,水晶體也不像水晶那麼清澈,但她依然活潑,依然反應很快,依然對人無猜,她知道她在退休之前不能喪失這些品質。

她先跟校長談話,然後對老崔說:「我姓孔,是這裡的雙語教師。看轉學證明書,你的孩子剛剛讀完四年級,轉到本校來讀五年級,可是看孩子的年齡呢,他該讀六年級才是。孩子的出生年月日,你沒寫錯吧?」馬上查對一遍,沒錯。「這裡的小學是按年齡編班的,校長認為你的孩子讀六年級比較相宜,不過這件事要由你決定。」

老崔問:「老師!我的孩子是不是由你來教?」老師頷首。「老師!我也不知道孩子讀幾年級好,請你決定好不好?」老師把眼睛睜圓了:「我不能替你決定。」當機立斷,十分鋒利,到底是飽經世故了。

牆上的掛鐘又咳嗽起來,片刻時間,老崔想到許多事:自己怎麼沒好好的學英語呢?當年每天念十個生字,夜晚躺在床上數生字如數拾來的銀圓,做夢也甜。不幸換了教師,左一篇補充教材，右一篇課外讀物，教的人辛苦，他這個學的人金山銀山塌下來壓在底下，瞎了也聾了，債多不愁、蝨多不癢，索性在上英文課的時候看起武俠小說來。想起英文，起初是急，後來是羞慚，最後是痲木。肥料上得太多，花是會死的呀。兒子的英文在「牙牙學語」階段，他恨不得兒子能從幼稚園讀起，敢貪多嚼不爛嗎？將來是龍是蟲，分別又豈在這一年半載？

念頭一閃，像坐在自動換片的幻燈放映機後面，幾乎可以聽見喀擦的聲音，眼前另是一番風景。一個高大的老美，從朋友家中告辭出來，朋友勸他「再喝一杯咖啡上路」，他站在門裡望著門外，舉起咖啡杯飲盡。就這麼「盞茶功夫」，他眼睜睜看見前面一輛車停下來，車門打開，駕駛人探身伸手從馬路上拾起一個帆布口袋，曳進車內。第二天，新聞報導說，那個口袋裡裝的是現鈔，共有一百多萬美元。不知怎麼，銀行運鈔車的後門開了，裝鈔票的袋子滾下來，坐在前座的駕駛和警衛都懵然。這多喝了一杯咖啡的老美連聲叫苦，叫得電視記者都聽見了，他說若非多費了「盞茶功夫」，那袋鈔票應該在他的車上——兒子若讀五年級，大學畢業要晚一年，結婚、就業，大概也都要晚一年，他會因此錯過一些什麼機緣？若是讀六年級，諸事提早一年，他又會趕上那些偶然？當年，老崔的上司所以發跡，是娶了一個有錢的太太，他能夠認識她，是因為換乘另一班飛機。硬是把星期五的票退了，改成星期三，而她在星期三的這班飛機上！

當然也有早搭一班飛機不幸趕上空難的。老華僑當年來得早，趕上種族壓迫——豈僅是歧視，應該說壓迫才對。可憐那些血淚！現在好多了，不過種族歧視還有一些，尤其是美國孩子，不懂忍耐和偽裝，難免欺負中國孩子。中國孩子都是小不點兒，十歲的美國孩子和十四歲的中國孩子站在一起，竟是一般高！照規定，六歲以下的孩童坐公共汽車可以不買票，有些中國孩子到了八歲九歲還在享受這項優待，司機實在看不出他實際上有多大。坐車固然占便宜，跟同年齡的人一塊兒打打鬧鬧、爭爭搶搶可就不行了。何況有些美國孩子出手很重，野性十足！如果讓孩子讀五年級，他比同班的孩子略大一點兒，總是多一點兒力氣，多一點兒經驗，總可以少吃一丁點兒虧，他在家裡也可以少擔一丁點兒憂。是不是？你說是不是？

壁鐘只輕輕咳嗽了幾下，老崔就想了這麼多，人的思想到底有多快？情勢遷延不得，於是奮勇的說出來：「五年級！」女老師立刻在文件上寫了個字，孩子的終身就這樣定了。「跟我來！」老師向孩子招手，孩子驚疑的望著父親，父親站起來：「老師，一切拜託了！」恨不得照中國古禮教孩子跪下來磕一個頭。阿彌陀佛！爺兒倆又瞎又聾，幸而遇見引路的！老師連忙說：「這裡的規矩，家長是不能隨便走動的。你回家吧。」做父親的連忙說：孩子，勇敢一些！上樓吧！教室在樓上！別像你初入幼稚園的那天，緊緊拉著我不放，要我站在教室窗外，你才不哭。什麼專家說過，把初生的嬰兒丟進水中，他自己會游泳，我現在是把你丟在游泳池裡了。孩子！好自為之罷！其實孩子早已跟著老師走開了，老崔怔了半天才接受這個事實。

走到街上，豔陽把整座小鎮照個透明。老崔這時真的相信舉頭三尺有神明，上帝保佑，讓孩子讀五年級，這個決定沒有錯！

命名記

老崔的孩子叫崔俠。「俠」是一個很俊的字。「是不是俠義的俠？」別人一聽就能領會。不幸進了美國的小學教室，這個字出了毛病。「這是你們的新同學，他姓崔，叫俠」，老師這麼一介紹，三十多個學生鬨堂大笑，把崔俠笑傻了。老師連忙聲明，剛才那個「俠」字，是用英文發音的方法念英文拼寫出來的「俠」。

她現在把中文正確的讀音介紹給大家。「俠」，這才是真正的俠，並非變體，未曾走樣。雖然如此，孩子們不知輕重，依然有一聲沒一聲的誦念：SHIT! SHIT!

老師大聲說：「你們叫他『崔』好了。」又輕輕的對崔俠：「有沒有英文名字？我是指真正英文名字，不是用英文字母把中文的音拼出來。你的同學都有個英文名字，你也得有一個，才容易跟他們做朋友。」

放學回家，把這層意思告訴父親。老崔恍然大悟：「俠」的英文拼音，聽來好像是：SHIT!而SHIT是糞便。好生美麗浪漫的「俠」，怎麼會跟這般不堪的東西換位，簡直是橘逾淮而為荊棘了。兒子的事，那一件不在他心中經過千迴萬轉，此處有失卻是沒有慮到。心中悶悶，不便對兒子說明，只得默然。倒是孩子，上學第一天，有很多新鮮事兒。「爸，咱們姓崔，怎麼來到美國，變了？老師說了好幾遍，說我姓『揣唉』。揣唉跟崔有什麼關係？」

老崔一聽，孩子的自尊心在動搖，得趕快伸手扶住。「北方姓王的人，到了廣東就變成姓黃，廣東人黃王不分。中國地方大，走遠了，字音會變。你想想，中國美國隔著半個地球呢！不過崔還是崔，沒有關係！」

老崔尋思：名字關係很大，「命」字有八筆，姓名是其中一筆。SHIT 這個音極討厭，「揣唉」也不成體統。兒子得有個英文名字，這個名字相當於從前的學名，起學名是老師的權利，這回她大概不會推辭了。就算她不幹，也得等她拒絕之後再想別的辦法，這是禮貌，禮多人不怪。這一晚越想越妥當，第二天上午裝了個紅包，直奔學校。

孩子的老師居然是個不容易見到的人物。左等右等，她一路小碎步跑過來：「什麼事？下課時間只有五分鐘，已經過去一分半了。」乖乖，一串爆竹點著了，節奏也不過如此，昨晚揣摹設計的一套起承轉合那裡用得上？趕緊說明來意，費時三十秒，雙手捧出紅包，十秒。「哎喲，崔先生，你怎麼還來這一套？」禮多惹人怪，不過，怪得柔和，體諒。「在美國，老師不能給學生起名字。起名字是你們自己的事，老師管不著，美國總統也管不著。」三十秒，老崔拱出去的雙手怎生收得回來，那紅包好重，捧著好吃力。秘書小姐打字的手停下來，清潔工人關掉吸塵器，還有警衛，都聚精會神看這一幕戲。又是二十秒。孔老師到底不是才出道的妮子，她想了一想，伸手去取紅包，卻又停在空中，五指半張半合，目光卻掃視觀眾，為介紹中國文化而作了一分鐘演說。她說，紅包代表幸運和祝福，處理紅包的方式乃是把錢抽出來歸還，把空空的封套留下。話猶未了，她尖尖的手指早把紅色的封套倒提起來，鈔票像一條小魚滑出來，鑽進了老崔的掌中，沒有水聲，只有輕微的震動。孔老師還能享受這種震動，媲美在音樂會上捉住了樂聲。到底她還是個中國人。最後，孔老師捏著空空的封套，捏著它張開了大口，朝著地面嘔吐，卻沒有任何東西可以吐出來。她幾乎拿封套當酒盃，對著同席的人照了又照，表示這盃酒確已乾了。三個觀眾在最恰當的時候，以最恰當的力量鼓了掌，又是三十秒。她看錶，還有三十秒，就向觀眾們招招手，一路小碎步上樓去了。

好罷，老師不管，美國總統也不管，咱們靠自己。自然，爺兒倆得商量一下，洋名字千奇百怪，得孩子能接受才行。下午三點，該放學了，出門去接兒子回家，校裡校外，前街後街，蘿蔔頭兒滿地滾，沒有自己園裡種的那一棵。想跟那些孩子打聽一下，卻無法啟齒。總不能問：「你看見我的兒子沒有？」你的兒子叫什麼？人跡漸稀，空隆一聲校門上了鎖，老崔趕緊挨近門口傾耳細聽，孩子要是鎖在裡頭了，他會喊叫，是不是？

空屋靜如古墓。

那麼，多半是，孩子從另一條路回家去了，此時正坐在門前石階上等他回去開鎖。於是藉機會來一段慢跑。自己的家在望，繞著房子跑一圈，前門只見蝴蝶，後門石階上只有松鼠。靈機一動，朝大道跑去，那裡四通八達，視野開闊，不管孩子從那個方向來，老遠可以看見。如保赤子，心誠求之，所料果然不差，孩子在兩條街外，正在向回家的方向走，有伴同行。雖不能說失而復得，老崔此時望見兒子，內心特別喜悅，覺得兒子如在地平線外冉冉升起，腳不沾地。覺得兒子在陽光鏤刻下身體髮膚無不精緻。覺得他翩翩如戀枝之蝶，依依如覓食的松鼠。

他根本不曾注意孩子身旁還有個小不點兒，直到孩子介紹：「爸，他叫林肯。」林肯？好傢伙，志氣不小，身為人父，不可忽略孩子的朋友。「嗨，林肯！」林肯沒理他，只顧一個勁兒嚼口香糖。沒聽說林肯總統當年如此喜歡吃糖。這個小林肯由脖子到頭頂，由指甲到臂彎，都髒得膩人。「你們到那裡去了？」老崔問孩子。「林肯要我跟他一塊去超級市場。」你們這麼小，進超級市場幹什麼？「林肯想吃糖，要我買給他。我沒帶錢。我們在貨架中間鑽進鑽出，很好玩。林肯偷偷的拿了兩塊糖含在嘴裡，我沒拿。」孩子看見父親的怒容，連忙補一句：「我沒拿。」老崔沒好氣的說「跟我回家」！孩子跟林肯說再見。「不要跟他再見！以後不要跟他在一起！」

林肯偷糖吃！名字好有什麼用！老崔生了一陣悶氣，想到連偷糖吃的人都有個好名字，就對孩子說：「你把電話簿拿來！」一面翻看人名，一面自忖：最好不要跟同班同學的名字雷同才好。「你們班上的同學都叫什麼名字？你喜歡誰的名字？」孩子說：「一個叫亞當。」又是一個小偷！一個偷吃蘋果的。怎麼讓孩子叫這個，想讓自己的兒子做天下人的祖宗，這種父母真刁透了。「有一個叫華盛頓的！」華盛頓、林肯，都只有讓他們美國人自己去用，若是由咱們喧賓奪主，怎麼好意思？有叫尼爾的，有叫大衛的，一看就知道是蠻夷之邦，鴃舌之人，罷了。

孩子知道父親要做什麼，坐在地毯上，依著爸的小腿，一隻手放在爸的膝蓋上，仰臉望著爸的臉。小手掌的溫軟一直傳到老崔的心窩，真得取個最好的英文名字，才配得上這麼乖的小男孩！很多人叫馬可，收音太短促，沒有後勁，使中國人有不祥的預感。居然有很多人叫馬恩穆，其音濁，其運乖？亞瑟曾經是名將和大君的名字，可惜它的發音實際上是「阿子兒」，近乎輕佻。

馬馬虎虎取名字的人何其多耶？「阿麻」，諧近「阿媽」，豈可以做男人一生的符號？

有了，老崔一拍大腿，抓起孩子的小手來，搖個不停。「我給你找到了一個好名字。幾乎踏破鐵鞋。聽著，記著，你叫愛德華。愛德華，既道德，又愛中華。愛德華，『愛』這種德性，在中華文化裡最完備。愛德華，愛中華，才是有德之人。你就叫這個名字吧！」

第二天一大早，老崔特地牽著孩子的手，通知校長和教師就說愛德華來了。校長正像個牧人似的。站在大門口，微笑檢視羊群入圈。「嗨，揣唉，你早！」老崔連忙說明，從今天起，孩子叫愛德華了。校長毫無必要的誇張了他的驚喜。「噢——，太好了，這是我祖父的名字！」這一來，老崔反而靦腆起來。怎麼說也是一校之長，別人的孩子犯了他祖父的名諱，他高興個什麼勁兒？

流血記

老崔望見小俠（他現在叫愛德華了）放學回家，連忙從冰箱裡端出小俠最愛吃的冰淇淋來。可是小俠望也沒望一眼，進臥房去倒頭便睡。老崔追到床邊，拉著兒子的手問怎麼了，回答是頭疼。手掌按在兒子額上，沒發燒，心情一鬆，笑了。怎麼會痛起來的？「林肯推我，我的頭撞到牆了。」

老崔的心弦立刻拉緊，捧著小俠的頭摸摸看看，沒看出什麼問題來，孩子卻不耐煩了。孩子那知道他父親呆坐床邊化成一具吃角子賭博的機器，嘩嘩喇喇吐出來腦震盪，昏迷，白癡，破傷風，一大堆恐怖。美國大都市是個可怕的地方，他聽到過許多行為粗暴的故事。他的下意識裡有個問號：那樣的事情會不會發生在小俠身上？難道，現在有了訊號？定了定神，央告兒子坐起，就著窗口，撥開一頭茂密的黑髮，像骨董商看花瓶似的，轉著圈兒看個沒完。

小俠索性看電視去。似乎不要緊，但是這種事情斷乎不能再發生一次。這夜，老崔翻來覆去，隔不多大會兒就去摸小俠的熱烘烘的似乎有稜有角的頭，他總覺得這一夜小俠睡得特別昏沉。崔氏三代單傳的好頭顱，可不能有差池，這頭腦要分成許多方格，一格裝中文，一格裝英文，一格裝德文，最怕隔間的地方震垮了。所有的東西變成大統艙裡一鍋粥。黎明，鬧鐘響了，孩子一骨碌起床。和往常一樣，老崔看在眼裡，就是裹創再戰了。

早餐桌上，老崔咬的不是麵包，是卡片，上面寫著格言：一張「杜微防漸」，一張「履霜堅冰至」，一張「當機不斷，反受其亂」。這一餐的滋味的確味同嚼紙。他決定花五十塊請個翻譯，和校長一談。

翻譯社派來一個小女孩，瘦伶仃的。她敲開門，卻不進去，大動作揮肘看錶：「現在十點，我的工作從這個時候算起。」不坐，不喝茶，也不客套。她也大學畢業了，只是身材小，在美國看中國女孩向來不成比例。加上說話還帶著童音。「走吧，你坐我的車，免費。」美國社會歷練出來的口吻。你還敢說她小？

校長依然乾乾淨淨的坐在他的位子上，好像生來從未經歷過空氣污染。他好像永不喝熱茶永不疾走，永不大聲呼喊。這段路開車不過一分多鐘，老崔在上車之前、下車之後，從小俠頭痛說起，把他的高瞻遠矚、他的曲突徙薪之計說個透徹。他預料有一場漫長的討論。翻譯者或許要超過預定的工作時間，增加收費。只要解決了問題，花個百兒八十也值得。誰知道這位小小姐在校長對面鄭重其事的坐下之後，只說了一句話。他聽得出，雖然是挺長的一個句子，到底只是一句。然後，校長的話，就像一盃溫熱的牛奶，熨熨貼貼的，柔軟緩和的流個不停，有抑揚挫頓，但是全無鋒芒稜角。他足足說了五分鐘。等校長說完了，女孩轉臉問崔：「還有別的事沒有？」別的事？怎會有別的事？這件大事還不夠辦？當然不會有別的事。「那麼，我們走吧！」

老崔失聲道：「不能走，不能走！」女孩愕然：為什麼不能走？「校長，他知道發生了什麼事情？」他知道！「我的來意，他了解？」他完全了解！老崔心裡還在掙扎：不能走！不能就這麼一走了之！你怎麼只替我說了一句話，我還以為那句話是個引子呢！這麼重要的問題，如何可以草草了事？心裡這樣想，腳步不由自主跟在翻譯小姐後面亦步亦趨。不走，還有什麼理由留下？他還能說什麼、做什麼？

女孩認為必須解釋一下。「我們想說的話，校長全替我們說了。林肯和愛德華都說對方動手，可是都沒有證據，好在沒有人受傷，兩人已經握手和好。孩子不記仇。大人不宜再提。至於以後，他說學校裡總會有這些麻煩，他很抱歉。」老崔一聽，涼了半截也矮了半截，這像個一校之長說的話嗎？女孩提出自己的見地：「還沒進校長室我就知道他會這麼說。」

老崔絕望的問：「那怎麼辦，誰來保護我的孩子？每一班都有導師，難道做導師的不維持班上的秩序？」女孩望著他，很同情的說：「我們翻譯社經常為新移民解答疑問，這項服務是不收費的。」她看了看腕錶。「我可以告訴你，不要依靠老師，再好的老師也不過教你一年，一年以後你依賴誰？」老崔說：「是啊，我到底能依賴誰？」女孩立時高大起來：「告訴你兒子，他要靠自己！」靠自己？「靠自己！有人打他，他就打回去！」老崔的汗毛直豎。女孩的口吻是在宣揚一項真理，毫無怯懦遲疑。「我讀初中的時候，一個男孩跟在我背後叫 Jeep, Jeep! 我反身朝他臉上就是一個耳光！」她做了個揮拳攻擊的姿勢，順便瞄一眼腕錶。「哭沒有用，告狀也沒有用，只有這個辦法中用！」她鑽進了汽車，最後一句話從汽車裡鑽出來。

讓他自己打回去！想想孩子的小胳臂小腿吧。可憐的小俠，姓名變成「愛德華・揣唉」，進了小學要自己打碼頭。慚愧啊，姓崔的有此不肖子孫！老崔來美有年，深知傷春悲秋無用。自怨自艾無用。處世之道在胸脯向前一挺。有人喜歡打你，是因為你做了廟門口的鼓。怕什麼，有些美國孩子整天吃奶油吃巧克力，一身虛胖浮腫，虛有其表。小俠何不看眼色行事，打得過，就打，打不過，就告！告狀儘管無用，到底不失為一種反抗。

這天下午，老崔不許小俠吃雪糕。「為什麼？到底為什麼？」那玩藝兒吃多了，渾身沒有力氣，打架打不過人家。小俠一聽，登登登逕自上樓，還以為他受了挫折，垂頭喪氣了呢，不大一會兒，卻穿上練習跆拳用的袍子，腰束藍帶，飄然而下。袍帶都還嶄新，加上小俠眉飛色舞，真能使滿室生輝。老崔忘了，近年來小孩子學柔道學跆拳之風甚盛，家長覺得也不過是一種體操，孩子認為比體操刺激有趣。小俠進過訓練班，教練還曾說他是可造之材呢！橫越太平洋的噴射客機，搖籃似的吊在空中，把一切搖成舊夢。

似夢還醒，小俠向父親折腰為禮，退後一步，在客廳地毯上表演起來。雙拳當胸，舉目揚眉，作勢欲擊。兒子學過跆拳，臨陣應有還手之力，但中國武道寧願忍辱，不肯出手，這個「打」字如何從他做父親的口中說出來？且看兒子兩肩微斜，二目側望，蟹行跳躍，飛起一腳，腳底仍能高過頭頂！但這一身戎裝、兩肩鬥志的孩子其實並沒有假想敵，目光清澄無猜，所謂防身制敵，一場家家酒而已，那能當真？那能當真？那句難言之隱到底又嚥回去。

「今天有麻煩沒有？」每天放學時分對孩子必有此一問。問得多了，孩子覺得奇怪，反問，「爸，你有什麼麻煩？」傻孩子，為父的四大皆空，一根麻也沒留下，何煩之有？你在成長，你的麻越存越多，恐怕煩是免不了的啊！為父的是不放心的啊！越是怕事，越要出事，這天雙語教師孔小姐打電話來，叫他快去。見了這位女教師，才驀然驚覺流年易逝，她的指甲由紫紅變成雲母白，她的眼窩由寶藍變成淺綠，她的頭髮由堆髻變成瀏海，咳，紅瘦綠肥春信去，竟是入夏了！但人生中可驚的並不是這個，他期待真正的震動。「愛德華又打架了！」好一個又字，連上次的糾紛也判決了。校長在旁炯炯而視，分明這話是校長的意思，由她翻成中國語而已。無暇分辯曲直，先問「孩子怎麼樣」。「沒人受傷，你不必擔心。」她一面說，一面看校長的反應。「是愛德華的錯，他先推了別人一把。凡是由中國來的新生，我都叮囑他們，千萬不可以推人，撞別人，倘若無意中碰到別人，要立刻說對不起。」轉過臉，用英語對校長說一遍。「崔先生，請你跟我們合作，教你的孩子記得這是美國，不是中國。孩子們你擠我、我推你，嘻嘻哈哈，是親熱；這裡不行！你推人家一把，人家就以為是受到攻擊，以為是你要打他！中國人要打誰，自己先退後兩步，美國人要打誰，先把他推開兩步！」把最後兩句用英語再說一遍，當然是為了校長，校長對這個比較很有興趣，笑意掛在嘴角上久久不散。

還好，沒人受傷。可是瓦罐不離井上破，常常打架怎麼得了！放學後，正想好好審問小俠，小俠先興沖沖的提出報告：「爸，今天傑克有麻煩。」他有什麼麻煩？「他想打我，我就用腳踢他，他倒了，我沒倒。」老崔再不考慮，再不節制，揚起巴掌劈臉就打。小俠捂著臉嚎啕大哭，一面哭一面看自己的手掌，叫「我流血了，我流血了」，一巴掌打破了鼻子。屋子裡沒有第三個人，老崔只得急忙轉換角色，由嚴父轉慈母，由懲罰者轉救護者，止血洗臉，孩子的抽噎使他也全身震動。

不該打，不該打，打孩子是犯法的行為，倘若有多事的鄰居打個電話，立刻就有警車上門。孩子，你不可打人。孩子，那不是傑克的麻煩，是你的麻煩。把孩子緊緊摟在懷裡，要孩子忍，要孩子讓，要孩子會看眼色，趨吉避凶。他說一句，孩子就答應一聲，接著又抽噎一下。老崔的心跟著隱隱痛一下。叮囑了千言萬語，小俠答應了千遍萬遍，這孩子忽然仰起臉來問：「他打我，我為什麼不能打他？」老崔語塞，眼淚直流。小俠掙出父親的懷抱說：「我的頭髮濕了，好癢！」

這天晚上，爺兒倆總算說通了。第二天心平氣和去上學，再也不會有衝突了，至少這個學期不會有麻煩了。這天上午的心境，有雨過天青的祥和。怎麼下午又有電話來叫老崔趕快到學校裡去！有什麼事？發生了什麼事？喂喂！那邊孔老師早掛上了聽筒。老崔丟下電話往外跑，第一次發覺這三個街口的距離真長。校門在望，先聽見預備放學的鈴響，先看見孔老師站在高高的石階上等他。這一段小跑跑得老崔直喘，想問有什麼事，只能吐出一個「有」。孔老師說：「不要緊，你別著急。」等他喘得慢了，才問：「愛德華學過功夫？」跆拳也算功夫的一種，老崔點頭。「你要當心了。傑克的個子比愛德華大，愛德華把他打敗了，現在全校的學生都知道愛德華會中國功夫。六年級有幾個學生想找愛德華比武。我叫你來接愛德華回家，省得受他們糾纏。」

老崔謝了。孔小姐看老崔新來，未必能了解事情有多嚴重，就索性多說幾句：「美國的這些孩子都看過香港的功夫片，知道中國功夫的厲害。在功夫片裡面，小孩子能把一個大力士打死，他們看了信以為真。他們若跟會功夫的孩子打架，出手一定很重，很可怕！」老崔立刻嚇得不喘了。孔小姐說：「要是張揚出去，連別校的學生也會上門找愛德華。他們不敢一個人來，要來就是一群。」老崔連聲追問怎麼辦，孔小姐說：「我不能告訴你怎麼辦，任何一種辦法都有它的副作用。」說到這裡，鈴響又響，各種膚色、各式衣著的孩子像打翻了一桶還沒有均勻混合的顏料。孔老師一把拉住一點黃，交在老崔手裡，那就是小俠。

小俠說：「爸，今天我沒有麻煩。」老崔不答，只緊緊的抓著孩子的手。「爸，我的手好痛！」偷看父親的臉色，不敢掙脫。回家路上好像鋪滿了棉花，老崔一步高，一步低，腦子裡一片白。他昨夜就沒有睡好，昨夜的昨夜也沒有睡好，現在根本無法思考。

先回去好好睡一覺再說。——摟著小俠，不讓他出門。

（選自一九八四年五月十日出版《看不透的城市》）

三月◆簡媜篇

繁花熾燃的爝火

簡媜小傳

一九六一年生於台灣宜蘭縣冬山河畔之農村，國立台灣大學中文系畢業。曾任職於廣告公司、聯合文學雜誌社、大雁書店、遠流出版公司，現專事寫作。作品以散文為主。曾獲國家文藝獎散文獎（舊制）、吳魯芹散文獎、金鼎獎等。

簡媜重要書目

作品

水問（散文），一九八五年，洪範書店。
只緣身在此山中（散文），一九八六年，洪範書店。
月娘照眠床（散文），一九八七年，洪範書店。
七個季節（小品），一九八七年，時報出版。
一斛珠（小品），一九八七年，李白出版社，與陳義芝、趙衛民、馮曼倫合著。李白停業後，簡媜所撰之四十二篇，其中十三篇收入《浮在空中的魚群》，另十八篇收入洪範版《下午茶》。
私房書（札記），一九八八年，洪範書店。
浮在空中的魚群（散文），一九八八年，漢藝色研。
下午茶（散文），一九八九年，大雁書店。一九九四年，洪範重出。
夢遊書（散文），一九九一年，大雁書店。一九九四年，洪範重出。
空靈（散文），一九九一年，漢藝色研。
胭脂盆地（散文），一九九四年，洪範書店。
女兒紅（散文），一九九六年，洪範書店。

頑童小番茄（**散文**），一九九七年，九歌出版社。

紅嬰仔（**散文**），一九九九年，聯合文學。二〇一九年，印刻文學重出。

天涯海角（**散文**），二〇〇二年，聯合文學。

舊情復燃（**散文**），二〇〇四年，洪範書店。

好一座浮島（**散文**），二〇〇四年，洪範書店。

微暈的樹林（**散文**），二〇〇六年，洪範書店。

密密語（**小品**），二〇〇六年，洪範書店。

老師的十二樣見面禮（**散文**），二〇〇七年，印刻文學。

誰在銀閃閃的地方，等你：老年書寫與凋零幻想（**散文**），二〇一三年，印刻文學。

我為你灑下月光：獻給被愛神附身的人（**散文**），二〇一六年，印刻文學。

陪我散步吧（**散文**），二〇一九年，作者自印。

■編選

惜生，一九八七年，方位出版社。

國中國文輔助文選（第三、四冊），一九八八年，開拓出版社。

心似秋月，一九九二年，巨龍出版社。

八十一年散文選，一九九三年，九歌出版社。

八十四年散文選，一九九六年，九歌出版社。

八十七年散文選，一九九九年，九歌出版社。

■大陸版

水問，一九九三年，北京中國友誼出版公司。
只緣身在此山中，一九九三年，北京中國友誼出版公司。
簡媜散文，一九九四年，浙江文藝出版社。
憂鬱女獵人，一九九五年，河北教育出版社。
簡媜：人生情感散文，一九九八年，湖南文藝出版社。
紅嬰仔，一九九九年，大眾文藝出版社。
水問，二〇〇〇年，九洲圖書出版社。
只緣身在此山中，二〇〇〇年，九洲圖書出版社。
私房書，二〇〇〇年，九洲圖書出版社。
下午茶，二〇〇〇年，九洲圖書出版社。
女兒紅，二〇〇〇年，九洲圖書出版社。
玻璃夕陽，二〇〇〇年，安徽文藝出版社。

簡媜的散文觀

散文具有舒緩的敘述魅力，能放縱想像、濃縮情理；不論是剖析人物內在世界、紀錄社會變遷、涵泳情絲理緒，均允許作多向度的延展與疊印。

我恆常對人的深層內在感到好奇，尋索其雍容與棲惶之貌，並紀錄其證成與救贖的歷程。

漁父

父親，你想過我嗎？

「雖然只做了十三年的父女就恩斷緣盡，他難道從來不想？」我常自問。然而，「想念」是兩個人之間相互的安慰與體貼，可以從對方的眉眸、音聲、詞意去看出聽出感覺出，總是面對面的一樁人情。若是一陰一陽，且遠隔了十一年，在空氣中，聽不到父親喚女兒的聲音；在路途上，碰不到父親返家的身影，最主要的，一個看不到父親在衰老，一個看不到女兒在成長，之間沒有對話了，怎麼去「想」法？若各自有所思，也僅是隔岸歷數人事而已。父親若看到女兒在人間路上星夜獨行，他也只能看，近不了身；女兒若在暴風雨的時候想到父親獨臥於墓地，無樹無簷遮身，怎不疼？但疼也只能疼，連撐傘這樣的小事，也無福去做了。還是不要想，生者不能安靜，死者不能安息。

好吧！父親，我不問你死後想不想我，我只問生我之前，你想過我嗎？

好像，你對母親說過：「生個囡仔來看看吧！」況且，你們是新婚，你必十分想念我——哦！

不，應該說你必十分想看看用你的骨血你的筋肉塑成的小生命長得是否像你？大概你覺得「做父親」這件事很令人異想天開吧！所以，當你下工的時候，很星夜了，屋頂上竹叢夜風安慰著蟲唧，後院裡井水的流咽沖淡蛙鼓，雞塒已寂，鴨也閉目著，你緊緊地掩住房裡的木門，窗櫺半閉，為了不讓天地好奇，把五燭光燈泡的紅絲線一拉，天地都躺下，在母親的陰界與你的陽世之際醞釀著我，啊！你那時必定想我，是故一往無悔。

當母親懷我，在井邊搓洗衣裳，洗到你的長褲時，有時可以從口袋裡掏出一包酸梅或醃李，這是你們之間不欲人知的體貼，還不是為了我！父親，你一個大剌剌的莊稼男人，突然也會心細起來，我可以想像你是何等期待我！因為你是單傳，你夢中的我必定是個壯碩如牛的男丁。

可是，父親，我們第一次謀面了，我是個女兒。

日日哭

母親的月子還沒有坐完，你們還沒有為我命名，我便開始「日日哭」——每天黃昏的時候，村舍的炊煙開始冒起，好像約定一般，我便淒聲地哭起來，哭得肝腸寸斷似的，讓母親慌了手腳，讓阿嬤心疼，從床前抱到廳堂，從廳堂搖到院落，哭聲一波一波傳給左鄰右舍聽。啊！父親，如果說嬰兒看得懂蒼天珍藏著的那一本萬民宿命的家譜，我必定是在悔恨的心情下向你們哭訴，請你們原諒我、釋放我、還原我回身為那夜星空下的一縷遊魂吧！而父親，只有你能了解我們第一次謀面後所遺留的尷尬：我愈哭，你愈焦躁，你雖裸抱我，親身挽留我，我仍舊抽搐地哭泣。終於，你惱怒了，用兩隻指頭夾緊我的鼻子，不讓我呼吸，母親發瘋般掰開你的手，你畢竟也手軟心軟了。父親，如果說嬰兒具有宿慧，我必定是十分歡喜夭折的，為的是不願與你成就父女的名分，而你終究沒有成全我，到底是什麼樣的靈犀讓你留我，恐怕你也遺忘了。而從那一次——我們第一次的爭執之後，我的確不再哭了，竟然乖乖地聽命長大。父親，我在聆聽自己骨骼裡宿命的聲音。

前尋

我畏懼你卻又希望親近你。那時，我已經可以自由地跑於田埂之上、土堤之下、春河之中。我非常歡喜嗅春草拈斷後，莖脈散出來的拙香，那種氣味讓我覺得是在與大地溫存。我又特別喜愛尋找野地裡小小的蛇莓，翻閱田埂上每一片草葉的腋下，找豔紅色的小果子，將它捏碎，讓酒紅色的汁液滴在指甲上，慢慢浸成一圈淡淡的紅線。我像個爬行的嬰兒在大地母親的身上戲耍，我偶爾趴下來聽風過後稻葉窸窸窣窣的碎語，當它是大地之母的鼾聲。這樣從午後玩到黃昏，漸漸忘記我是人間父母的孩兒。而黃昏將盡，竹舍內開始傳出喚我的女聲——阿嬤的、阿姆的、隔壁家阿婆的，一聲高過一聲，我蹲在竹叢下聽得十分有趣，透過竹幹縫看她們焦慮的裸足在奔走，不打算理，不是惡意，只是有一點不能確信她們所喚的名字是不是指我？若是，又不可思議為什麼她們可以自訂姓名給我，一喚我，我便得出現？我喚蛇莓多次，蛇莓怎麼不應聲而來呢？這時候，小路上響起這村舍裡唯一的機車聲，我知道父親你從市場賣完魚回來了，開始有點怕，抄小路從後院回家，趕快換下髒衣服，塞到牆角去，站在門檻邊聽屋外的對話：

「老大呢？」你問，你知道每天我一聽到車聲，總會站在曬穀場上等你。阿嬤正在收乾衣服，長竹竿往空中一矗，衣衫紛紛撲落在她的手臂彎裡，「迌迌到不知曉回來，叫半天，也沒看到囝仔影。」我從窗櫺看出去，還有一件衣服張臂黏在竹竿的末端，阿嬤仰頭稱手抖著竹竿，衣服不下來。是該出去現身了。

「阿爸。」扶著木門，我怯怯地叫你。

阿嬤的眼睛遠射過來，問：「藏去哪裡？」

「我在眠床上睏。」說給父親你聽。你也沒正眼看我，只顧著解下機車後座的大竹籮，一色一色地把魚啊香蕉啊包心菜啊雨衣雨褲啊提出來，竹籮的邊縫有一些魚鱗在暮色中閃亮著，好像魚的魂醒來了。地上的魚安靜地裹在山芋葉裡，海洋的色澤未褪盡，氣味新鮮。

「老大，提去井邊洗。」你踩熄一支菸，噴出最後一口，煙梟梟而升，如柱，我便認為你的煙柱擎著天空。

我知道你原諒我的謊言了，提著一座海洋與一山果園去井邊洗，心情如魚躍。

你習慣叫我「老大」，但是不知道為何這樣稱呼我？也許，我是你的第一個孩子；也許，你稍稍在自我補償心中對男丁的想望；也許，你想征服一個對手卻又預感在未來終將甘拜下風。你雖為我命名，我卻無法從名字中體會你的原始心意；只有在酒醉的夜，你醉歪的沙發上，用沙啞而挑戰的聲音叫我：「老——大，幫——我脫鞋——」非常江湖的口氣。我遲疑著，不敢靠近你那酒臭的身軀，你憤怒：「聽到沒？」我也在心底燃著怒火，勉強靠近你，抬腳，脫下鞋，剝下襪子，再換腳。你的腳趾頭在日光燈下軟白軟白地，有點沖臭，把你的雙腳扶搭在椅臂上，提著鞋襪放到門廊上去，便衝出門溜去稻田小路上坐著。我很憤怒，朝墨黑的虛空丟石頭，石頭落在水塘上：「得攏！」月亮都破了。只有這一刻，我才體會出你對我的原始情感：畏懼的、征服性的，以及命定的悲感。

然而，我們又互相在等待、發現、尋找對方的身體。

夏天的河水像初生育後的母乳，非常豐沛。河的聲音喧嘩，河岸的野薑花大把大把地香開來，影響了野蕨的繁殖慾望，蕨的嫩嬰很茂盛，一莖一莖綠賊賊地，採不完的。不上學的午後，我偷偷用鐵釘在鋁盆打一個小孔，繫上塑膠繩，另一頭綁在自己的腰上，拿著穀篩，溜去河裡摸蛤蜊。「噗通！」下水，水的壓力很舒服，我不禁「啊啊啊！」地呼氣。河砂在腳趾縫搔癢、流動，用腳趾一掘，就踩到蛤蜊了，摸起來丟在鋁盆，「咚！咚！咚！」蛤蜊們在盆裡水中伸舌頭吐砂，十分頑皮，我一粒一粒地按它們的頭，叫它們安靜些。有些，篩到玻璃珠、螺絲釘、鈕釦，視為珍寶，尤其鈕釦。我可以辨認是哪一家婦子洗脫的釦子，當然不還她，拿來縫布娃娃的眼睛。啊！我沒有家，沒有親人，沒有同伴，但擁有一條奔河，及所有的蛤蜊、野蕨、流砂。這時候，遠方竹林處傳來你的摩托車聲，絕對是你的，那韻律我已熟悉。我想，我必須躲起來，不能讓你發現我在玩水。但是這一段河一覽無遺，薑葉也不夠密，我只得游到路洞中去藏，等待你的車輪輾過。我有種緊張的興奮，想嚇你，當你的車甫過時，大聲喊你：「阿——爸啊！」然後躲起來，讓你只聞其聲不見其人，偷看你害怕的樣子：你也許會沿著河搜索，以為我溺斃了，剛剛是回魂來叫你，你也許會哭，啊！我想看你為我哭的樣子……來了，車聲很近了，準備叫，「轟轟轟……」，車輪輾過洞的路表，河波震得我麻麻的，我猛然從水中竄出，要叫，剎那間心生懷疑，車行已遠……那兩個字含在嘴裡像含著兩粒大魚丸，喘不過氣，我長長地嘆一口氣，把那兩字吐到河水流走。叫你「阿爸」好像很不妥貼，不能直指人心，我又該稱呼你什麼，才是天經地義的呢？一身子的水在牽牽掛掛，滴到河裡像水的嬰啼，我帶著水潛回河中，不想回家去幫你提魚提肉，連對「父親」的感覺也模糊了。夏河如母者的乳泉，我在載浮載沉。然而，為何是你先播種我，而非我來哺育你？或者，為何不能是互不相識的兩個行人，忽然一日錯肩過，覺得面熟而已？我總覺得你藏著一疋無法裁衣的情感織錦，讓我找得好苦？

遲歸的夜，你的車聲是天籟中唯一的單音。我一向與阿嬤同床，知道她不等到你歸來則不能睡，有時聽到她在半睡之中自嘆自艾的鼻息，也開始心寒，怕你出事。你的車聲響在無數的蛙鳴蟲唧之中，我才鬆了心，與世無爭。你推開未拴的木門進入大廳，跨過門檻轉到阿嬤的房裡請安，你們的話中話我都聽進耳裡，你以告解的態度說男人嗜酒有時是人在江湖不得不，有時是為了心情鬱促。阿嬤不免責備你，家裡釀的酒也香，你要喝幾罈就喝。也免得妻小白白擔了一段心腸。這時，阿姆燒好洗澡水，也熱了飯湯，並請你親自去操刀做生魚片。一切就緒，你來請阿嬤起身去喝一點薑絲魚湯。掀起蚊帳，你問：

「老大呢？」

「早就睏去囉。」

你探進來半個身子，撥我的肩頭，叫：

「老大的——老大的——起來吃さしみ！」

我假裝熟睡，一動也不動。（心想：「再叫呀！」）

「老大的——」

「睏去了，叫伊做啥？」阿嬤說。

「伊愛吃さしみ。」

做父親的搖著熟睡中女兒的肩頭，手勁既有力又溫和，彷彿帶著一丁點權威性的期待，及一丁點怕犯錯的小心。我想我就順遂你的意思醒過來吧！於是，我當著那些蛙們、蟲群、竹叢、星子、月牙……的面，在心裡很仁慈地對著父親你說：「起來吧！」

「做啥？阿爸。」我裝著一臉惺忪問你。

「吃さしみ。」說完，你很威嚴地走出房門，好像仁盡義至一般。

但是，父親，你尋覓過我，實不相瞞。

手溫

那是我今生所握過，最冰冷的手。

「青青校樹，萋萋庭草」的驪歌唱過之後，也就是長辮子與吊帶裙該換掉的時候。那一日，正是夏秋之間田裡割稻的日子，每個人都一頭斗笠、一手鐮刀下田去了。田土乾裂如龜殼，踩在腳底自然升起一股土親的感情。稻穗低垂，每一顆穀粒都堅實飽滿，閃白閃白的稻芒如弓弦上的箭，隨時要射入村婦的薄衫內，好搔得一駝紅癢。空氣裡，儘是成熟的香，太陽在裸奔。

父親，你刈稻的身軀起伏著，如一頭奔跑中的豹。你的鐮刀聲擦過我的耳際，你的闊步踩響了我左側的裂土，你全速前進，企圖超越我，然後會在平行的時候停下來，說：「換！」然後我就必須成為你左側的敗將，目送你豹一般往前刈去，一路勢如破竹。但是，父親，我決心贏你。我把一望無際的稻浪想像成戰地草原，要與你一決雌雄。我使盡全力速進，刈聲脆響，挺立的稻稈應聲而倒，不留遺言。我聽見你追趕的鐮聲，逼在我的足踝旁、眉睫間、汗路中、心鼓上，我喘息著，焦渴著，使刀的勁有點軟了，我聽到你以一刈雙棵的掌式逼來，刈聲如狼的長嗥，速度加快，我不由得憤怒起來，撐開指掌，也用同樣的方式險進，以拚命的心情。父親，去勝過自己的生父似乎是一件很重要的事情，你能了解嗎？

當我抵達田埂邊界，挺腰，一背的溼衫，汗水淋漓，我握緊鐮刀走去，父親，我終於勝過你，但是不敢回頭看你。

日落了，一畦田的穀子都已打落，馬達聲停止，阿嬤站在竹林叢邊喊每個人回家吃晚飯。田裡只剩下父親你和我，你正忙著出穀，我隨手束起幾株稻草，鋪好，坐下歇腳，摳摳掌肉上的繭，當我摘下斗笠搧風時，你似乎很驚訝，停下來：

「老大，妳什麼時候去剪掉長頭毛？」

「真久囉。」我摸摸那汗水溼透的短髮，有點不好意思，彷彿被你窺視了什麼。

「做啥剪掉？」

「讀國中啊！你不知道？」

「哦。」

你沉默地出好穀子，挑起一籮筐的穀子走上田埂回家，不招呼我，沉重的背影隱入竹林裡。

我躺下，藏在青稈稻草裡的蛤蟆紛紛跳出來，遠處的田有人在燒乾稻草，一群虎狼也似的野火奔竄著、奔竄著，把天空都染紅了半邊。我這邊的天，月亮出來了，然而是白夜。

父親，我了解你的感受，昔日你褓抱中那個好哭的紅嬰，今日已搖身一變了。這怎能怪我呢？我們之間總要有一個衰老，一個成長的啊！

但是，一變必有一劫。田裡的對話之後，我們便很少再見面了。據說你在南方澳，漁船回來了，漁穫量就是你的心事；據說你在新竹，我在菜園裡摘四季豆的時候，問：

「阿嬤，阿爸去哪？」

「新竹的款！」

「做什麼？」

「小捲。講是賣小捲。」

「你有記不對沒？你上次講在基隆。」

「不是基隆就是新竹，你阿爸的事我哪會知？」

基隆的雨季大概比宜蘭長吧！雨港的簷下，大概充斥著海魚的血腥、批魚商的銅板味，及出海人那一身洗也洗不掉的鹽餿。交易之後，穿著雨衣雨鞋的魚販們，抱起一筐筐的鮮魚走回他們自己的市場，開始在尖刀、魚俎、冰塊、山芋葉、溼鹹草，及秤錘之間爭論每一寸魚的肉價，父親，你是他們中的一員，你激動的時候就猛往地上吐檳榔汁，並操伊老母……雨天，我就這樣想像。想到心情壞透了，就戴上斗笠，也不披簑衣，從後院雞舍的地方爬上屋頂，小心不踩破紅瓦片，坐在最高的屋墩上，極目眺望，望穿汪洋一般的水田、望盡灰青色的山影，雨中的白鷺鷥低飛，飛成上下兩排錯亂的消息，我非常失望，囁嚅著：「阿爸！」、「阿爸！」天地都不敢回答。

再見到你，是一個寤寐的夜，我都已經睡著了，正在夢中。突然，一記巨響——重物跌落的聲音，改編了夢中的情節，我驚醒過來，燈泡的光刺著我的睡眼，我還是看到了你，父親。你全身爬進床上衣櫃的底部，雙拳捶打著木板床，兩腳用力地蹭著木板牆壁，壁的那一面是擺設神龕的位置，供桌、燭台、香爐及牌位都搖搖作響，阿嬤束手無策，不知該救神還是救人？你又掙扎著要出來，龐大的身軀卡在櫃底，你大聲地呼嘯著、咆哮著、痛罵一些人名……我快速地爬下床，我知道緊接著你會大吐，把酒腥、肉餿、菜酸臭，連同你的罈底心事一起吐在木板床上，流入草蓆裡。

父親，我奪門而去，夜露吮吸著我的光臂及裸足，我習慣在夜中行走，月在水田裡追隨我，我抓起一把沙石，一一扔入水田，把月砸破，不想讓任何存在窺見我心底的悲傷。整個村子都入睡了，沉浸在他們簞食瓢飲的夢中。只有田裡水的鬧聲，沖破土堤，夜奔到另一畦田；只有草叢間不倦的螢火蟲，忙於巡邏打更。父親，夜色是這麼寧謐，我的心卻似奔潰的田土，淚如流螢。第一次，我在心底下定決心：

「要這樣的阿爸做什麼？要這樣的阿爸做什麼？」

父親，我竟動念棄絕你。

七月是鬼月，村子裡的人開始小心起來，言談間、步履間，都端莊持重，深怕失言惹惱了田野中的孤魂，更怕行止之際騷擾到野鬼們的安靜——在七月，他們是自由的、不縛不綁不必桎梏，人要禮讓他們三分。小孩子都被叮嚀著：江底水邊不可去哦，有水鬼會拖人的腳；天若是黑，竹林腳千萬不要去哦，小鬼們在抽竹心吃，有聽見沒？第二天早晨去竹叢下看，果然落了一地的竹籜，及吸斷的竹心渣。鬼來了，真的，鬼來了。

七月十四，早晨，我在河邊洗衣，清早的水色裡白雲翠葉未溶，水的曲線曼妙地獨舞著，光在嬉鬧，如耀眼的寶珠浮於水面，我在洗衣石上搓揉你的長褲，阿爸，一扭，就是一灘的魚腥水滴入河裡，魚的鱗片一遇水便軟化，紛紛飄零於水的線條裡。阿爸，你的車聲響起，近了，與我擦背而過，我蹲踞著，也不回頭看你了，反正，你是不會停下來與我說話的。我把長褲用力一拋，「叭」一入河，用指頭鉤住皮帶環，兩隻褲管直直地在水裡飄浮，水勢是一往無悔的，阿爸，我有一兩秒的時間遲疑著，若我輕輕一放指，長褲就流走了。但我害怕，感覺到一種逝水如斯的顫慄，彷彿生與死就在彈指之間。我快速地把長褲收回來，扭乾每一滴水，將它緊緊地塞進水桶裡。好險！撿回來了，阿爸！

但是阿爸，你的確是一去不返了。

那日，夜深極了，你還未回來，廳堂壁上的老鐘響了十一下，我尚未闔眼。遠處傳來一聲聲狗的長嗥，陰森森的月暝夜，我想像總有一點聲音來通風報信吧！當我渾渾噩噩地從寤寐之中醒來時，有人用拳頭在敲木門：「動」、「動」、「動」……

一個警察，數個遠村帶路的男人，說是撞車了，你橫躺在路邊，命在旦夕，阿爸。

阿嬤與阿姆隨去後，我踅至沙發上呆住，老鐘「滴答」、「滴答」，夜是絕望的黑，蟲聲仍舊唧唧，如蒼天與地母的鼻鼾。我環膝而坐，頭重如石磨，所有的想像都是無意義的暴動，人生到此，只有癡癡呆呆地等待、等待，老鐘「滴答、滴答、滴答、滴答……」時間的咒語。

隱隱約約有哭聲，從遠遠的路頭傳來，女人們的。你被抬進家門，半個血肉模糊的人，還沒有死，用鼻息呻吟著、呻吟著。我們從未如此尷尬地面對面，以至於我不敢相認，只有你身上穿著的白襯衫我認得，那是我昨天才洗過晾過疊過的。阿姆為你褪下破了的血衫，為你拭血，那血汩汩地流。所有的人都面容憂戚，但我已聽不見任何哭聲，耳殼內只迴盪著老鐘的擺聲及你忽長忽短的呻吟——天就要亮了，像不像一個不願回家的稚童搖著他的博浪鼓在哭？我端著一臉盆的污血水到後院井邊去，才呼吸到將破的夜的清香，但是這香也醒不了誰了。上方的井水一線如瀉，注亂下方池裡的碎月，我端起臉盆，一潑，血水酹著這將蕪的家園，「天啊！」我說，臉盆墜落，咕咚咚幾滾，覆地，是上天賜下來的一個筊杯嗎？我跪在石板上搓洗染血的毛巾，血腥一波一波刺著我的鼻，這濃濁、強烈、新鮮的男人的血，自己阿爸的。搓著搓著，手軟了，坐在溼漉漉的青石上，面對著井壁痛哭，壁上的青苔、土屑、蝸牛唾糊了一臉，若有一命抵一命的交易，我此刻便換去，阿爸。

天快亮的時候，他們再度將你送去鎮上就醫，所有的人走後，你呻吟一夜的屋子空了，也虛了，只留下地上的斑斑碧血。那日是七月十五日，普渡。

我在井邊淘洗著米，把你的口糧也算進去的。昨夜的血水沉浸在池底，水色絳黑，我把髒的水都放掉，池壁也刷洗過，好像刷掉一場噩夢，好像什麼事也沒發生過，把上井的清水釋放出來，我要淘米，待會兒家人都要吃我煮的飯，做田的人活著就應該繼續活著，阿爸。

河那邊的小路上，一個老人的身影轉過來，步子遲緩而佝僂，那是七十歲的大伯公，昨晚，他一起跟去醫院的。我放下米鍋，越過竹籬笆穿過鴨塘邊的破魚網奔於險狹的田埂上，田草如刀，鞭著腳踝，鞭得我顛仆流離，水田漠漠無垠，也不來扶，跳上小路的那一刻，我很粗暴地問：

「阿爸怎麼樣？」

「啊……啊……啊……」他有嚴重的口吃，說不出話。

「怎麼樣？」

「啊……啊……伊……伊……」

就在我憤怨地想撲向他時，他說：

「死……死了……」

他蹣跚地走去，搖搖頭，一路囁嚅著：「沒……沒救了……」我低頭，只看見水田中的天，田草高長茂盛，在晨風中搖曳，搖不亂水中天的清朗明晰，我卻在野地裡哀痛，天！

那是唯一的一次，我主動地從伏跪的祭儀中站起來，走近你，俯身貪戀你，拉起你垂下的左掌，將它含在我溫熱的兩掌之中摩挲著、撫摸著你掌肉上的厚繭、跟你互勾指頭，這是我們父女之間最親熱的一次，不許與外人說（那晚你醉酒，我說不要你了，並不是真的），拍拍你的手背，放好放直，又回去伏跪。當我兩掌貼地的時候，驚覺到地腹的熱。

後　尋

死，就像一次遠遊，父親，我在找你。

從學校晚讀回來時，往往是星月交輝了。騎車在碎石子路上，經過你偶去閒坐的那戶竹圍，不免停車，將車子依在竹林下，彎進去，燈火守護著廳廳房房，正是人家晚膳的時刻。曬穀場上的狗向我吠著，我在他們的門外佇立，來做什麼呢？其實自己也不清楚，就只是一種心願罷了，來看看父親你是否在他們家閒坐而已。那家婦人開了門，原本要延請我入室，似乎她也記得我正在服喪，頭髮上別住的粗麻重孝，令她遲疑而不安，她雙手合起矮木門，只現出半身問我：「啥麼事？」我尷尬而不敢有惱，說：「真久沒看到妳，我阿爸過身，多謝妳幫忙。」我轉身要走了，她叫住我，說：「是沒棄嫌妳才跟妳講，去別人家，戴的孝要取下來，壞吉利。」父親，東逝水了，東逝水了，我是岸土上奔跑追索的盲目女兒，眾生人間是不會收留你的了。

天倫既不可求，就用人倫彌補，逆水行舟何妨。父親，你死去已逾八年。

「你真像我的阿爸！」我對那人說。有時，故意偏著頭瞇著眼覷他。

「看什麼？」他問。

「如果你是我阿爸，你也認不得我了。」

「哦？」

「你死去的時候三十九歲，我十三歲；現在我二十一歲了，你還是三十九歲。」

「反正碰不到面。」

癡傻的人才會在情愫裡摻太多血脈連心的渴望，父親，逆水行舟終會覆船，人去後，我還在水中自溺，遲遲不肯上岸，岸上的煙火炎涼是不會褓抱我的了，我注定自己終需浴火劫而殘喘、罹情障而不癒、獨行於荊棘之路而印血，父親，誰叫我對著天地灑淚，自斷與你的三千丈臍帶？我執迷不悟地走上偏峰斷崖，無非是求一次粉身碎骨的救贖。

撿骨

第十一年，按著家鄉的舊俗，是該為你撿遺骨了。

「寅時，自東方起手，吉」，看好時辰，我先用鮮花水果祭拜，分別喚醒東方的「皇天」、西面的「后土」，及沉睡著的你，阿爸。

墓地的初晨，看慣了生生死死的行伍，也就由著相思林兀自款搖，落相思的雨點；由著風低低的吼，翻閱那地上的冥紙、草履、布幡。雀在雲天，巡邏或者監視，這些永恆夢國的侍衛們，時時清查著，誰是新居者，誰是寂寞身後的人？馬纓丹是廣闊的夢土上，最熱情的安慰，每一朵花都是胭脂帶笑的；野蔓藤就是情牽了，挽著「故閨女徐木蘭之墓」及「龍溪顯祖考妣蘇公媽一派之佳城」這二老一少，不辭風雨日暮；紫牽牛似托缽的僧，一路掌著琉璃紫碗化緣，一路誦「大悲咒」，冀望把夢土化成來世的福田。

「武罕顯考圭漳簡公之墓」，你的四周長著帶刺的含羞草，一朵朵粉紅色花是你十一年來字不成句的遺言，阿爸。三炷清香的虛煙裊裊而升，翳入你靈魂的鼻息之中，多像小時候，我推開房門，搖搖你的腳丫，說：「喂，起來囉，阿爸！」你果真從睡中起身，看我一眼。

「時辰到了。」挖墓的工人說。

按禮俗，掘墓必須由子嗣破土。我接過丁字鎬，走到東土處，使力一掘，禁錮了十一年的天日又要出現了，父親，我不免癡想起死回生，希望只是一場長夢而已。

三個工人合力扒開沙石，棺的富貴花色已隱隱若現，我的心陣痛著，不知道十餘年的風暴雨虐、螻蟻啃嚼，你的身軀骨肉可安然化去，不痛不癢？所謂撿骨，其實是重敘生者與死者之間那一樁肝腸寸斷的心事，在陽光之下重逢，彼此安慰、低訴、夢迴、見最後一面、共享一頓牲禮酒食，如在。我害怕著，怕你無面無目地來赴會，你死的時候傷痕纍纍。

拔起棺釘，棺蓋嘎然翻開，我睜開眼，借著清晨的天光，俯身看你：一個西裝筆挺、玄帽端正、革履完好、身姿壯碩的三十九歲男子寂靜地躺著，如睡。我們又見面了，父親。

啊！天，他原諒我了，他原諒我了，他知道我那夜對蒼天的哭訴，是孺子深深愛戀人父的無心。

父親，喜悅令我感到心痛，我真想流淚，寬恕多年來對自己的自戕與恣虐，因為你用更溫柔敦厚的身勢裸抱了我，視我如稚子。如果說，你不願腐朽是為了等待這一天來與人世真正告別、為至親解去十一年那場噩夢所留下的繩索，那麼，有誰比我更應該迎上前來，與你心心相印，與你舐犢共宴？父親，我伏跪著，你躺著，這一生一死的重逢，雖不能執手，卻也相看淚眼了，在鹹淚流過處，竟有點頑石初悟的地坼天裂之感，我們都應該知足了。此後，你自應看穿人身原是髑髏，剔肉還天剔骨還地，恢復自己成為一介逍遙赤子；我也應該舉足，從天倫的窗格破出，落地去為人世的母者，將未燃的柴薪都化成炊煙，去供養如許蒼生。啊！我們做了十三年的父女，至今已緣盡情滅，卻又在斷滅處，拈花一笑，父親，我深深地賞看你，心卻疼惜起來，你躺臥的這模樣，如稚子的酣眠、如人夫的靦腆、如人父的莊嚴。或許女子賞看至親的男子都含有這三種情愫罷！父親，滔滔不盡的塵世且不管了，我們的三世已過。

「合上吧！不能撿。」工人們說。

我按著葬禮，牽裳跪著，工人鏟起沙石置於我的裙內，當他們合上棺蓋，我用力一撥，沙石墜於棺木上，算是我第二次親手葬你，父。遠遊去吧！你二十四歲的女兒送行送到此。

所有的人都走後，墓地又安靜起來，突然，想陪你抽一支菸，就插在燃過的香灶上。煙升如春蠶吐絲，雖散卻不斷，像極人世的念念相續。墓碑上刻著你的姓名，我用指頭慢慢描了一遍，沙屑黏在指肉上，你的五官七竅我都認領清楚，如果還能乘願再來，當要身體髮膚相受。
不知該如何稱呼你了？父親，你是我遺世而獨立的戀人。

（一九八五年七月）

母者

黃昏，西天一抹殘霞，黑暗如蝙蝠出穴嚙咬剩餘的光，被尖齒斷頸的天空噴出黑血顏色，枯乾的夏季總有一股腥。

遼闊的相思林像酷風季節湧動的黑雲，中間一條石徑，四周荒無人煙。此時，晚蟬乍鳴，千隻萬隻，悲悽如寡婦，忽然收束，彷彿世間種種悲劇亦有終場，如我們企盼般。

木魚與小磬引導一列隊伍，近兩百人都是互不相識的平民百姓、尋常布衣，遠從漁村、鄉鎮或都市不約而同匯聚在此。他們是人父、人子更多是灰髮人母，隨著梵樂引導而虔誠稱誦，三步一伏跪，從身語意之所生唸四句懺悔文：有的用國語，有的閩南語，有的痴心地多唸一遍。路面碎石如刀鋒，幾處凹窪仍積著雨水，相思叢林已被黑暗佔據，彷彿有千條、萬條野鬼在枝椏間擺盪、跳躍，嘲諷多情的晚蟬、訕笑這群匍匐的人們。

往前兩里山腰有一簡陋小寺，寺後岩縫流泉，據云在此苦修二十餘載的老僧於圓寂前，曾加持這口活泉，願它生生不息澆灌為惡疾所苦的人，願一瓢冷泉安慰正在浴火的蒼生。當她荷月而歸，一襲黑長衫隱入相思林小徑，是否曾回眸遠眺山下的萬家燈火？蟬聲淒切，她的心與世間合流，她痛他們所痛的。那一夜，是否如此時，風不動，星月不動？

兩里似兩千般漫長，身旁的她肅穆凝重，黑暗中很難辨識碎石散佈的方位，幾度讓她顛躓不起。她合掌稱誦、跪伏，我忽然聽到她自作主張在最後一句懺悔文加上女兒的名字，聽來像代她懺悔，又像一個平凡母親因無力醫治兒女疾病，自覺失責向蒼天告罪！她牽袖抹去涕淚，繼續合掌稱誦、三步一跪拜，謹慎地壓抑泣聲，深怕驚擾他人禱告。她生平最怕舟車，途中四小時車程已嘔吐兩次，此時一張臉清白枯槁，身子仍在微微顫抖。我悄言問她：歇一會兒好嗎？她抿緊嘴唇用力搖頭，繼續合掌稱誦觀世音，跪拜，噙淚唸著「一切我今皆懺悔」。白髮覆蓋下凹陷的眼睛，如一口活泉。

若不是愛已醫治不了所愛的，白髮蒼蒼的老母親，妳何苦下跪。

然而，我只是傾聽晚蟬悲歌，心無所求，因一切不可企求。獨自從隊伍中走出，坐在路邊石頭上。微風開始搖落相思花，三朵，五朵，沾著朝山徒眾的衣背，也落在我頭上。從我腳邊經過，這列跪伏隊伍肅穆且卑微，蟬歌與誦唱交鳴的聲音令我冰冷，彷彿置身無涯雪地，觀看一滴滴黑血流過。又有幾朵相思花落了。

我的眼睛應該追尋天空的星月，還是跪伏的她？那枯瘦的身影有一股懾人的堅毅力量，超出血肉凡軀所能負荷的，令我不敢正視、不能再靠近。她不需我來扶持，她已凝斂自己如一把閃耀寒光的劍。那麼，飄落的相思花就當作有人從黑空中掉落的，拭劍之淚吧！

我甚至不能想像一個女人從什麼時候開始擁有這股力量？彷彿吸納恆星之陽剛與春月的柔芒，萃取狂風暴雨並且偷竊了閃電驚雷：逐年逐月在體內累積能量，終於萌發一片沃野。那渾圓青翠的山巒蘊藏豐沛的蜜奶，寬厚的河岸平原築著一座溫暖宮殿，等待孕育奇蹟。她既然儲存了能量，便必須依循能量所來源的那套大秩序，成為其運轉的一支。她內在的沃野不隸屬於任何人也不被自己擁有，她已是日升月沉的一部份，秋霜冬雪的一部份，也是潮汐的一部份。她可以選擇永遠封鎖沃野讓能量逐漸衰竭，終於荒蕪；或停棲於欲望的短暫歡愉，拒絕接受欲望背後那套大秩序的指揮——要求她進行誘捕以啟動沃野。選擇封鎖與拒絕，等同於獨力抵抗大秩序的支配，她將無法從同性與異性族群取得有效力量以直接支援沉重的抵抗，她是宿命單兵，直到尋獲足以轉化孕育任務之事，慢慢垂下抵擋的手，安頓了一生。

然而，一旦有了愛，蝴蝶般的愛不斷在她心內搧翅，就算躲藏於荒草叢仰望星空，亦能感受熠熠繁星朝她拉引，邀她，一起完成瑰麗的星系；就算掩耳於海洋中，亦被大濤趕回沙岸，要她去陸地種植故事，好讓海洋永遠有喧嘩的理由。

蝴蝶的本能是吮吸花蜜，女人的愛亦是一種本能：採集所有美好事物引誘自己進入想像，從自身記憶煮繭抽絲並且偷摘他人經驗之片段，想像繁殖成更豐饒的想像，織成一張華麗的密網。與其說情人的語彙支撐她進行想像，不如說是一種呼應——亙古運轉不息的大秩序暗示了她，現在，她憶起自己是日月星辰的一部份，山崩地裂的一部份，潮汐的一部份。想像帶領她到達幸福巔峰接近了絕美，遠超過現實世間所能實踐的。她隨著不可思議的溫柔而迴飛，企望成為永恆的一部份：她撫觸自己的身體，彷彿看到整個宇宙已縮影在體內，她預先看見完美的秩序運作著內在沃野：河水高漲形成護河捍衛宮殿內的新主，無數異彩蝴蝶飛舞，裝飾了絢爛的天空，而甘美的蜜奶已準備自山巔奔流而下……。她決定開動沃野，全然不顧另一股令人戰慄的聲音詢問：

「妳願意走上世間充滿最多痛苦的那條路？」

「妳願意自斷羽翼、套上腳鐐，終其一生成為奴隸？」

「妳願意獨力承擔一切苦厄，做一個沒有資格絕望的人？」

「妳願意捨身割肉，餵養一個可能遺棄妳的人？」

「我願意！」

「我願意！」

「我願意成為一個母親！」她承諾。

那麼，手中的相思花就當作來自遙遠夜空，無名星子賜下的一句安慰吧！柔軟的花粒搓揉後散出淡薄香味，沒有悲的氣息，也不嗟哦，安慰只是安慰本身，就像人的眼淚最後只是眼淚，不控訴誰或懊悔什麼。種種承諾，皆是火燎之路，承諾者並非不知，卻視之如歸。一個因承諾成為母親而身陷火海的女人，必定看到芒草叢下、蚊蠅盤繞的那口銅櫃，上面有神的符籙：「妳做了第一次選擇成為母親，現在，我給妳第二次選擇也是最後一次：裡頭有遺忘的果子與一杯血酒，妳飲後便能學會背叛，所有在妳身上盤絲的苦厄將消滅，妳重新恢復完整的自己，如同從未孕育的處女。」

妳會打開嗎？我仰問眾星，她會打開嗎？是的，她曾經想要打開。

多年前，當我仍是懵懂的中學生寄宿親戚家，介紹所老闆帶一位從南部來的女人，應徵女傭。約莫三十歲像一枝瘦筍，揹著布包及裝雜物的白蘭洗衣粉塑膠袋。她留給我的第一印象不算好，過於拘謹彷彿懼怕什麼以至於表情僵硬。她留下來了，很熟稔地進廚房——出於一種本能，無需指點即能在陌生家庭找到掃把、洗衣粉、菜刀、砧板的位置。我不知道她的來歷也缺乏興趣探問，只強迫自己接受一張不會笑的臉將與我同睡一房。然而次日，我開始發現她的注意力放在那具黑色轉盤電話上，悶悶地撕著四季豆「啪噠」一折、丟入菜簍。黃昏快來了，餓肚子的時刻。我告訴她可以用電話，她靦腆地搖頭，繼續折豆子。然後，隔房的我聽到撥動轉盤，很多數字，漫長地轉動，像絞肉機，但是沒聽到講話聲；靜默的時間不像沒人接，她掛斷。廚房傳來鍋鏟聲。

當天深夜，也許凌晨了。我起來如廁，發現隔著屏風的那張床空了。我躡手躡腳在黑暗中搜尋，有一種窺伺的緊張感。最後從半掩著門的孩子房瞥見她的背影。三歲與六歲的表弟同睡雙人床上，像所有白天頑皮的男童到了夜間乖巧地酣睡；她坐在椅子上低聲啜泣，因壓抑而雙肩抖動，沒發覺躲在門後的我。她輕輕撫摸孩子的腳，虛虛實實怕驚醒他；我從未在黑暗中隔著一步之遙窺伺一個陌生女人的內心，也許我的母親曾用同樣手勢在夜裡撫摸我，只是從不讓我知道。當她忘情地摟著表弟的一隻腳，埋頭親吻他的腳板，我的心彷彿被匕首刺穿，超越經驗與年齡的一滴淚在眼眶打轉，忽然明白她真正的身分不是女傭是一個母親，一個拋下孩子離家出走的母親！沉默的電話只為了聽聽孩子的聲音。

「你雖然賜我第二次選擇的機會，然而既已選擇成為人間母者，在宇宙生息不滅的秩序面前，我身我心皆是聖壇上的牲禮，忠實於第一次選擇，如武士以聖戰為榮耀，不管世人將視我如草芥奴隸，嘲諷我是愚痴的女人。啊！神，請收回你的銅櫃，看在我孩子的面上！」

第三天，她辭職。

眾星沉默。朝拜的人群已消失蹤影，遠處依然傳來梵音，輕輕敲打夜空以及夜空之外，更遼闊的夜空。山，似乎在梵唱中吟哦起來，眼前的碎石路被月光照軟了，看來像一疋無限延伸的白絹。我垂目靜坐，亦能照見絹上佈滿使徒的足印，以身以口以意，以一切為人的尊嚴。若這絹上直豎刀林，那足印便有血跡；若是火灶，便有燎泡。清涼的晚風，我是如此懦弱從人群中脫逃，你可願意代我吹熄她身上的火燎。

她始終不是逃兵，從守寡的那天起。為自己的選擇奮戰，像蕭蕭易水畔的荊軻。你吹拂原野，掠過城鎮，當明瞭男人社會裡的女人是無聲的一群，而寡婦更是次等公民，除了是非多，帳單更多。她具備鋼鐵般的意志又不減溫婉善良，你不得不相信，蝴蝶與坦克可以並存於一個女人身上。然而，我們應該怎樣理解命運？巨災淬煉她成為生命戰場上的悍將，還是她擁有至剛極柔的秉賦，便注定要不斷攬接巨災。她鍾愛的女兒在荳蔻年華染上惡疾，從此變成外表年輕貌美而心智行為如同一頭野獸。是的，傾聽的風，童話故事中美女的愛使野獸破除詛咒恢復人形，但是，什麼樣的愛能使美女祓除窩藏在體內、那頭指揮她嚙咬衣服、尖叫嘶喊、朝每個人臉上吐沫的野獸呢？如果以往那位娟秀溫柔的美女仍有一絲清明，她會伏跪祈求世人賜她死，而野獸摀住她的口，野獸說：「我要長命百歲！」吟哦的風，悲劇來自兩難；老母親以己飢度女兒之飢、己渴度女兒渴，一日三餐、沐浴更衣，把她餵養得強壯有力，於是嘶喊更尖銳、唾沫更豐沛、毆擊母親的臂膀愈來愈像鐵棍。你或許會怒號，何不讓她斷糧衰竭？人可能在生死決勝的戰役中，苛虐戰俘，視他人生命如草芥螻蟻，這是戰爭罪惡之處，它逼迫人成為邪魔的俘虜。然而，人衷心嚮往恆常的共體和諧，不忍在盛宴桌上聽到丐者喊餓，不忍輕裘華服自凍屍身旁走過。世間之所以有味，在於這眾苦匯聚的道場中，視他人災厄為己身災厄，他人之苦為自己苦楚的一部份。何況母親，她既在最初承諾成為人間母者，她的生命已服膺生生不息的規律，只有不斷孕育、賜予生、扶養生，而喪失斷生、殺生的能力。不管她的孩子畸形弱智，被澆薄者視作瘟疫、遭社群遺棄，她仍會忠貞於生生不息的母者精神，讓生命的光在孩子身上實踐。啊！垂憫的風，當她隔著紗窗搓洗衣服，看到窗內的女兒貞靜美麗一如往昔，忍不住停下工作，打開門鎖，進房想擁抱女兒，卻頓遭野獸般捶打時，你是否願意透露第十年，還是二十年後的擁抱將會成真，屆時，年逾中年的女兒會紮紮實實抱著瘦骨嶙峋的老母，說：「媽媽，我好像做了惡夢！」

窗外，玉蘭樹與夜來香交遞散發清香，窺伺的風，你一定看到夜深人靜時刻，體內的猛獸逐漸盹睡，美女擁有短暫時光，乖順地讓母親摟著同眠，你聽到蒼老的聲音問：「還記不記得小時候教妳的童謠？陪媽媽唱好不好？」蝴蝶、蝴蝶生得真美麗，蝴蝶、蝴蝶生得真美麗……。

啊，飄泊的風，你終於能理解，等待寂靜之夜一隻蝴蝶飛回來，是她的全部安慰了。如果有一天，她在生命盡頭用最後一把力氣帶走女兒，你若是願意吹拂她們墳前的青草，不怒斥她是背職的母親？你願意邀約無數異彩蝴蝶，當甜美的子夜，她們又唱起這首童謠？

梵音寂寞，人籟止息，已到吹燈就寢時刻了。想必此時眾人圍聚泉邊，祈請佛泉。蟬，是天地間的禪者，悲憫永恆的空無；深夜聽蟬，喜也放下，悲也放下。

那年盛夏，午蟬喧嘩，一波波潲入充滿藥味的家屬休息室。有的人很快移出，意謂同時有人自加護病房送普通病房；有的人遷入，表示某人剛送入對門的加護室。這間六坪大的休息室像一面鏡子，清晰地看到人與他的親人之間的牽絆關係。那對夫婦佔去兩張長椅，早上我剛來時，六十多的外省丈夫含著牙刷一面走一面刷，五十來歲操勞過度的本省太太正在摺被。家當、什物堆疊茶几上，她喊丈夫把被子塞到櫃子上頭，他才邊走邊刷，像所有嗓門很大、服從太太的退伍老兵。他們看起來像房客了，毫無疑問，躺在加護病房的必是兒女。

這是難以理解的牴觸，父母可以為兒女打一場長期抗戰，反過來，兒女卻鮮能如此。我無意間知道是兒子，等公用電話時，她平靜如常交代對方去買一套西裝，報了尺寸，若西服店沒有，殯儀館應該有，立刻去買，要準備辦了。她捲髮翻飛，衣褲縐得像梅乾菜，趿著拖鞋進休息室，好像打電話叫瓦斯行送一桶瓦斯而已。

近午時分，白襯衫、黑西裝送來了，她抖開襯衫似乎不甚滿意，戴上老花眼鏡拆開袖子與腰身邊線，穿針引線縫了起來。做母親的最了解兒子身量，最後一套衣服更要體面才行，免得到冥府被譏為沒人疼的，做娘的沒面子。課誦之蟬，我瞥見茶几上供奉一尊小小的觀音像。她咬斷線頭，又穿新線，像尋常日子裡對丈夫嘮嘮叨叨柴米油鹽般說：「我們不可以說他不孝，這樣他下地獄就會被打。他才十九歲，也不是生病拖累我們，今天要死也不是他願意的，哪裡對不起我們？如果我們做他的父母，心裡講他不孝，那他就會被打，不孝子會被打你知不知道！」

午窗邊冷邊熱，玻璃帶霧；虔誠的蟬，在你們合誦的往生咒中，我彷彿看見十九歲的他晃悠悠地走進來，扶著牆問：「媽，衣服好了嗎？」

一定有甘美的處所，我們可以靠岸；讓負軛者卸下沉重之軛，惡疾皆有醫治的秘方。我們不需要在火宅中乞求甘霖，也毋需在漫飛的雪夜趕路，懇求太陽施捨一點溫熱。在那裡，母者不必單獨吃苦，孩子已被所有人放牧。

微風吹拂黑暗，夜翻過一頁，是黎明還是更深沉的黑？她從石徑那頭走來，像提著戰戟的夜間武士，又像逆風而飛的蝴蝶。

掌中的相思花只剩最後一朵，隨手放入她的衣袋。

日子總會過完的，當作承諾。

（一九九二年七月）

四月◆陳列篇

群山互撞的回聲

陳列小傳

本名陳瑞麟，一九四六年生於台灣嘉義鄉下。淡江大學外文系畢業。一九六九年移居花蓮，任國中教師，三年後，因故繫獄近五年。曾獲時報文學獎第三、四屆散文首獎，並於一九九〇年獲時報文學推薦獎、台灣文學獎散文金典獎、聯合報文學大獎等。

陳列寫作年表

• 一九四六年，出生於嘉義縣六腳鄉灣南村。本名陳瑞麟。
• 一九六九年，淡江大學英文系畢業，並服役一年後至花蓮花崗國中任教。
• 一九七一年，辭教職。
• 一九七二年四月，因「叛亂犯」罪名被捕入獄。
• 一九七六年十二月，出獄。
• 一九八〇年，第一篇散文〈無怨〉（原名〈獄中書〉）獲該年時報文學獎散文首獎。
• 一九八一年，以〈地上歲月〉一文獲該年時報文學獎散文首獎。
• 一九八六年，從台北移居花蓮。
• 一九八九年，散文集《地上歲月》出版（漢藝色研）。
• 一九九〇年，受玉山國家公園管理處委託，從事自然寫作。
• 一九九一年，《永遠的山》出版，獲該年時報文學獎推薦獎。
• 一九九三年六月，受聘出任民主進步黨花蓮縣黨部執行長。
• 一九九四年三月，接任民主進步黨花蓮縣黨部主任委員。
• 一九九四年，再度出版《地上歲月》（聯合文學）。

・一九九九年，再度出版《永遠的山》（玉山社）。

・二〇一三年，《躊躇之歌》、《人間・印象》出版（印刻文學），並再度出版《地上歲月》、《永遠的山》（印刻文學）。

陳列的散文觀

我盡量避免寫遠離社會現實的囈語謊言，但同時又深信文學應有它之所以是文學的藝術美質，是不該受到犧牲或迫害的。我在這塊土地上生活、走動，經歷見聞的某些人和事物曾令我感動、不安或忿懣。我的散文，大抵是這一類情思的紀錄。

——節錄漢藝色研版《地上歲月》序

無怨

午睡在雷聲中醒來，脆急沉厚的聲音在囚房外。一場大雨應該就會接著而來的；我聞得出雨的味道。若在家鄉盛夏的平原上，這必是一番壯闊的景象：涼風、奔馳的陰雲以及稻田間頓時高昂起來的蛙鳴，然後，父親可能就會穿起雨衣，扛著鋤頭，要掘水路去。

可是現在，我只能從氣窗的花磚間望見幾格不成其為天空的割裂的昏暗色澤。

就在房間角落那個高出地板許多的廁所內，我曾多次踮著腳尖，透過鐵柵的空隙，凝視外面陽光或夜空下的市鎮，心中陣陣不安的飢渴和疼痛。一個老犯人說，除了睡覺和吃飯之外，不要再看其他和想其他。我懂得他的意思。行人、屋宇、遠處山腳下南下北上的火車等等全然和我們無關，生命裏的某些東西已經中止或完全死去，勢必隨感受而來的自憐情緒常會把人擊垮，對牆內的生存造成力量的損失，唯有使自己的心境進入心理學家所說的最後的妥協期，接納事實並調整自己之後，才不至於發狂或活得很辛苦。一個盼望能有多久的堅持呢？回憶中的聲色又如何構成一丈見方空間裏的活動內容？因此，在必要的工作之外，我們學習看書以及不思不想。

對於書本，這裏的某些人是陌生的，他們最熟悉的是拳腳刀劍恩怨之類的當下行動，並尊崇男人世界中某部分無關乎知識教誨的奇特價值。但時地遷易之後，書中的一個故事，一篇記述，便也可能是一次新奇的經驗，使他們逐漸忘去快樂與否以及刑期還剩多久等問題。睡在我旁邊的來自旗山的黑笛仔，曾經有過多少意氣昂揚的往事呢?他那全身龍蛇鷹虎雜處的黥墨就是那些日子的鮮明註腳。可是，目前最令他著迷的是遊記。從他的專注裏，我可以想像到，書中的萬里風光必定溶化掉他胸中不少的騰騰熱氣，並使他打破了四壁的範囿，心思因而及於地球的每個涯角;許多完全不須提防的山水和人文在等著他，並進而讓他對未來懷著一些必須活著出去完成的秘密誓約。

至於對我而言，書中滋味之一是能夠超越時間，與古人對坐交談。他們一生的起伏、得意和悔悟，原原本本展開在我眼前。我似乎把握到了虛榮與進取之間，眼淚與歡笑之間的微妙關係，以及所謂的永恆的意義。或者應該說，我在書頁裏所面對的是過去的自己，所關懷的是未來。只是沒有現在。某個哲人說，生活不該是為明天而準備而是快樂充實地活過每個今天。我要說的是，當我在唸書時，日子就那麼容易地過去了。

假使累了，那就盡量什麼也不去想吧。偶爾的不思不想就是一件好事情。在生命中空出某些時候，讓它們遠離名利憂患，永遠有助於面貌的清滌。梭羅在生活的書頁上所留下的寬闊的白邊，非但不是浪費，而且是一種力量的充實;國畫中留白所生的無限張力和完整性，絕不是任何線條或色彩所能造出的。在一段時間的嘈雜和匆忙之後，那是人真正端詳自己的時刻。我隨意走著，坐著，不必很累地去注意他人或計算事情。

現在，三個室友似乎都很平靜地閉目躺著，或許也在追憶或想望一個流動的世界，或許在嚼噬著自己的不幸或悔疚，或許什麼都不是，而是真正在全心全意的睡眠。因為到底憂思還是免不了，再加上前些時日的工作，的確夠讓人疲累的，而另一次足以引起心情波動的任何變化又不知何時將會到來。

如果有陽光，從西邊牆壁上方的花磚間射入的幾塊菱形光線，現在應該落在第七條地板橫木上了。那也就是老林右腿附近的位置。等到陽光移到第八條地板時，有時就會聽到獄吏的鐵底皮鞋走在長廊上的聲音，而後是某個鐵門開啟和關閉的轟然撞擊。我們知道，下午的審訊和工作又開始了。在陽光的移動中，有人將要為個人的自由甚或於生命和法律爭執幾個鐘頭，有人則將在工廠區為某個團體縫製一定數量的筆挺制服。

陽光共有十二塊，成三行排列。在這個七月的上旬，大抵在午飯後不久就會出現。我第一次注意到它是在我進來第三天的午後。我無心地翻閱著黑笛仔擺在枕頭邊的《海天遊蹤》。夜裏永遠亮著的日光燈早已隨著白天的到來而關熄了，書上的文字還算清楚可見。許多事情令我煩慮。等我再低頭時，卻看到了泛黃的書頁上有著兩小塊柔和的亮光，手背和地板上更多。幾乎整個下午，我就那樣定定地看著，我從沒有想到，陽光移動的腳步竟會那般令人怦然心動。以前，我們當然都見過陽光，但絕不會想到它可以分割成多少塊如此細碎的光芒，更怎會想到自己會為小塊投射在房間內的光線而激動，而守候呢？而且，往往就在這樣的守候裏，一天過去了。

然而今天下午，陽光是不會來了。從聲音就可以聽出雨已開始急促地落下；我辨認得出它分別打在鐵皮屋頂上、樹葉上和水泥地上的不同聲響。但只要它能在夜裏停止，不妨礙明早的放風散步，我們便無所謂風雨——船長除外，船長對於晴朗以外的任何天候都感到焦躁。

其實他沒當過船長，他只是一隻近海漁船上的一位射魚手。他不識字；大家在看書時，他那副一八二公分高和約八十五公斤重的軀體就伏在地板上，用原子筆在白報紙上畫魚，一邊哼著無言的歌調，聚精會神的模樣恰似小孩作畫的虔誠神情。他仔細地一筆一筆勾勒，反覆地畫著各種旗魚和鯊魚，並且添上起伏的波浪。不必做工的時候，一天也只往往完成一張。然後，如果看到別人在欣賞，他便會不好意思地微笑，並解釋那條魚的特徵，然後把它疊放在屋角。認真地畫著那些線條時，他絕不至想到藝術或者它的技巧和功用吧。他只是想把最難以忘懷的過去生活中的因子描繪得盡可能真確而已。大海必然喜歡他那壯健的身體。他站在船頭，把魚鏢擲向旗魚的姿勢，會是一種怎樣叫人興奮的美呢？可是，他還得離開他所熟悉的海洋九年。陰霾的日子裏，他總是綳著臉，悶急地來回走動，把地板踏出重重的響聲。難道他仍在擔憂如何使漁船迅速駛入某個避風港，或收穫的微少嗎？

心情愉快的時候，譬如說，收到女兒的來信時，他會把手伸出廁所壁上的鐵條外，開玩笑地對大家說：「來啊，摸一下社會。」那就像五十八歲的老林有一次在走入清晨的散步場時說的「空氣好香啊！」一樣，其中給人的突兀感覺所引起的已不是可笑或可憐了，而是一種難以言喻的生之哀愁。在強說愁的年齡，人才會嚮往孤煙寒水或花月一類的景致。塗佈著浪漫理想色彩的心，希望集酸甜苦辣於一身，且羨慕豪邁卻落魄的英雄，盼望死得淒美或悲壯。真實的人生畢竟不是如此，船長和老林等人將告訴你，到達某個年歲之後，隨著受傷害的增多，人變得卑微而無奈了，並且挨向人群尋求安全和溫暖。對於這些臉上刻著風霜的人所作的嘆語，你說，那是浪漫呢，還是稚氣？

人生當中的確有若干讓人無言以對的時候。幾個月前的一段時期，我也往往在每天二十分鐘的散步時，蹲在水泥散步場邊，撫摸著外圍草地上尖稜的草葉，手心所感受的那種刺人的微癢迅速傳遍全身，幾乎令人掉淚和暈眩。那些綠意。使我想起我生命中永遠不再回來的一些熱情和狂傲。

那個秋天，那個初識的女孩陪我逃向更深的山區，興奮地要找一個地圖上標明的水源，並且相信，如果能夠到達那裏，就會走上通往一處美麗海灘的一條公路。我們穿行在佈滿荒蓁密蘿的山巒間，在微凹的洞穴過夜。冷氣把我們凍醒。柴火早已熄了。我們對坐著說話，聽鳥獸的叫聲，等待黎明。後來，我們躺在山頂的一片緩緩下斜的草原上，望著全無阻擋的藍天和白雲，那個女孩把那次經驗總結為「偉大」。放風仰望天空時，我總會看到在屋頂平台上踱步的荷著槍的警衛。我也總是這麼想，他所守護的是不是正是我們那一天看到的那一片靜默的天地？

剛來的時候是冬天。散步場四周水泥牆上的藤蔓只空留著皺瘦蕪雜的枝條，灰底黑紋。那股蒼涼已不只是版畫般的典麗而已了；它似乎還在提醒我些什麼。角落裏的一棵大開白花的山茶，不知在綻放給誰看。不動聲息游移的冷風。現在，經過了一個春天，那片老邁的藤蔓才逐漸長出澀紅的新葉。等到這場雷雨過後，整面牆也許不久就會蓋滿一層在風裏招搖的綠色了。只是，對於這些，我們一天至多也只能看個二十分鐘而已。獄吏的哨音一起，我們就得匆促地離開那四面牆圍出的一角自然，告別一天之中顏色最多的所在，然後走上迴梯和密閉的走廊，再度回到二樓的這個小室。

一般說來，只要不去想及外面的人和事，獄中生活是平靜的，也因此，人變得敏感而脆弱。再細微的聲音和氣味都會引起我們的注意力，任何人事的變動也必然使心情震盪不已。為了保護自己，避免不必要的紛擾，我早已斷絕和每個男女友人的交往。那個奇異的女孩子也是其中之一。夢境和風情畢竟已經遙遠了，甜美只是想像中的感覺，疼痛卻是擾亂秩序的真實。知道今天看了幾十頁的書，似乎就很快樂了。

卡繆說：「幸福不是一切，人還有責任。」這是一個人道主義者的莊嚴宣言。在此，私己性的享樂追求為更高的某個理想層次或所謂的社會良心而犧牲。於是，歷史上有了臉色蒼白或赤紅的聖哲與烈士，後代人也有了仰望的對象。可是，對於包括我在內的這裏的許多人而言，卡繆在他的札記裏所引述的另一種幸福更見親切和令人渴想。它的要素是這樣的：開放的生活、愛他人、免於一切野心的自由，以及創造。

關於創造，我也在這個小室內看到了人類在困阨中改善環境的生動力量，看到文明演進具體而微的示範。囚犯能夠利用漿糊和牛皮紙製造書桌和書櫃，利用破布製成衣架和堅韌的繩索，利用饅頭和衛生紙製成圍棋子，以及利用花生薄膜製成風味特殊的香菸。大家在諸如此類的創意中改變空間，尋得滿足，並建立一個作息有序的小社會，按時起床運動工作睡覺，排班洗碗和擦地板。

人希望保持個性的特立，但人也是不堪孤獨的；他向別人和文化尋求認同。一項事實是：有時半夜醒來，白茫茫的燈光刺痛兩眼，於是閉目諦聽屋外的風聲，想著亮在某個窗口的小燈，真想有個人和我說話，或者共嘗平凡隱微的一些事物。困頓時，人所以還能保持內心的平衡，某些宗教人士以為是由於我們感覺到，現世生活只是生命的一部分，只是未來新生和覺醒的序曲。我寧願認為，在這樣的境況中，相濡以沫是力量獲得的最真確來源。

當然，隨相處而來的一些弊病也是免不了的。緊閉的囚室裏就是這麼幾個二十四小時吃住在一起的人；偪促的領域使人難以躲避不想要的參與。惡劣情緒的傳染、摩擦和爭辯隨時都會將你捲入，且甚至硬撐一整個虛榮的下午。反正生活確實也不可能永遠是一條潺潺的清流，而且我們不是超絕的角色，所以也不是能夠隱遁的角色，別人攪起的波紋或混濁，我們往往不知措手，因此乾脆也偶爾向它投下幾塊石子，讓它變形，並且發出一些可聞或不可聞的聲音。

雨繼續下著，室友也在繼續睡。外面散步場邊的草地必已滿是潮濕，今夜將是雷馬克所說的屬於根與芽之夜。生機只要沒有完全死去，終究會萌芽茁長的。許多日子以前的某些時候，我常自以為已無法再感受歡愉的滋味了，人與物都顯得疏遠而難把握，甚至於天空和草木的爽心之美也只徒然加重愴然感覺而已，並認為此生將這樣地在忿懣裏走著、咳嗽、老去。這時，在雷雨聲中的恬靜裏，我卻曉得，我不應該因為過去通過歪扭的媒介走入世界就變得落寞。當天地間萬物貫注於生長的時候，似乎其他的什麼都不值得怨恨和記掛了，最該珍視的是自己的完整。因此，我開始自覺得如此溫柔，如此強健，如此地神。

（原載一九八〇年十月二日《中國時報》人間副刊）

老兵紀念

一

那時候，他們並不老，大略是三十四十幾的年紀。他們的一個小部隊來我們的學校邊，修築因颱風雨而崩塌了的一段坡崁。那是我第一次看到那麼多兵在工作。而真正吸引我注意的，便是其中佔多數的一望即知來自遙遠大陸的他們這些「外省兵」。我常從二樓教室的走廊眺望他們在泥濘裏挖剷搬填走動的樣子；秋日耀眼，草綠色的身影映著黃土坡起伏，許多小小的臉孔褐亮地泛著光。我們上課時，他們的吆喝和笑聲，時而越過圍牆、鳳凰樹和籃球場，悠悠然襯入老師單調的話語裏，不很清楚，卻又是真實的。我有時不意地聽著，沒回過頭去，但經常好像就那樣地聞到了酸酸鹹鹹、淋漓的汗水味。

放學後，我刻意從側門出來，他們有時也收工了，正列隊走入右側相思林中的山路，邊走邊合唱歌曲，或齊聲喊「一、二、三、四」。有幾次，我遠遠尾隨，聽他們高亢的唱喊聲激盪著林間漸沉的暮色，如拍岸的潮湧，一波疊一波，而他們整齊晃動的背影正隨著地勢在我眼前緩緩上升。一些鳥叫驚掠飛逝。除了主要的好奇之外，我幾乎有了一種近似嚮往的心情。

當時我十六歲，騷動不安的年齡，家裏的人剛循舊俗祭祖拜天地，為我行成年禮不久。然而男子成年後又將如何呢？我是不免在想起時總有困惑的。或許就是因為這樣子吧，那些兵，那些「外省兵」，就在這個時候，在書本所教示的夙昔的聖賢典範之外，在習見平凡的衣食名利的追求之外，給了我某些模糊的異樣感覺和某種生活意義的幻想了。我想大致上，當時我是把他們和勇氣、榮譽、正義、犧牲之類的抽象概念聯想在一起的。在年少的我想來，他們正就是穿越過書本上語焉不詳的中國近代史中那一大段戰火狂煙，在與壞人周旋中浪跡過五湖四海，並因而必然有著許多冒險傳奇故事的好漢英雄。

甚至於他們在工地附近的冰果室挑逗女孩子的姿態言語，在青澀的我看來，也自有一番漢子應有的瀟灑豪邁。

於是假日裏，我終於去了他們暫時駐紮的相思林深處的一座寺廟，並且成為他們的「小老弟」。

他們的世界給我一種遼闊繽紛且奇異新鮮的感覺。一大群男人，口音相異，有些我甚至不容易聽懂。他們一起並排睡在廟側廂房的大統舖，棉被稜角分明。吃飯時就在廟前紅磚廣場上圍蹲成一圈圈。陽光混著菜香灑照著一顆顆短髮的頭顱。好幾繩串的內衣內褲，淺淺的草灰色，有的已洗成泛白，全部靜靜垂在紅磚外的綠色菜園子旁。口令，哨音，粗大的嗓門，有時卻又一下就安靜了。架在寢室牆角的長槍，摸起來冷冷的。我興奮地隨意行走，聽著異鄉風味的口音此起彼落地傳揚，分明地感受到他們這個世界裏的活力、豐盛，以及秩序中的互相照應。

當然我也問起那個風雲洶湧的年代裏，他們的戰役；都是慘烈的，但我聽起來很刺激。包圍反包圍，混亂的追擊和轉進。翻山涉水，好幾個日夜接連不睡，忍飢受寒。冒著彈雨，踏著同伴的屍體跳過敵人的鐵絲網和坑道奔跑前進。把破肚而出的大小腸子塞回去之後繼續衝鋒，殺死了一班人。腿被打斷了，撿起來之後才發現是別人的。這一類的故事，我知道，他們是故意說來嚇我的。他們的敘述也常顯得凌亂破碎——在這場席捲了數億生民的長期動亂中，他們各自的遭遇又怎能拼湊出可以讓人得知一個前因後果的血淚圖？但我癡癡地聽著，彷彿那段苦難很遠。他們敘說的口氣，雖然有時夾雜著臭罵和爭議，聽起來也好像對自己的傷痛是不在意的。然而，我卻又清楚看到他們展示在我眼前的身上的各種疤痕。他們當中有幾個，甚至在腕臂或手背黥墨了三、兩句斬釘截鐵的口號，作為終生堅決無悔、絕不善罷干休的誓言。因此，我還是認為，他們是什麼都不牽掛的；活著，僅只為了某些效忠的對象，一個心目中最高的義理。

然而，他們仍也時而談起故鄉的事，一些值得記憶的美好的事，景色，物產，氣候，有時彼此還會因各自的炫耀和比較而引起面紅耳赤的爭執和戲謔。我則依然興味十足地聽著，一邊努力地搜索腦海中地理書上的知識來對照。文字裏的山河，那些平野大江草原或雪國，經由他們的敘述，似乎鮮活起來了，更令人神往。而每一次談及這些事，他們總不忘對我說：「將來帶你去我家鄉。」神情語氣都充滿了絕對的信心和希望。

入冬之後不久，他們結束了道路修築的工作。他們告訴我，他們的連隊歸建後就要移駐北部。他們給了我信箱號碼，號碼和珍重友誼等等的詞句一起寫在送我的十幾張相片的背後。他們有的還說：「很帥噢，記得要幫忙介紹個老婆。」我嘻嘻應答，也不知他們說的是真是假。

他們走了之後，我有時會不自覺地在上課時轉頭望一望圍牆外的那一大段黃土坡路，似乎感到一些失落，但開始忙著準備期末考以後，思念的情緒就漸淡了。寒假裏，我回到鄉下幫著收成耕作。寒風陌野，揮汗吃力，總還是我熟悉的堅實的日子。

有一天，放在書桌抽屜裏的那些照片，卻被父親拿著。他問我那些人是誰，口氣平淡，臉色卻帶著冷厲，好像那照片有什麼不祥似的。我簡單地解釋，母親則趕快插嘴說：「留那些做什麼？」父親一直沒有再說第二句話。我也是。我肯定地覺得事情好像有什麼不對勁；父親的態度似乎是含著敵意的。我很困惑。當時，我根本不曉得在我出生的那一個年代發生過的一場全面性的捕殺、失蹤、酷打。

那些照片，我不知道父親後來怎麼處置了。繼續求學唸書，在偶爾路過某個營區，才記起我和他們的一度相識，以及他們曾對我承諾的：「將來帶你去我家鄉。」

二

等到自己服了役，身在軍中，我才逐漸體會到，啊，諾言，還有它背後的虔誠期盼和信念，有時候，卻也可以變成一個人生命中最大的嘲諷。

將入伍前，我就開始聽到不少針對著他們而發的告誡了：「老芋仔」是難「料理」的，常會刻意出一些狀況，使得像我這種大學一畢業竟然就可以爬到他們頭上指使他們的預備軍官出醜難堪，以及務須對他們虛意巴結等等。我大概能理解這一類的提醒。但不管如何，我心中仍有著那一段和他們結識的愉快記憶。況且，我毫無要去料理和指使他們的意思，而毋寧是懷著一種親近的心情，急切地想與他們分享某些堂皇的理想和希望的啊。

事實是，一切都還順遂。只除了一點是令我惶惑的：我看到了在歲月的點滴移逝中，人的拖磨，意志的消沉，信念的荒謬。

我們的部隊駐澎湖。秋來之後，我們幾乎天天都要頂著強勁的風砂走遠路，入野地，上伍教練，然後是班的、排的各種教練。爬行、衝鋒、臥倒、搜索、防禦，一遍又一遍。大家雖都戴著防風眼鏡，但不出半個小時，經常就已滿臉滿手帶著海味的黃砂子。他們有時會嘀咕臭罵，有時甚至於獨自廢然停坐下來休息喘氣，瞥見我這個當排長的走近時又才繼續操演。我看到我屬下的三個班長和一個伍長，個個在冷風中都有一張枯褐皺縮的老臉皮。

他們的身體真的老衰了，已無我印象裏的矯健。這種日復一日的訓練對他們是難堪的。後來出野外時，如果上級不在，我因此乾脆就讓他們在旁觀看，職務由年輕的充員伍長代理。他們於是就會去附近田間擋風的咕咾石矮牆後或防風林內的散兵坑坐下來休息。一整個上午或下午，他們可以就這樣懶於移動地坐著，沒有表情，也不說話，只有不時地抽一支菸。為了減少風砂吹入而在槍管塞了棉花的長槍，擱在身旁。風和海的聲音一直在野地和木麻黃林內外吼叫，潑辣囂張。

晚上的課程也常是緊密的。擦槍免不了，政治課按期上，而碰到全面的紀律檢閱時，更是好幾項工作接連著趁夜趕。他們上課時打瞌睡的不少，但我往往裝作不見，不忍喚醒。因為，畢竟啊，其中或慷慨或嚴正的訓示和道理，他們必已聽多，已不必再一次複習了。

風仍在室外呼嘯。

入春以後，風才轉小了，四周常見的海洋開始展現她的萬種風情。假日裏，我常去海邊散步，聽看自然的聲色。但他們仍照樣常留在營區裏，喝喝酒，玩玩打百分或撿紅點的紙上遊戲，或是什麼也不做地在床上躺著，不然就換上便衣去樂園買一張票，並且按時服用醫官分發的一種據說用以制慾的藥。日子就這樣一天一天過去了。

我終於逐漸覺得，他們現在經常顯露在外的冷漠態度，其實大概並不是以什麼人為對象的；主要是對自己。當一個人察覺到生活中某個唯一的努力目標正一天一天地渺茫，卻仍不得不讓生命繼續如此荒失時，他能再有什麼大生趣，並且對人和事認真呢？他們已經不是我年少時候心目中的他們了。二十多年來，日日不變地緊張準備著，卻仍然盼不到一個轉趨明朗的前程，所曾有過的即使再如何高貴的理想，應也已在感情和認識上都漸失意義了。困惑無奈之後的懷疑和怨懣在暗地裏孳長。

這時我也不曉得他們在部隊裏的人數為什麼幾年間就變得這麼少了。我聽他們提及當時退伍制度一實施，有一部分人因欲趁體力尚可出外另闢天地而百般設法離開的事：裝病裝瘋，故意犯上判刑，找門路住院開刀自殘。最常見的方式，竟然是逃亡。

他們還談起了我前所未聞的其他事，關於一些人的當兵因由，關於流離和撤退的經過。那段歷史原來並不全是光明光榮的。除了那些按規被徵調，以及為了維護心目中的民族存續、正義或真理而自願投身軍旅的人以外，竟然也有許多人是在街上、在床上或者在田裏工作時被強抓去補缺額的，有的更涉及人身的買賣。這樣的人甚或只有十三、四歲。

有關撤離的敘述，則更悽慘：各種交通孔道上，男女老幼的人潮；謠言和恐慌；軍民混雜湧動著，推擠踐踏著；哀號哭叫，槍聲和相互的叱罵。當火車、船或飛機匆匆硬行啟程，不少攀掛其外的人紛紛摔落。

他們敘說著這些故事，當我們好幾次坐在夏夜的海邊或操場喝酒的時候。他們或激昂或哀嘆的聲音，都化入了那反覆不息的濤聲裏。我安靜地聽著，心緒一直起伏。戰事，已絲毫不再令我感到刺激或傳奇了，而常只覺得恐怖——對歷史裏的種種欺罔，對堂堂詞令的玩弄，對個人在一個危難昏亂年代裏的不由自主。

我那一年的軍中生涯並不快樂。

我坐船離開澎湖時，心中仍一直記掛著他們的種種。我當然曉得，他們其實始終都是忠貞的，仍自認為是某某誰的子弟兵。他們並沒有辜負誰。但是同時，我卻也一再想起一個印象深刻的畫面——我們上劈刺課時的畫面。整連的士兵又殺又嗨地叫喊，面對著營房側面牆上的一幅極為巨大的中國地圖，圖中各省分別漆著醒目的五顏六色，地圖下則是一字排開、或站或倚、疲乏的他們——每次操練一陣之後，連長總會叫他們全部下來休息。這時我在海上，正如上劈刺課時一樣，總覺得那幅大地圖好像一頭膚色斑雜的巨獸，時時對著操練之後的他們虎視眈眈，或像是一場色彩繽紛的夢，將縈繞他們終生。

三

在那樣的夢裏，他們逐漸凋零老去。

經過了四十多年，他們應該早已無人還留在軍營內了吧。有的甚至已過世。這也是生命的必然哪。最後的那一口氣裏雖或不免含些怨憾意，能將漫長的憂患焦盼了斷，獨力把屬於自己的那一部分戰爭結束，應也算是找到個人的和平了。青春熱血終須盡，活著又能如何？

在繁華的城市，我看過他們在工地挑砂石，在凌晨時分出門掃街道，在路上寒著臉開計程車。他們也曾去熱鬧的夜市兜售過玉蘭花、包子或青天白日滿地紅旗，叫聲淹沒在歡樂男女的笑顏和燦爛的聲光後。他們有的乾脆上山當和尚，就此將槍桿抛出空門。在花蓮海邊，他們撿拾黑白兩種滑亮的石頭，將一袋一袋的國土賤賣給他們早年浴血對抗過的日本人。

橫貫公路也是他們當年退伍時拓築的。路完成了，他們便在沿線遠近不一的山間據地墾殖，與原住民中或老或少的女性來往甚或締成婚姻關係，且定居下來，給山地社會造成影響深遠的衝擊。時運好的，蘋果水梨之類的收穫使他們致了富；不濟的，蔬果歉收，年輕的妻子也跑了，留下幾個管教不來的孩子和數間空屋，一週半月下山採購一次食物，拮据孤單地度日。

走出營房門，生活方式終於能自由決定之後，對他們當中的某些人而言，日子並不好過。因此他們等待著被批准再進入另一個大門，進入榮譽國民大家庭和名為忠義山莊之類地方的大門，加入數十年前就在戰火中受傷致殘仍活到現在的人。

他們於是重新過起了全是男人的另一種集體生活：睡大統舖，整理內務，打掃拔草，按月領取零用錢；長官參觀時，立正稍息，向右看齊；選舉時，聽命投票，不管他們是阿貓阿狗，重表一次榮譽與忠義的心跡。晨昏時候，如果身心狀況還適合，他們就去圍牆外散步，蹣跚地咳嗽走著，遲緩轉頭，當心來車，過街到數間幾乎專門做他們生意的小店外聊天指點，張望匆匆來去的車輛人們，或者走遠一些去小山邊的忠烈祠，在樹蔭下看人運動打羽毛球。偶爾，算足一點點的錢再買一次濃粧的女人，肯定一下自己的餘勇。

這些住在榮家之類的地方的人，當然是渡海過來之後不曾結婚的。或者也有可能是婚後女方又離去的。其餘的他們，據說也是大半未婚。多年前，他們有些人曾流行提著收音機，梳起油亮的頭，在大城小鎮的街巷悠然閒逛看人。現在，他們當中有的人則喜歡背起有著伸縮鏡頭卻不昂貴的照相機，偶爾約幾個同好到某個風景區拍攝合資請來的古典美人。或者，繼續去台北的西門町送紅包捧歌星。

對他們這些人而言，正常人的人生和家庭生活就這樣犧牲了。這是誰的錯？是否用時代悲劇這樣的言詞就可以概括了事呢？

早年，他們難得結婚的確有其苦衷：待遇低微和年齡上的限制。但未婚的最主要因素卻是，他們對於一些諸如反攻、解救等等口號的絕對信仰和希望，使得他們幾乎全部存著過客的心理，對這片土地和它的人民沒存什麼情義。他們活在營區的門內，同時也活在過去和異地裏。就真正長期廝守著這塊土地的人——包括我的父親在內——看來，他們是隨時準備離棄此地而去的，甚或仍有可能在某個必要的時候，表現出當年發生那個大規模清除事件時的那種殘暴蠻橫，因此，是不可信任的。語言的不通，更加深了這樣的隔閡和排斥。

至於他們當中那些結了婚的，也並不見得就有了個人的幸福。某些人的婚姻經驗是頗為辛酸可憐的。純粹的被騙財以外，買賣是普遍的方式，而終於娶回的妻子，有的竟然是白癡或癲癇患者。他們卻仍只能湊合著過日。

是的，就這樣湊合著過日子，在四處許許多多寂寞自苦的陰暗角落。就這樣，四十幾年也過了。

四

四十幾年過去。現在他們總算可以回去，可以探望曾經熟悉的親人和土地了。只不過是，經由的方式截然不是他們長久以來所苦苦相信和準備的那一種，並因此令人難免有些遺憾罷了。

還有，當他們重踏上故土，腕背上的那些黥墨，那些決絕表明了誓不干休與兩立的短句子，是否也會令自己或別人覺得難堪或諷刺呢？

所謂時代不同，這些可能的憾意和顧慮其實都是大可不必的哪。歷史裏的譏諷事例太多了。既然戒嚴一解好像就可以泯消某部分的恩仇，那麼在大混亂時代裏，對於所謂熱情、信仰、正義、忠奸等等，也就不必太過認真了。至少，和那些已經老死在這個異鄉的同志們比較起來，他們還是幸運的。他們應該想像，滿足於做歷史裏的泡沫或塵埃而不去加以思索的人，才可能終有快樂的機會。

至於另一類的老兵，那些在當年大勢已去時竟然又被欺騙裹脅著從此地渡海投入那塊危域的老兵，現在大概也相似地凋零老去了。什麼時候，他們才又能回到這塊他們出生的土地來？當歷史的一些真相被逼著慢慢揭露時，滿目竟然是這樣的血淚滄桑。啊，苦難的大地生靈。

（原載一九八九年三月六、七日《自立早報》副刊）

五月◆莊裕安篇

熱情旋轉的音樂台

莊裕安小傳

一九五九年生，台北縣人，畢業於中國醫藥學院醫學系，目前為內科執業醫師。學生時期曾參加「漢廣詩社」，詩創作量不多，正式和詩壇見面的作品是〈為音樂的七首練習曲〉，以豐富的古典素養、清新流麗的語言，在詩的題材及音韻設計上，都有所突破。散文創作以音樂書寫為主。一九九四年獲吳魯芹散文獎。

莊裕安寫作年表

- 民國六十七年，大一暑假參加復興文藝營，獲現代詩創作第一名。七十一年加入「漢廣詩社」。
- 民國七十六年以〈為音樂的七首練習曲〉投稿《聯合文學》，詩作初啼文壇。同年以小說入圍第一屆聯合文學新人獎。
- 民國七十七年於自由時報、音樂月刊撰寫音樂小品。七十八年於《中時晚報》、《自立早報》、《中央日報》撰寫時評專欄，歷十八個月。
- 民國七十九年元月出版《音樂狂歡節》，六月出版《跟春天接吻的一些方法》。加入「現代詩社」。
- 民國八十年元月出版《一隻叫浮士德的魚》，二月出版《寄居在莫札特的壁爐》。
- 民國八十一年元月出版《我和我倒立的村子》。
- 民國八十二年三月出版《爵士樂》、《巴爾札克在家嗎》。
- 民國八十三年二月出版《會唱歌的螺旋槳》、《天方樂譚》。後者為作者較自覺的計劃寫作，預計探勘以文學名著改編的音樂作品。九月獲頒吳魯芹散文獎。
- 民國八十四年七月出版《蜜漬拍子》。
- 民國八十五年九月出版《雲想衣裳，我想CD》，與《天方樂譚》合為「我的愛樂書房」兩輯。

- 民國八十七年二月出版《曉夢迷碟》。
- 民國八十八年六月出版大陸東方出版中心簡體字版《音樂氣質》與《音樂心情》文選集。九月出版《旅行過沓里島的德國香腸》與《愛電影不愛普拿疼》。
- 民國八十九年十一月出版《巴哈溫泉》。
- 民國九十年九月出版《喬伊斯偷走我的除夕》。
- 民國九十二年六月出版《水仙的咳嗽》。

莊裕安的散文觀

・很多人為小品文下各種定義，不如普里司萊一語中的，「小品文就是小品文家的作品」。什麼又是小品文家呢？班生說那是一種「把一顆心掛到袖口上去」的人。

・小品文的精華，不在題目，而在作者的人格美，只要冠上英文的「on」字，柴米油鹽、陰陽五行無可不談。除了「人格美」以外，恐怕作者也得有幾分囉嗦和油條。

・我相信好的小品文不會比詩容易翻譯，它牽涉的不只文法和生字，還要傳遞出作者的體溫。

——節錄〈小品文的文品不小〉

野獸派丈母娘

我的丈母娘是個不折不扣的野獸派，舉凡炒菜和作畫。

比如說，禮拜天早上十點鐘，靈機一動，來吃飯，我們就乖乖去報到。丈母娘請家常客，再天經地義也不過了，麻煩的是前一天晚上，她還抱怨五十肩。我們擔心的是她要上菜市場，提沉重的菜籃，怕她的體力吃不消。但她往往像個垂簾的太后，來，由不得你置喙餘地。

雖然我沒陪她上過市場，但我想像她買菜的樣子，一定不亞於一隻尊貴的孟加拉虎。她一定有最靈敏的嗅覺，最挑剔的脾胃，而且對我們，她的女兒和女婿，充滿慈悲。我們其實不像她所想像的那麼可憐蟲，吃三個月前的遠洋雪藏鱈魚鮭魚，等而下之的冷凍水餃、冷凍青豆、冷凍胡蘿蔔。我們樂於逛「萬客隆」，四個禮拜的生鮮一口氣買成，對開罐器、微波爐、冷凍庫，充滿敬意與謝意。可是這一對貪圖便利的小崽子，在她眼中看來，真是營養不良又毫無品味。她上菜市場，面對腥紅嫩白的排骨海鮮，一定充滿「叨」的快意，才四月天就混身大汗。

我沒見過丈母娘在菜市場的虎虎生風，但碰上她在廚房耍刀弄鉞。她習慣將冰毛巾繫於額前或項間，看來真像日本料理店吆三喝四的大廚。但不同於指揮的領班，誰也不要來當幫手，以免礙著她的腕肘肩臂。她炒菜的時候，一定希望廚房有半個操場那麼大。有時候索性關了穿堂的門，以便一個人在裡頭大顯身手。如果杜甫再世，說不定也會贈她那首〈觀公孫大娘弟子舞劍器行〉的名句，「爠如羿射九日落，矯如群帝驂龍翔；來如雷霆收震怒，罷如江海凝青光。」總之，她的熱力不亞於指揮一整個交響樂團。

野獸派丈母娘對食物的信念是，價格不必多昂貴，但一定要新鮮，從篩選原料到烹調上桌。她永遠希望，在你按門鈴之際，熱炒的食物才下鍋，食物在鍋鏟與口舌之間，最好不要超過三十秒。那些剛洗過的菠菜，真的像一隻隻會飛的鸚鵡，從水槽飛到餐桌，還維持紅喙綠羽的生鮮活脫。她炒米粉，翻動鍋鏟的樣子，彷彿是另外有一對借來的肩膀，不是年過五十痛於風濕的那雙。

她上桌進食，通常是別人已酒過三巡，但她飛紅酡頰，彷彿偷喝過半瓶紹興。她坐下來的第一個聲息，往往是嘆一口大氣，欸，人是會老的，說一些蒙田或培根說過的陳腔雋語。只有積勞的農夫，抱著秋天金黃色的麥穗，才會出現的疲倦夾雜喜悅。她動碗筷時，飯菜已經不再冒熱氣，我們雖然狼吞虎嚥過了，但一定要陪她四處逛逛，清一清盤底。她吃飯的心情，也許像個善於算計的水果商人，把最光鮮滑脆的一批高價賣出，剩下的臥底瑕疵，再留給自己。她最喜歡配食的，也許不是扁魚白菜或蒜三層，極可能最開胃的是我們的笑聲和讚語。她難道是個再世的僧侶，好運氣祝福給別人，自己只留粗茶淡飯就滿意。

你不要以為我們尊貴的孟加拉虎，在杯盤狼藉之後，已顯衰頹之意，其實大戲才要正式上場。

等到戰場從飯廳轉移到客廳，這回她不切水果了，下廚收拾頂好是兒女的活兒，她急著為我開畫展。她扛出畫布的樣子，又回復逛菜市場的威風凜凜，好像歌劇的第二幕掀開紅簾，恩恩怨怨要在這一回合算計了斷。

吃人嘴軟，這回我給評語，絕不像平日寫給報章雜誌，那些書籍或唱片的口吻。現在，我當然不是什麼道貌岸然的畫評家，我像是某個巴洛克混聲合唱團的男中音，除了「哈利路亞」、「讚美吾主」的歌詞以外，什麼也別多唱。但我的丈母娘絕對不像上帝那麼好巴結，你要說她好，一定明確說她好在那裡。所以我開始急得流汗，不只汗滴額眉，一定要濕透背心，才表現我報答誠意。

我豐富的修辭語彙，可能就是在這個節骨眼練就的。我的丈母娘上山下海，扛畫架、顏料和水壺的辛勞，我一定要陪她付點代價，絕不是塞給她一排止痛膠囊就了結。這回我要陪她的飯後消遣是演戲，我背手睇畫的派頭，像蘇富比拍賣場派來的高級專員。我可不能一味讚美，否則將帶來一陣勃怒，丈母娘的耳根的確有點軟，但你不許一開始就放軟話。而你也絕不可劈頭就砍，那樣的災殃會加倍嚴重。因為丈母娘的畫，經常是毫無瑕疵的，倘若有，那也必須由她口中自己說出，輪不到你的。

於是你最好順水推舟，把三分眼力放在畫，七分精神投注人。你得正眼看畫，餘光掃她，偷瞄她是開顏或皺眉。當她皺眉時，你要捉住她畫布上的角落，到底是不滿意雲霞、花叢或溪流。倘若你逮到她所不滿意的地方是花叢，你就可以表白，是要添一點綠還是添一點紅。其實結論往往是不必增刪，因為畫作總完滿自足，無需再琢磨。但如果你說得如此乾脆，又如何能表達滿腹的誠意？你必須用滿腔滿嘴的介系詞和副詞，愈多愈好，多到你自己都快攪不清楚的修辭，因為下一句總是在辯駁和修正上一句。你說出的話，最能迎合批改的作文老師快意，他可以紅筆從頭到尾一刪，只留下你作結論的那一句。其實你一點也不三心二意，篤定那畫面無需再添顏料，但你永遠得迂迴，陪丈母娘打開心結，從山腳繞到山頂，最後才陪她大聲對群山歡呼，這是一張曠世不朽的名作。

親愛的朋友，希望你們不要憎恨我的狗嘴巴結模樣，我是世紀偉大的弄臣，並且在進行我的整體治療計畫。在強迫她吞服一粒普拿疼之後，我開始運用我的腹語催眠術，治療丈母娘的「後更年期症候群」。我的丈母娘其實是好福氣的，不是說她有我這樣的女婿，當然算我錦上添花也行，她的福氣在於年屆花甲還能熱心創作。她的畫往往是飆來的，有時她坐在很漂亮的庭園，一兩個小時還不一定能下筆。後來竟來個管理員請她出去，原來是處私宅，在鐵門一扣剎那，說也奇怪，靈感來了，就從鐵欄杆縫中偷窺，把好風景全搬進畫布。

如果畫出一張曠世的名作，必須賠上一隻耳朵，像我們的梵谷大師，丈母娘有可能點頭答應。丈母娘最嚮往的大去方式，也許是自覺畫了一幅十分滿意的作品，在最後一筆還沒抹上之前，心臟病發。這一點浪漫，我們娘婿還算沆瀣一氣，我是一個壞的醫生，鼓勵她去淋雨、擠車、跋涉，只圖畫出幾幅得意的作品。就像明明週末去郊外寫生，禮拜天鬧頭疼，還任由她去菜市場，辦一頓豐盛的筵席。對她而言，這其中佈滿生命的奧秘與狂喜。

我之所以戲稱丈母娘「野獸派」，因為她最服膺的畫家是馬蒂斯。丈母娘畫兩頭牛，像兩團長著角的烏雲，你委實弄不清楚，為著這樣抽象的東西，她一定要跋山涉水去實景寫生。丈母娘有時候盯著寫生的景物，一直看到實體的輪廓快消逝了，她才將它們移入畫布。她的畫經常呈現狂喜的出神狀態，所以每每筆成，就難再修改，有幾次不信，落得進退兩難。如果她是演奏家，那一定是「音樂會型」的，觀眾愈多，逼著她愈彈愈好，她決不是窮磨菇的「錄音室型」。丈母娘最拿手的大概是火鶴花，那天堂鳥像在天堂跳舞，但不是優雅幸福的，而是汗水淋漓銷魂虛脫，像史特拉汶斯基粗獷原始的芭蕾《火鳥》。她的畫不是惹人憐愛的寫實風，其至她對照相寫實的作品有所憎惡，她的世界總有一股浮動，那股浮動，哪，像足了廚房瀰漫的油煙蒸汽。原來她烹飪，一如作畫，是那樣強調色澤和即興，只有「熱」這個字能概括她的風格。

丈母娘要是不畫，那就可慘了，她可能忙著在家裡量血壓。她打電話來的時候，你會以為是一隻貓要來看病掛號。什麼時候開始時移勢遷的，她說話的口吻，又變成一個女兒。我想，我的藥櫃上，沒有任何一種藥，是可以剋她的。她慵懶的樣子，我太了解了，就像我一整個禮拜遠離稿紙，別問我怎麼辦，我是你的雙胞胎。

女婿看丈母娘，愈看愈有趣，她是不折不扣的野獸派，慵慵波斯貓，炯炯孟加拉虎。

（原載一九九三年五月十日母親節《台灣新生報》）

夏夜微笑
——太陽底下有鮮事

一

我被一枚落日整慘了。八點半坐在哥本哈根吉波里公園的涼椅，天色看起來只有下午四點的光景。經過二十六小時長程飛行，這裡面當然包括曼谷和赫爾新基的轉機，一大早來到哥本哈根。接著是一整天的市區觀光，早上我還興致勃勃跟叔本華、安徒生打招呼，下午在徒步區，看盡流浪藝人的巧手和丹麥女人的裸背。我快四十個鐘頭沒睡好覺，等在公園涼椅上，為一場豪華的燈會和雷射水舞，太陽還瞪大著眼睛。

所以一到夏天，斯堪第那維亞人都瘋了，我看見幾個大胖子，拿著跟火把一樣大的霜淇淋，正從面前走過，教堂也許是他們燒的。今天早上我經過一棟焦黑的教堂，據說是今年六月最後一個禮拜五晚上，所謂「仲夏夜施洗約翰節」，一把火燒掉的。丹麥人洩什麼恨呢？不，他們慶祝，慶祝陽光和拉得老長的白日，管它呢，慶典煙火一不小心把聖母瑪麗亞的臉都燻焦了。

如果你親身感受北歐人那麼珍惜太陽，就不會對公園裡行日光浴的人，投以怪異的眼光。每隔幾年，總有小兒科醫生在報上呼籲，今年要讓小孩多攝取維生素丁，因為夏天的日照量也許會不足。住在亞熱帶的你，可能想像不到，陽光會像水壓或電壓，會有「流量」不足的時刻。坐在公園涼椅的我，更覺日不落的難耐，天空如果堅持不黑，我只好選擇把眼皮閉上。

如果你體力夠好，吉波里正適合遊園不驚夢。好幾個露天舞台，同時進行著芭蕾、默劇、馬戲、波卡圓舞曲、爵士樂和好萊塢懷念名曲、兒童劇等等免費表演。園裡還有三家收費不廉的音樂廳，我看到的海報預告是艾文艾利和崔拉莎普的舞蹈團，朱里尼、祖克曼和哈根四重奏的音樂會，我最近才聽過一張在吉波里音樂廳錄音的唱片。

據說每年有相當丹麥人口，五百萬觀光客湧入吉波里，這個號稱斯堪第那維亞的迪士尼。丹麥王克麗絲汀八世於一百四十九年前，建造這座嘉年華會的大公園，原本意在消耗哥本哈根市民的體力，好消除他們干政的慾望，現在可整倒我這台灣觀光客。克麗絲汀八世的老亡靈，汲汲忙忙轉動著摩天輪、海盜船、雲霄飛車，一千種以上的吃角子老虎、射箭場、大家樂輪盤滾動和撞擊的聲音。但我一定要睡了，哪管一隊少年御林軍吹奏鼓號進行曲走來，我一點干政的慾望也沒了。

但在我們往旅館的路上時，一定還要再看一眼市政府的大鐘。這個叫做奧爾森的錶匠，也許是個偏執狂，他花了整整四十年來造一座鐘，一萬零五種配件，四百五十五個齒輪，十一套鐘錘。所有零件都轉動過一次，據說是在兩萬五千年以後的事了，它不只是一天報時二十四次的大鐘，還是一個複雜精密，鬼頭鬼腦的天文儀。奧爾森大鐘落成時，安徒生墓木已拱，要不然一定會在這個機器上，大做童話文章。

不過斯堪第那維亞的第一晚，我感受最深的，不是安徒生而是柏格曼。為什麼《夏夜微笑》拍的是偷情和舞宴，《冬之光》拍的是冷漠與厭世，這可能和太陽最有關係。

二

這可能和太陽最有關係，為什麼北歐的野草莓特別好吃。除了太陽之外，嚼在嘴裡的奇妙滋味，也有一部分是柏格曼自傳電影釋放出來的。

北歐人吃草莓時，就會懷念起那又短又甜的夏天。他們相信長日照的草莓，尤其生長在北極圈野地的，一定吸納盡夏天太陽的好處。吃草莓醬麵包，喝草莓汁酪奶，是例行早餐，將保證一整天元氣充沛。至於入睡前一小杯草莓酒，當然有助於閨房樂趣。斯堪第那維亞人對草莓的興趣，恐怕不亞於我們對靈芝人參的好奇，那裡面埋藏著極神祕的生命精靈。儘管科學家分析，野草莓也不過是碳水化合物、維生素、纖維素和礦物質，但只要冬夜無盡還存在，野草莓就是生命契機和童年鄉愁的具實象徵。

而北歐的草莓種類也特別多，從黃色、紅色到黑色，你也搞不清楚那一種形狀要配那一個名字：cloudberry、cranberry、raspberry、cowberry、biberry、crowberry、stawberry，就像外國人不認得我們的蓬萊米、在來米、糙米、糯米、胚芽米、泰國米。對我這一輩的台灣小孩，童年的具體經驗，是母親鏟起白米飯後，往灶上大鍋灑一點鹽或糖，就是一大塊可以打發我，坐在門檻啃上一刻鐘的鍋粑，有時晚餐也省了。對柏格曼那一輩的北歐小孩，童年的具體經驗，是母親交給小孩一個大鋼杯，任他們到溪畔草叢，邊採邊吃，順便帶一大杯回來。豐收的小孩除了採收一大鋼杯，脖子更是圍上一串好幾個顏色夾陳的項鍊，各種野草莓串成的項鍊。

人煙稀罕的更北邊，不再有小孩恣意在岩塊草叢中尋找草莓，這項工作便成馴鹿的專利。最好吃的燒烤馴鹿肉，據說要澆上草莓漿，那真是絕佳的配味，草莓的鮮恰好中和掉鹿肉的腥。馴鹿遍嘗蘑菇和草莓的舌頭，也是餐桌上的名菜。長日照地理環境，為北歐帶來肥碩多汁的馬鈴薯、椰花菜、胡蘿蔔、洋蔥。這些日照作物，每年只有三、四個月生長期，斯堪第那維亞人熬過八、九個月黑暗，夏天最大的歡樂，便是咬到新鮮多汁的植物果實。在挪威和芬蘭的露天市場，我們入境隨俗，咬嚼生的毛豆和胡蘿蔔，學習北歐人的生猛歡樂。

我突然想起來，教科書上提到人類的荷爾蒙潮汐，是依照日出而作、日入而息的規則，基礎代謝率在傍晚最活躍，清晨最低迷。而這些歡樂的北歐人，也許跟我們亞熱帶民族，有著不同的體質。如果我待久一點，也許可以發現迥異的犯罪率與自殺率，頗有成效的社會福利制度。杜斯妥也夫斯基在他的中篇小說《白夜》，一開頭就說，「天空是那麼明亮，繁星點點，你看著時，腦子裡生出的第一個問題是，在那麼燦爛的穹蒼下，能存在著各種壞脾氣的、不可靠的人嗎？」壞脾氣的人果真不見了嗎？

三

壞脾氣的人果真不見了嗎？這真是再寂靜也不過的禮拜六下午。我們來到洛芳伊密，北極圈最南的芬蘭城市，據說有三萬人口，整條馬路上只碰到稀罕的三五個。我的興趣在圖書館，小朋友的興趣在聖誕老人，一個不開放，一個不在家，死寂而荒涼，但這還是活動力較強的夏天。

每年十二月，全世界的小朋友寫給聖誕老人的卡片，都會送到洛芳伊密，這個所謂「聖誕老人之家」的小鎮。我在郵局陳列室裡，果真找到香港、新加坡和曼谷寄來的賀卡，亞洲熱帶小夢想家抒發他們的願望。這裡的確有馴鹿、雪橇和鼻子被凍紅的人，拉普蘭人的衣服式樣也那麼像畫片中聖誕老人的穿著，但他們可不一定歡樂。試想，零下四十五度，只有早上十點到下午兩點，天空還算微亮，什麼人可能住得慣呢？

所以我們帶著取笑的口吻說，這些北極圈人除了讀書，還能做些什麼呢？依據大英百科，全世界幾個喜歡讀書的國家，每年每千人借書量，丹麥是一五四一七本、瑞典是九三〇四本、荷蘭一一四九〇本和英國一一三九三本。而洛芳伊密每年每千人借書量，約略三萬六千本，北歐人已算愛書人了，北極圈的這個文化中樞，還要高出三倍。是這樣的天氣，培養出愛書的人呢？還是愛書的人，才能過得慣這種天氣？

從南到北，歐洲有多少城市毀於兩次大戰硝煙，洛芳伊密也是未能免除遭殃的一個。二次大戰幾乎將這個城市燒夷殆盡，多虧芬蘭政府派出一流建築人才，不只保留拉普蘭原住民的文化特色和自然景觀，也兼顧現代和實用。拉普蘭人捨棄飼養馴鹿的傳統生活，南下波的尼亞灣大都會追尋摩登新世界之際，洛芳伊密意外吸引一批文化精英。這些人看上洛芳伊密封閉的地理，可以提供安靜不被打擾的環境，也許綿長黑暗的無盡冬夜，正是皓首窮經的最佳氣氛。

冰冷而造型摩登的花崗岩圖書館，愈是冷眉深鎖，拒人於外，愈是挑起我的好奇興趣。就以電視頻道來說吧，哥本哈根或奧斯陸，少說有十五個頻道，隨便你挑選，至少有三個頻道鎖定巴塞隆納奧運各種比賽。可是到了北極圈的阿爾它和霍寧斯瓦格，轉來轉去只有一個電視台，永遠在播北極圈生態影片，沒有廣告，很像公共電視。洛芳伊密就有這股遺世而獨立的氣氛，冷冷清清的街道，兩旁面對不語的商家店面，像一本攤開的書，如果沒有人來讀，鉛字和插畫可就動也不動。

我們住的旅館雖然一點也不氣派，但視野絕佳，就在山腰滑雪場。夏日無雪，我們改成搭纜車，纜車無人，除了這群台灣觀光客。在高空中，夕照千湖，每一個湖有每一個湖不願告知他人的故事，就像不易在街道上碰到的洛芳伊密愛書人。只有升高海拔，才看得見湖的輪廓，恐怕也只有在這兒住上一個冬天，才會碰上經常去圖書館借書的人。

日落的時間是十點四十七分，但天色只是略微轉暗，走在戶外，不必路燈或手電筒。我們喝點熱茶，溫溫吞吞洗個澡，再讀幾頁書，一點多，天又亮了，太陽升起來了。這可是奇妙呢，還是懊惱，我們到底要睡還是不？所幸這裡的陽光溫和慈祥，那些白天跳夠了舞的野草莓，懶洋洋的照睡不誤，正好暖得不用蓋棉被。

照我這個亞熱帶土豹子猜想，北歐人也許有兩種，一種是在白夜狂歡的，瘋狂得可能不小心燒掉一座教堂。另一種是白夜不狂歡的，因為夏日不歡樂，所以冬夜便不孤寂，地球上每年向圖書館借書量最多的一種稀有民族。那麼，柏格曼就是這兩種以外的邊緣人，倘若我出生北歐，也許我也是。喂，你到底睡還不睡？我被一枚落日整慘了。

（原載一九九二年十一月二十八日《中時晚報》）

膽固醇與法斯塔夫

大豆油和豬油的商戰，使膽固醇更加成為主婦厭嫌的對象，家母守長齋超過三分之一個世紀，兩年前她提回第一桶清香油，就言之鑿鑿告訴內子，那絕對是豬油。每當她看到素珠女士在電視上賣油：「媳婦啊，炒菜不用放『若絲』！」就逮到機會進行健康教育。我和母親有時會不分青紅皂白，為反對而反對互相頂撞一番，「膽固醇無辜」就變成我的政見。「朱門酒肉臭」，臭的不見得是酒與肉，膽固醇和酒肉如果送給衣索披亞人就是救命丹。反正炭不要添在錦上，花不要送進雪中。

常人觀念裡，膽固醇是動脈硬化的肇因，動脈硬化是心臟病和中風的元兇，這個大前提還算無誤。科學家早自埃及木乃伊身上發現粥腫樣動脈硬化，到了公元一九一〇年溫德豪斯和安尼茲可瓦證實粥腫中含有大量膽固醇。動脈硬化的危險因素很多，一般分成不可逆、可逆、部分可逆和其他等四大類，可逆的如抽菸、高血壓和肥胖，不可逆的像老化、男性和遺傳，部分可逆的才是高血脂、糖尿病和低濃度的高度脂蛋白，其他的因素包括血液循環不良和情緒壓力個性等等。

所以當我看到一個焦慮神經質，手上點著香菸，不愛運動的大胖子老男生，挾起一塊紅燒蹄膀，又鄙夷地放下筷子時，我就有點同情我的朋友膽固醇。我同情我的朋友是隻代罪肥羔羊，並且非常懷念我的另一位胖子朋友法斯塔夫。我寧可和兩位腦滿腸肥的朋友，一起被罵個肉食者鄙，也不願劃清界線分道揚鑣。

我的朋友膽固醇，不能說它乏善可陳，只是一般人容易見利忘義，忘記它是產生膽汁液、固激素和前維生素丁的原料。工業上由牛脊髓提煉膽固醇，用作藥膏和軟膏的乳化劑。膽固醇不像尼古丁，不能怪它寧缺勿濫。我的朋友法斯塔夫，當他站在人潮裡湊熱鬧，歡呼哈利王子登基為亨利五世時，沒想到年輕國王翻臉怒斥，「我不認識你」，隨即押下囹圄，惹人厭與膽固醇如出一轍。

法斯塔夫可不是簡單的小丑，有些莎士比亞專家推崇他，說他複雜幾可以和悲劇的哈姆雷特相提並論。有一則統計說《亨利四世》這個劇本，上篇有一五〇一行描述歷史，一五三九行穿插幽默，下篇有一三七〇行描述歷史，一九九一行寫法斯塔夫，與其說是亨利四世的悲劇，不如說是法斯塔夫的喜劇。所以亨利五世登基後，就必須放棄這個喧賓奪主的角色，也有認為法斯塔夫的趣味已在哈利王子時代發揮得淋漓盡致，再寫下去就無以為繼。另外一些說法是，喜劇演員威爾・坎培離開劇團，無人可取代他演出法斯塔夫，也有說是再寫下去就要觸怒柯布漢爵爺了，法斯塔夫真是棘手的角色。

我手邊有一份食物中膽固醇含量的表格，排名前三位的是鵪鶉蛋、豬腦和墨魚，其他我們常吃的高膽固醇食物有蛋黃、豬肝、蜆，完全不含膽固醇的是蛋白和海參。我是一個討厭食譜、教科書和連載小說的人，永遠不想記清楚各類食物中膽固醇的百分比。這樣的起居飲食，也未免太馬虎了，而馬虎也是法斯塔夫討人喜歡的一個理由。

法斯塔夫在《亨利四世》上篇第五幕第一場，發表了他那有名的榮譽論。朱生豪譯文是這樣的，「榮譽能夠替我重裝一條腿嗎？不。重裝一條手臂嗎？不。解除一個傷口的痛楚嗎？不。那麼榮譽一點不懂得外科的醫術嗎？不懂。什麼是榮譽？兩個字，那兩個字榮譽又是什麼？一陣空氣。好聰明的算計！誰得到榮譽？星期三死去的人。他感覺到榮譽沒有？不。他聽見榮譽沒有？不。那麼榮譽是不能感覺的嗎？嗯，對於死人是不能感覺的。可是它不會和活著的人生存在一起嗎？不。為什麼？譏笑和毀謗不會容許它的存在。這樣說來，我不要什麼榮譽，榮譽不過是一塊銘旌，我的自問自答，也就這樣結束了。」

莎士比亞偉大的地方，就是他的台詞包容驚人，試著更改少數幾個關鍵的字彙，這一番話可以安慰減肥失敗自暴自棄的人。雖然法斯塔夫是個打家劫舍的惡崽，一代文豪卻有辦法寓莊於諧，顢頇加上天真，叫人顛黑倒白無法分出善惡。你看這和藏身於大龍蝦、肥鵝肝的膽固醇不是很像嗎？雖然亨利五世登基後，一如成年人發福了，就想把法斯塔夫和膽固醇一腳踢入監獄，但是誰不想和他廝混一段輕狂少年遊呢？

科學翻案迭起，最近就有一群醫生指出，膽固醇事實上沒有那麼可怕，降膽固醇藥也沒有多少實質效益，膽固醇值的高低與個人壽命未必有直接關聯。此話一出，馬上引起美國心臟協會的反撲，因為有一群病人真的跟著吃肉不吃藥，好逸惡勞起來。醫生只好更詳細解釋，在血中負責輸送膽固醇的，主要是低密度和高密度兩種脂蛋白。導致心臟血管病變的危險因子，低密度脂蛋白才是罪魁禍首，高密度脂蛋白反而能從血液中吸收多餘的膽固醇，減少血管堵塞，這一系列研究曾得到諾貝爾醫學獎。坊間傳聞魚油可以降低膽固醇，就是其中含有高密度脂蛋白，花錢買魚油最不划算，其實運動就可以提高「好」的膽固醇含量，何樂而不為。

為法斯塔夫翻案，雖不像研究膽固醇那樣成為切身的「顯學」，可是仍有孜孜學者討論他的善與惡，喜感飯桶或悲劇英雄。膽固醇兩百至兩百四十，低密度脂白一百三十到一百六十，可視為欽定的「臨界濃度」，超過這個指標追蹤治療。但法斯塔夫的人格，就永遠討論不出一個好壞結果，文學的無力感和永恆性也盡在於此。不過有關法斯塔夫的爭論，《亨利五世》第二幕第三場，嫁做畢斯托爾夫人的快嘴桂嫂，對他臨終的描述相當重要，「他臨終的情形是比較體面的，像一個沒滿月的嬰兒一般安詳的死去，恰恰在十二點與一點之間去世，正落潮的時候，兩腿一伸，『動身』了」，死得一點也不像戲劇伏筆的惡貫滿盈。

記得紐約時報名樂評家哈諾荀白格，所著《偉大的鋼琴家》一書裡，曾提到約翰・菲爾德後來變成「Falstaffian」。愛爾蘭裔的菲爾德所留下的年輕時代畫像，清癯有神，很難想像最後變成邋遢的老胖子。菲爾德小時候跟克萊蒙迪學琴，練得一身好手藝，後來在作曲技術和演奏方法上，都影響蕭邦至深。本來應像蕭邦的浪漫鋼琴家，最後竟然酒色緋聞纏身，變成法斯塔夫一般潦倒不得善終。菲爾德的傳記經常警惕我，不要放縱攝取膽固醇，否則膽固醇也可能上癮，叫你從蕭邦搖身變為法斯塔夫。

公元兩千年的心臟血管病變防治，包括減少兒童攝食「垃圾食物」和怎麼吃才不會有罪惡感。當前最時髦的速食店，典型的一餐中脂肪含量高達百分之四十至五十五，這與美國心臟病醫學會建議的百分之三十相去甚遠。所以除了鼓勵少吃沙拉醬、薯條、奶昔和漢堡外，食品業者也致力開發低膽固醇蛋黃和肉類食品，不害大快朵頤的食慾，也不影響身體健康。到那個時候，說不定「Falstaffian」會有另外一個新的寓意象徵。

小說家屠格涅夫把人類分成兩種原型，以哈姆雷特和唐吉訶德為代表，前者蒼白憂鬱，優柔寡斷，後者衝動熱情，好大喜功。從前我也是贊同法斯塔夫是唐吉訶德型的，但是每多讀一次莎士比亞，就愈懷疑法斯塔夫的「哈姆雷特成份」。法斯塔夫並不只是一個吃喝玩樂的壞朋友，而是一段複雜人性的音樂賦格。一生寫過二十六齣歌劇的威爾第，在他臨終前會一改莊嚴風格，採用法斯塔夫為主角，寫一齣詼諧歌劇，實在是一代大師耐人尋味的安排，八十歲的老作曲家是不是很嚮往這個劇中人？

膽固醇如果要變成淤塞人體血管的穢物，為什麼一開始它又要藏身在饌味珍饈之間呢？我們這樣努力生產和消費，這麼龐大的生活鏈中，有多少東西像膽固醇呢？珠寶是一種膽固醇嗎，諾言是一種膽固醇嗎，唱片呢，玫瑰呢，權力呢，名望呢？膽固醇啊，膽固醇，你到底是弄臣呢，還是刺客？

（原載一九九〇年六月十八日《中國時報》）

高空的赤金火球

六月◆余光中篇

余光中小傳

一九二八年生，二〇一七年逝世，福建永春人。出版著譯超過五十種，其中散文有十八種。吳三連文藝獎散文獎。散文集《日不落家》，獲聯合報「讀書人」一九九八年最佳書獎及一九九九年吳魯芹散文獎。二〇〇〇年獲高雄市文藝獎，二〇〇一年深圳版散文選《大美為美》列入《當代中國散文八大家》叢書。同年獲霍英東成就獎，二〇一四年獲行政院文化獎，二〇一五年獲馬來西亞花蹤世界華文文學獎。最後的散文集是《粉絲與知音》，遺著《從杜甫到達利》於二〇一八年出版。

（王慶華／攝影）

余光中寫作年表

- 一九二八年重九日生於南京。父余超英，母孫秀君。祖籍福建永春，但母親為江蘇武進人，故作者亦自稱為江南人。小時候常住南京，亦曾隨父母返永春及武進，並遊杭州。
- 一九三七年，抗戰開始，隨母流亡於蘇皖一帶淪陷區，驚險與艱苦備嘗。
- 一九三八年，隨母親逃滬，居半年，乘船經香港抵安南，復經昆明、貴陽，抵達重慶，與父親重聚。
- 一九四〇年，進入南京青年會中學，當時校址在四川江北悅來場。
- 一九四七年，畢業於南京青年會中學，當時學校已遷回南京。同年考取北大及金陵大學，北方不寧，入金大外文系。
- 一九四九年，一月轉入廈門大學外文系。在廈門《星光》、《江聲》二報發表新詩及短評。七月，隨父母遷香港，失學一年。
- 一九五〇年，五月來台灣。開始在《新生副刊》、《中央副刊》、《野風》等發表新詩。九月考入台大外文系三年級。
- 一九五二年，台大畢業。以第一名考進聯勤陸海空軍編譯人員訓練班。詩集《舟子的悲歌》出版。
- 一九五三年，入國防部總聯絡官室服役，任少尉編譯官。
- 一九五四年，詩集《藍色的羽毛》出版。與覃子豪、鍾鼎文、夏菁、鄧禹平共創藍星詩社。
- 一九五六年，退役。在東吳大學開始兼課。與范我存結婚。

- 一九五七年，師範大學兼課，授大一英文。《梵谷傳》與《老人和大海》中譯本出版。主編《藍星週刊》。
- 一九五八年，六月長女珊珊生。七月喪妣。十月去美國進修，作品受現代藝術影響。
- 一九五九年，獲愛奧華大學藝術碩士，回國。任師範大學英語系講師。次女幼珊生。參加現代詩論戰。主編《現代文學》及《文星》之詩部份。
- 一九六〇年，詩集《萬聖節》及譯詩《英詩譯註》出版。詩集《鐘乳石》在香港出版。主編《中外》畫刊之文藝版。
- 一九六一年，英譯*New Chiness Poetry*出版，美國駐華大使館酒會慶祝，胡適致詞，羅家倫亦出席。長詩〈天狼星〉刊於《現代文學》，引起與洛夫之論戰，發表〈再見，虛無！〉作品風格漸漸回歸中國古典之傳統。與林以亮等合譯之《美國詩選》在香港出版。與國語派作家展開文白之爭。
- 一九六二年獲中國文藝協會新詩獎。菲律賓出席亞洲作家會議。〈書袋〉中譯連載於《聯合報》副刊。去菲律賓講學。東海、東吳、淡江兼職。三女佩珊生。
- 一九六三年，散文集《左手的繆思》及評論集《掌上雨》出版。〈繆思在地中海〉中譯連載於《聯合報》副刊。
- 一九六四年，詩集《蓮的聯想》出版。舉辦紀念莎士比亞誕生四百週年現代詩朗誦會於耕莘文教院。應美國國務院邀請，赴美講學一年，先後授課於伊利諾、密西根、賓夕法尼亞、紐約四州。
- 一九六五年，散文集《逍遙遊》出版。西密西根州立大學英文系副教授。四女季珊生。
- 一九六六年，回國。師範大學副教授。台大、政大、淡江兼課。當選十大傑出青年之一。

- 一九六七年，詩集《五陵少年》出版。
- 一九六八年，散文集《望鄉的牧神》出版，同年出香港版。《英美現代詩選》中譯二冊出版。主編「藍星叢書」五種及「近代文學譯叢」十種。
- 一九六九年，詩集《敲打樂》、《在冷戰的年代》、《天國的夜市》三種出版。主編《現代文學》雙月刊。去香港出席中文大學翻譯研討會，宣讀論文，並在崇基學院及浸會書院演說。應美國教育部之聘，去科羅拉多州任州教育廳外國課程顧問及寺鐘學院客座教授。
- 一九七〇年，胃疾住院。中譯《巴托比》。英譯《滿田的鐵絲網》。
- 一九七一年，英譯《滿田的鐵絲網》及德譯《蓮的聯想》分別出版於台灣及西德。回國。主持寺鐘學院留華中心及中視「世界之窗」。師範大學教授。介紹搖滾樂。台大、政大兼課。
- 一九七二年，散文集《焚鶴人》及中譯《錄事巴托比》出版。獲澳洲政府文化獎金，夏天訪問澳洲二月。同年十一月，應世界中文報業協會之邀，赴香港演說。政治大學西語系系主任。
- 一九七三年，應香港詩風社之邀，赴港演說。奉教育部派往韓國出席第二屆亞洲文藝研討會，並宣讀論文。主編政大《大學英文讀本》。擔任「中國現代詩獎」評審委員。
- 一九七四年，詩集《白玉苦瓜》及散文集《聽聽那冷雨》出版。主編《中外文學》詩專號。主持復興文藝營。去香港任中文大學中文系教授。
- 一九七五年，《余光中散文選》在香港出版。「青年文學獎」評判。開始在《今日世界》寫每月專欄。六月回國，參加「民謠演唱會」。同年楊弦譜曲之《中國現代民歌集》唱片出版。七月再回國，出席第二屆國際比較文學會議，並宣讀論文。八月出席香港中英翻譯會議，並宣讀論文。

兼任中文大學聯合書院中文系系主任。香港學校朗誦節評判。

- 一九七六年，出席倫敦國際筆會第四十一屆大會，並宣讀論文〈想像之真〉。香港學校朗誦節評判。《天狼星》出版。
- 一九七七年，《青青邊愁》出版。
- 一九七八年，《梵谷傳》新譯本出版。五月出席瑞典國際筆會第四十三屆大會，並遊歷丹麥及西德。
- 一九七九年，《與永恆拔河》出版。香港市政局主辦「中文文學獎」評判。
- 一九八〇年九月至一九八一年七月休假期間，回台北任國立師範大學英語系系主任，兼英語研究所所長。中國時報及聯合報文學獎評判。在台灣各地演講達三十餘次。《掌上雨》、《蓮的聯想》、《左手的繆思》、《英美現代詩選》新版重印，列為「時報叢書」。
- 一九八一年，九月出席在法國里昂舉行的國際筆會年會。十二月出席中文大學中國現代文學研討會，宣讀論文〈試為辛笛看手相〉。《余光中詩選》、評論集《分水嶺上》及主編之《文學的沙田》先後出版。
- 一九八二年，發表長文〈巴黎看畫記〉及一連串山水遊記論文。應邀赴吉隆坡與新加坡演講。出席台北中國古典文學會議。〈傳說〉獲台北新聞局金鼎獎歌詞獎。中國時報文學獎評判。任香港青年作者協會顧問。
- 一九八三年，出席於委內瑞拉舉行的第四十六屆國際筆會年會。所譯王爾德喜劇《不可兒戲》在台北出版。主持香港藝術中心「抒情詩之夜」。詩集《隔水觀音》出版。
- 一九八四年，出席於東京舉行的第四十七屆國際筆會年會。所譯王爾德喜劇《不可兒戲》六月在香港由香港話劇團演出，連滿十三場。十月獲第七屆吳三連文學獎散文獎。十二月又以〈小木屐〉獲金鼎獎之歌詞獎。《逍遙遊》、《在冷戰的年代》新版重印。中譯《不可兒戲》出香港版。中譯《土耳其現代詩選》出版。

- 一九八五年，任《香港文學》顧問。出席新加坡「國際華文文藝營」。任新加坡「金獅文學獎」評判。發表五萬字論文〈龔自珍與雪萊〉。為《聯合報》寫每週專欄「隔海書」。四月及五月分別赴馬尼拉和舊金山主持文學講座。《不可兒戲》在港重演，十四場滿座，同年夏天在廣州公演。仲夏周遊英國、法國及西班牙。八月三十一日，香港中華文化促進中心舉行「余光中惜別詩會」。九月十日，自香港回高雄，任中山大學文學院院長兼外文研究所所長。
- 一九八六年，二月發表〈控訴一枝煙囪〉，引起熱烈回應。四月擔任「木棉花文藝季」（由高雄市政府、中山大學、台灣新聞報合辦）總策劃，並為此文化活動撰寫〈讓春天從高雄出發〉一詩。六月赴德國漢堡參加國際筆會年會並暢遊西德。九月《紫荊賦》詩集出版，並由楚雲主持發表會。
- 一九八七年，一月散文集《記憶像鐵軌一樣長》出版。二月主持本年度「木棉花文藝季」。三月，譯作《不可兒戲》由北京友誼出版社出版。五月，赴瑞士參加國際筆會年會。六月《自由青年》刊出「余光中專題」。
- 一九八八年，為一月出版的《墾丁國家公園詩文攝影集》配詩並寫序，強調環境保護的重要。一月廿四日發表〈送別〉，同日在高雄領五萬民眾朗誦此詩，以悼念蔣經國。一月廿六日與眾多文友在台北以《秋之頌》一書焚祭梁實秋先生。《秋之頌》一書由余氏主編，內收記述評論梁氏之文章。五月赴曼谷演講，以紀念五四。六月在香港的中文圖書展覽會演講「五種讀書人」。

十一月流沙河選釋的《余光中一百首》在四川出版。十二月散文集《憑一張地圖》出版。十二月赴香港參加「香港文學國際研討會」。

- 一九八九年，一月流沙河選釋的《余光中一百首》在香港出版。一月訪吉隆坡，主持中央藝術學院講座。五月主編的《中華現代文學大系》出版，共十五卷。同年以此書獲「金鼎獎」圖書類主編獎。五月《鬼雨：余光中散文》一書在廣州出版。六月膺選為《聯合報》副刊第一位「每月人物」。八月主編的《我的心在天安門——六四事件悼念詩選》出版。九月赴港參加「天安門的沉思」詩歌朗誦會。九月赴加拿大多倫多參加國際筆會年會，並應「加京中華文化協會」之邀在渥太華演講。
- 一九九〇年，一月《隔水呼渡》散文集出版。三月《夢與地理》詩集獲「中華民國第十五屆國家文藝獎」的新詩獎。七月在紐約主持長女珊珊婚禮，復往荷蘭參觀梵谷逝世百年紀念大展，並在巴黎近郊弔梵谷之墓。八月譯作《不可兒戲》在台北國家劇院演出十二場。九月獲選為中華民國筆會會長。
- 一九九一年，二月參加高雄中山大學訪問團訪問南非多所大學。四月赴香港參加「山水清音：環保詩文朗誦會」，並在香港作家聯誼會主辦的講座上演講。五月譯作《不可兒戲》在高雄中正文化中心演出三場。六月，應美西華人學會之邀，在洛杉磯發表演講，並接受該會頒發的「文學成就獎」。夏天 World Literature Today 第六五卷第三期刊出梁啟昌（K. C. Leung）的 *An Interview with YU Kwang-chung*。十月赴香港參加翻譯學會主辦的翻譯研討會，並接受該會頒贈的榮譽會士銜。十一月初，赴維也納參加國際筆會年會，並遊匈牙利。

• 一九九二年二月，父親余超英逝世。四月，參加在巴塞隆納舉行的國際筆會年會。九月，應北京社會科學院之邀，演講「龔自珍與雪萊」，並訪故宮，登長城。十月，參加在珠海市舉行的「海峽兩岸外國文學翻譯研討會」。應英國文藝協會之邀，與湯婷婷、張戎、北島參加「中國作家之旅」，在英國六城市朗誦並座談。擔任中文大學新亞書院「龔氏訪問學人」（十月至十一月），並參加中文大學的「抒情詩之夜」朗誦會。中英對照詩選《守夜人》出版。中譯王爾德喜劇《溫夫人的扇子》出版，並在台北、高雄先後演出。十一月，率團參加在巴西舉行的國際筆會年會。

• 一九九三年一月，福州台港文學選刊推出余光中專輯，包括余氏作品散文四篇、詩八首，及黃維樑、樓肇明、何龍的評介文章，凡十二頁。二月，香港中文大學聯合書院邀請擔任「到訪傑出學人」，為期二週，發表三次演說，並參加逸夫書院主辦的「吐露燈」誦詩晚會。三月，赴紐約看新生的外孫飛黃，並寫〈抱孫〉一詩。四月，會晤大陸名歌手王洛賓，〈鄉愁〉一詩由王洛賓譜成歌曲。五月，赴香港參加「兩岸暨港澳文學交流研討會」，並發表論文〈藍墨水的上游是汨羅江〉。六月，《二十世紀世界文學大全》（*Encyclopedia of world Literature in the 20th Century*, Continuum, New York, 1993）第五卷納入一整頁余氏評傳，由鍾玲執筆。七月，主持「梁實秋翻譯獎」評審，其他委員為彭鏡禧、陳次雲。八月三日，參加聯合報短篇小說獎評審。廿八日，參加中國時報散文獎評審。會晤湖南評論家李元洛。九月，赴西班牙桑地牙哥（Santiago de Compostela）參加國際筆會年會。

• 一九九四年，評論集《從徐霞客到梵谷》出版，並獲本年聯合報「讀書人」最佳書獎。六月，參加蘇州大學「當代華文散文國際研討會」，發表論文〈散文的知性與感性〉。繼訪上海作協，會晤作家柯靈、辛笛。七月，在台北舉行之「外國文學中譯國際研討會」上發表專題演講〈作者、學者、譯者〉。八月，在台北舉行的第十五屆「世界詩人大會」上專題演講 Is the Muse Dead? 九月，中山大學聘任為「中山講座教授」。重九日，黃維樑編撰的各家論余氏作品之選集《璀璨的五采筆》一巨冊出版。

- 一九九五年，十月赴布拉格出席國際筆會大會。十一月十日，台大五十週年校慶，文學院邀請傑出校友演講，主講「我與繆思的不解緣」。中譯《理想丈夫》出版，並由國立藝術學院慶祝四十週年校慶演出。詩與散文納入哥倫比亞大學出版之《現代中國文學選》。
- 一九九六年，一月散文選《橋跨黃金城》由北京人民日報出版社出版。四月，赴港參加翻譯學術會議，發表論文〈論的的不休〉。十月，《井然有序》出版，並獲聯合報「讀書人」本年最佳書獎。
- 一九九七年，六月浙江文藝出版社出版《余光中散文》。八月，由長春時代文藝出版社出版《余光中詩選集》及《余光中散文選集》共七冊，應邀前往長春、瀋陽、哈爾濱、大連、北京等五大城市為讀者簽名。十月，獲中國詩歌藝術學會致贈「詩歌藝術貢獻獎」。文建會出版《智慧薪傳——大師篇》，納入余氏評傳。十二月一日，香港中文大學舉辦「兩岸翻譯教學研討會」，應邀發表主題演說。
- 一九九八年，五月，獲頒文工會第一屆五四獎的「文學交流獎」。六月，獲頒中山大學「傑出教學獎」，及中華民國「斐陶斐傑出成就獎」。十月，獲頒行政院新聞局「國際傳播獎章」。十月二十八日，重九日，七十大壽，在《聯合報》、《中國時報》、《中央日報》、《中華日報》、《自由時報》、《新聞報》、《聯合文學月刊》、《幼獅文藝》月刊、《明道文藝》月刊共發表十五首詩，一篇散文。九歌出版社出版詩集《五行無阻》、散文集《日不落家》、評論集《藍墨水的下游》及鍾玲主編慶祝余氏七十生日詩文集專書《與永恆對壘》。洪範書店出版《余光中詩選第二卷：一九八二——一九九八》。《聯合文學》、《幼獅文藝》、《明道文藝》均有專輯祝賀余氏生日。中山大學文學院提前於十月二十三日慶生，舉辦「重九的午后——余光中作品研討暨詩歌發表會」，金聖華、黃國彬、鄭慧如均宣讀論文；夏菁、向明、鍾玲、陳義芝、胡燕青、王良和、汪其楣誦詩，殷正洋唱楊弦所譜余氏詩作之歌曲四首。

十二月，散文集《日不落家》獲頒聯合報「讀書人」本年最佳書獎。七十大壽發表新作及新書出版等活動，被台灣電視公司「人與書的對話」選為一九九八年「十大讀書新聞」之第六。

- 一九九九年一月，傅孟麗著《茱萸的孩子——余光中傳》由天下文化出版。二月，黃維樑、江弱水編選《余光中選集》五冊由安徽省教育出版社出版。國立中山大學聘為「光華講座教授」。六月，蘇其康主編《結網與詩風——余光中先生七十壽慶論文集》由九歌出版社出版。淡江大學中文系主編《藍星詩學》季刊推出「余光中特輯」。八月，余光中自選集《與海為鄰》、《滿亭星月》、《連環妙計》三冊由上海文藝出版社出版。九月，應湖南文協之邀訪湘，先後在岳麓書院、岳陽師範學院、常德師範學院、武陵大學演講。十月，《日不落家》獲頒吳魯芹散文獎。散文〈尺素寸心〉及〈我的四個假想敵〉收入 David Pollard, ed. *The Chinese Essay*, 由香港中文大學出版。

- 二〇〇〇年三月，香港中文大學校友月刊選出余光中、丘成桐、牟宗三、楊振寧、錢穆等十人為「中大最重要人物」。五月，赴莫斯科參加國際筆會年會，並在《聯合報》發表長文〈聖喬治真要屠龍嗎？〉記遊。七月，高雄市文藝獎，由教育部長曾志朗頒贈。《余光中詩選》當選「百年百種優秀中國文學圖書」，由北京中國青年出版社出版。九月，Unfolding New Worlds 一文刊於九月號英文版《讀者文摘》。赴北京參加中央電視台中秋特別節目。十月，參加南京「余光中文學作品研討會」及武漢「余光中暨香港沙田文學國際學術研討會」，並接受武漢華中師範大學頒贈客座教授聘書。十月十六日，在華沙波蘭科學院發表主題演講 To Make a Globe of Two Hemispheres。十二月，詩集《高樓對海》於七月出版，獲聯合報「讀書人」年度最佳書獎。十二月十四日，赴香港參加「千禧年全球青年華文文學獎」頒獎典禮。

• 二〇〇一年一月，江堤編選《余光中：與永恆拔河》，為「岳麓書院千年論壇叢書」之一，由湖南大學出版。二月，應邀訪問西雅圖華盛頓大學，演講 Out of Place, Out of Time, 並作一次朗誦。四月，應邀訪問山東大學，范我存與次女幼珊同行。演講二場，並登泰山。訪孔子與孟子古蹟。五月，黃維樑選編《大美為美——余光中散文精選》，列入季羨林主編叢書《當代中國散文八大家》（另七家為冰心、季羨林、金克木、張中行、汪曾祺、秦牧、余秋雨），由深圳海天出版社出版。六月，香港鳳凰台電視主持人楊瀾拍攝訪問專輯。七月，赴瑞士 Kandersteg 參加 Call for a Global Dialogue。八月，出席新加坡國際作家節，並在國立新加坡大學演講、朗誦。九月，應廣西大學及桂林旅遊局之邀訪問廣西，在廣西大學及廣西師範大學演講，范我存及四女季珊同行。十月，參加「江蘇籍台灣作家回鄉采風團」訪問南京、揚州、無錫、蘇州，並在東南大學與蓉子、張默同台朗誦。十二月七日，與范我存同赴廣州南沙，領第二屆「霍英東成就獎」，其他得獎人包括錢學森、林懷民等。

- 二〇〇二年，出版《含英吐華：梁實秋翻譯獎評語集》、《余光中精選集》。
- 二〇〇三年八月由余光中擔任總編輯《中華現代文學大系貳：臺灣一九八九—二〇〇三》，由九歌出版社出版。十二月，香港中文大學頒贈名譽文學博士，余光中親自到場領獎。
- 二〇〇四年十一月出版《守夜人：中英對照詩集，1958-2004》（The Night Watchman: A Bilingual Selection of Poems by Yu Kwang-chung, 1958-2004）。
- 二〇〇五年二月出版散文《青銅一夢》，《余光中幽默文選》。
- 二〇〇七年十一月，當選臺灣大學傑出校友。
- 二〇〇八年五月出版陳芳明主編《余光中六十年詩選》。十月重九日，八秩大壽，九歌出版社出版詩集《藕神》、評論集《舉杯向天笑》、翻譯《不要緊的女人》（A Woman of No Importance），及陳芳明主編《余光中跨世紀散文》、蘇其康主編《詩歌天保——余光中教授八十壽慶專集》，天下文化出版陳幸蕙主編《余光中幽默詩選》。十二月，出版丁旭輝主編《余光中集》。
- 二〇一〇年四月，出版《濟慈名著譯述》。
- 二〇一一年十一月十二日於校慶大典獲頒國立中山大學名譽文學博士，十二月獲頒「第一屆全球華文文學星雲獎」貢獻獎。
- 二〇一五年六月出版詩集《太陽點名》，獲頒馬來西亞「花蹤世界華文文學獎」，十二月散文集《粉絲與知音》出版。十二月獲頒二等景星勳章。
- 二〇一七年一月《英美現代詩選》出版，六月《守夜人：中英對照詩集，1958-2016》（The

Night Watchman: A Bilingual Selection of Poems by Yu Kwang-chung, 1958-2016）增訂出版。十二月十四日病逝高雄。

・二〇一八年八月，出版遺作《從杜甫到達利》。十二月，出版陳幸蕙主編《余光中美麗島詩選》。

余光中的散文觀

• 在中國的文學傳統裡，以文為詩，常受批評，但是反過來以詩為文，似乎無人非議，這是很有趣的現象。大致說來，散文著重清明的知性，詩著重活潑的感性。以詩為文，固然可以拓展散文的感性，加強散文想像的活力，但是超過了分寸，量變成為質變，就不像散文了。

• 散文可以向詩學一點生動的意象，活潑的節奏，和虛實相濟的藝術，然而散文畢竟非詩。旗可以迎風而舞，卻不可隨風而去，更不能變成風。把散文寫成詩，正如把詩寫成散文，都不是好事。

——節錄洪範版《記憶像鐵軌一樣長》自序

• 散文有如地球，詩有如月球：月球被地球所吸引，繞地球旋轉，成為衛星，但地球也不能把月球吸得更近，力的平衡便長此維持；另一方面，月球對地球的吸引力，也形成了海潮。

• 散文，是一切作家的身分證。詩，是一切藝術的入場券。

——節錄純文學版《分水嶺上．繆思的左右手》

開卷如開芝麻門

「人生識字憂患始，姓名麤記可以休。」項羽這種英雄人物，當然不喜歡讀書。劉邦也不喜歡讀書，甚至也不喜歡讀書人。不過劉邦會用讀書人，項羽有范增而不會用，漢勝楚敗，也是一大原因。蘇軾這兩句詩倒也不盡是戲言，因為一個人把書讀認真了，就忍不住要說真話，而說真話常有嚴重的後果。這一點，坐牢貶官的蘇軾當然深有體會。而在社會主義的新社會裡，一個人甚至不必舞文弄墨說什麼真話，就憑他讀過幾本書的「成份」，已經憂患無窮了。

這種「讀書有罪」的意識加於讀書人的身分壓力，在資本主義的社會裡，也感覺得到。海外的知識分子裡，也有一些人只因自己讀過幾本書而忸怩不安，甚至感到罪孽深重。為了減輕心頭的壓力，他們盡量低抑自己知識分子的形象，或者搬弄幾個十九世紀的老名詞來貶低其他的知識分子，以示彼此有別。

其實在目前的社會，知識分子與非知識分子之間，早已愈來愈難「劃清界限」。義務教育愈來愈普及，大眾媒介也多少在推行社會教育，而各行各業的在職訓練也不失為一種專才教育，所以年輕人裡要找絕對的非知識分子，已經很難了。且舉一例，每年我回台北，都覺得計程車司機的知識水準在逐漸提高。從駱駝祥子到三輪車夫，從三輪車夫到今日的計程車司機，這一行在這一方面顯然頗有變化。其他行業，或多或少，也莫不如此。中國大陸，從以前的批鬥學者、紅而不專、焚書銷書、白卷主義，到目前的鼓吹尊重知識分子，要幹部學文化，要人民學禮貌，要學者出國深造等等，也都顯示了反知主義的重大錯誤。到今天，我們都應該承認，無論在什麼社會，要是把讀過書的人劃為一個特殊的階級，使它和其他的人對立起來，甚至加以羞辱、壓抑，絕非健康之舉。

讀書其實只是交友的延長。我們交友，只能以時人為對象，而且朋友的數量畢竟有限。但是靠了書籍，我們可以廣交異時和異地的朋友；要說擇友，那就更自由了。一個人的經驗當然以親身得來的最為真切可靠，可是直接的經驗畢竟有限。讀書，正是吸收間接的經驗。生活至上論者說讀書是逃避現實，其實讀書是擴大現實，擴大我們的精神世界。就算是我們的親身經驗，也不妨多聽聽別人對相似的經驗有什麼看法，以資印證。相反地，我認為不讀書的人才逃避現實，因為他只生活在一種空間。英國文豪約翰生說：「寫作的唯一目的，是幫助讀者更能享受或忍受人生。」倒過來說，讀書的目的也在加強對人生的享受，如果你得意；或是對人生的忍受，如果你失意。

在知識爆炸的現代，書，是絕對讀不完的，如果讀書不得其法，則一味多讀也並無意義。古人矜博，常說什麼「於學無所不窺」，什麼「一物不知，君子之恥」。西方在文藝復興時代，也多通人，即所謂 Renaissance Man。十六世紀末年，培根在給伯利勳爵的信中竟說：「天下學問皆吾本分。」現代的學者，誰敢講這種話呢？學問的專業化與日俱進，書愈出愈多，知識愈積愈厚，所以愈到後代，愈不容易做學問世界的亞歷山大了。

不過，知識爆炸不一定就智慧增高。我相信，今人的知識一定勝過古人，但智慧則未必。新知識往往比舊知識豐富、正確，但是真正的智慧卻難分新舊。知識，只要收到就行了。智慧卻需要再三玩味，反覆咀嚼，不斷印證。如果一本書愈讀愈有味，而所獲也愈豐，大概就是智慧之書了。據說《天路歷程》的作者班揚，生平只熟讀一部書：《聖經》。米爾頓是基督教的大詩人，當然也熟讀《聖經》，不過他更博覽群書。其結果，班揚的成就也不比米爾頓遜色多少。真能善讀一本智慧之書的讀者，離真理總不會太遠，無論知識怎麼爆炸，也會得魚忘筌的吧。

叔本華說：「只要是重要的書，就應該立刻再讀一遍。」他所謂的重要的書，正是我所謂的智慧之書。要考驗一本書是否不朽，最可靠的試金石當然是時間。古人的經典之作已經有時間為我們鑑定過了；今人的呢，可以看看是否禁得起一讀再讀。一切創作之中，最耐讀的恐怕是詩了。就我而言，「峨眉山月半輪秋」和「岐王宅裡尋常見」，我讀了幾十年，幾百遍了，卻並未讀厭；所以趙翼的話「至今已覺不新鮮」是說錯了。其次，散文、小說、戲劇、甚至各種知性文章等等，只要是傑作，自然也都耐讀。奇怪的是，詩最短，應該一覽無遺，卻時常一覽不盡。相反地，卷帙浩繁，令人讀來廢寢忘餐的許多偵探故事和武俠小說，往往不能引人看第二遍。凡以情節取勝的作品，真相大白之後也就完了。真正好的小說，很少依賴情節。詩最少情節，就連敘事詩的情節，也比小說稀薄，所以詩最耐讀。

朱光潛說他拿到一本新書，往往先翻一兩頁，如果發現文字不好，就不讀下去了。我要買書時，也是如此。這種態度，不能斥為形式主義，因為一個人必須想得清楚，才能寫得清楚；反之，文字夾雜不清的人，思想一定也混亂。所以文字不好的書，不讀也罷。有人立刻會說，文字清楚的書，也有一些淺薄得不值一讀。當然不錯，可是文字既然清楚，淺薄的內容也就一目了然，無可久遁。倒是偶爾有一些書，文字雖然不夠清楚，內容卻有其份量，未可一概抹煞。某些哲學家之言便是如此。不過這樣的哲學家，我也只能稱為有份量的哲學家，無法稱為清晰動人的作家。如果有一位哲學家的哲學與唐君毅的相當或相近，而文字卻比較清暢，我寧可讀他的書，不讀唐書。一位作家如果在文字表達上不為讀者著想，那就有一點「目無讀者」，也就不能怪讀者可能「目無作家」了。朱光潛的試金法，頗有道理。

凡是值得讀的智慧之書，都值得精讀，而且再三誦讀。古人所謂的「一目十行」，只是修辭上的誇張。「一目十行」只有兩種情形：一是那本書不值得讀，二是那個人不會讀書。精讀一本書或一篇作品，也有兩種情形。一是主動精讀，那當然自由得很。二是被迫精讀，那就是以該書或該文為評論、翻譯或教課的對象。要把一本書論好、譯好、教好，怎能不加精讀？所以評論家（包括編者、選家、註家）、翻譯家、教師等等都是很特殊的讀者，被迫的精讀者。這種讀者一方面為勢所迫，只許讀通，不許讀錯；一方面較有專業訓練，當然讀得更精。禁得起這批特殊讀者再三精讀的書，想必是佳作。禁得起他們讀上幾十年幾百年的書，一定成為經典了。普通的讀者呢，當然也有他們的影響力，但是往往接受特殊讀者的「意見領導」。

世界上的書太多了，就算是智慧之書也讀不完，何況愈到後代，書的累積也愈大。一個人沒有讀過的書永遠多於讀過的書，淺嘗之作也一定多於精讀之作。不要說陌生人寫的書了，就連自己朋友寫的書，也沒有辦法看完，不是不想看完，而是根本沒有時間，何況歷代還有那麼多的好書，早就該看而一直沒看的，正帶著責備的眼色等你去看？對許多人說來，永遠只有很少的書曾經精讀，頗多的書曾經略讀，更多的書只是道聽塗說，而絕大多數的書根本沒聽說過。

略讀的書單獨看來似乎沒有多大益處，但一加起來就不同了。限於時間和機緣，許許多多的好書只能略加翻閱，不能深交。不過這種點頭之交（nodding acquaintance）十分重要，因為一旦需要深交，你知道該去那裡找他。很多深交都是這麼從初交變成的。略讀之網撒得愈廣愈好。真正會讀書的人，一定深諳略讀之道，即使面對千百好書，也知道遠近緩急之分。要點在於：妄人常把略讀當成深交，智者才知道那不過是點頭淺笑。有些書不但不宜精讀，且亦不必略讀，只能備讀，例如字典。據說有人讀過「大英百科全書」；這簡直是以網汲水，除了迂闊之外，不知道還能證明什麼？

有些人略讀，作為精讀的妥協，許多大學者也不免如此。有些人只會略讀，因為他們沒有精讀的訓練或毅力。更有些人略讀，甚至掠讀，只為了附庸風雅。這種態度當然會產生弊端，常被識者所笑。我倒覺得附庸風雅也不全是壞事，因為有人爭附風雅，正顯得風雅當道，風雅有「善勢力」，逼得一般人都來攀附，未必心服，卻至少口服。換了是野蠻當道，野蠻擁有惡勢力，如文革時期，大家燒書丟書都來不及，還有誰敢附庸風雅呢？

附庸風雅的人多半是後知後覺，半知半覺，甚或是不知不覺，但是他們不去學野蠻，卻來學風雅，也總算見賢思齊，有心向善，未可厚非。有人附庸風雅，才有人來買書，有人買書，風雅才能風雅下去。據我看來，附庸風雅的人不去圖書館借書，只去書店買書。新書買來了，握在手裡，提在口頭，陳於架上，才有文化氣息。書香，也不能不靠銅臭。

當然，買書的人並非都在附庸風雅。文化要發達，書業要旺盛，實質上要靠前述的那一小撮核心分子的特殊讀者來推波助瀾。一般讀者正是那波瀾，至於附庸風雅的人，就是波瀾激起的浪花，更顯得波瀾之壯闊多姿。大致說來，有錢人不買書，就算「買點文化」來做客廳風景，也是適可而止。反過來呢，愛書的人往往買不起文化，至少不能放手暢買，到精神的奢侈得以饜足的程度。

亞歷山大恨世界太小，更無餘地可以征服，牛頓卻歎學海太大，只能在岸邊拾貝。書海，也就是學海了。逛大書店，對華美豪貴的精裝巨書手撫目迷，「意淫」一番，充其量只像加州的少年在灘邊踏板衝浪罷了，至於海，是帶不回家的。我在香港，每個月大概只買三百元左右的書刊，所收台港兩地的贈書恐怕也值三百元。這樣子的買文化，只能給我「過屠門而磨牙」的感覺，連小康也沾不上，遑論豪奢？要我放手暢買的話，十萬元也不嫌多。

看書要舒服，當然要買硬封面的精裝本，但價格也就高出許多。軟封面的平裝本，尤其是膠背的一種，反彈力強得惱人，攤看的時候總要用手去鎮壓。遇到翻譯或寫評時需要眾書並陳，那就不知要動員多少東西鎮壓這一批不馴之徒。檯燈、墨水瓶、放大鏡、各種各樣的字典和參考書，一時紛然雜陳，爭據桌面，真是牽一髮而動全身。這時，真恨不得我的書桌大得像一張乒乓球桌，或是其形如扇，而我坐在扇柄的焦點。我曾在倫敦的卡萊爾故居，見到文豪生前常用的一張扶手椅，左邊的扶手上裝著一具閱讀架，可以把翻開的書本斜倚在架上，架子本身也可作九十度的推移，椅前還有一只厚墊可以擱腳。不過，這只能讓人安坐久讀，卻不便寫作時並覽眾書。

有時新買了一冊漂亮的貴書回來，得意摩挲之餘，不免也有一點犯罪感，好像是娶了一個妾，不但對不起原有的滿架藏書，也有點對不起太太。書房裡一架架的藏書，有許多本我非但不曾精讀，甚至略讀也說不上，辜負了眾美，卻又帶了一位回來，豈不成了阿刺伯的油王？至於太太呢，她也有自己的嗜好呀，例如玉器，卻捨不得多買。要是她也不時這麼放縱一下，又怎麼辦呢？而我，前幾天不是才買過一批書嗎，怎麼又要買了？我的理由，例如文化投資，研究必備等等，當然都光明正大。幸好太太也不是未開發的頭腦，每次見我牽了新歡進門，最多縱容地輕歎一聲，也就姑息下去了。其實對我自己說來，不斷買書，雖然可以不斷滿足佔有慾而樂在其中，但是煩惱也在其中。為學問著想，我看過的書太少；為眼睛著想，我看過的書又太多了。這矛盾始終難解，太太又不斷恫嚇我說，再這麼鷺鷥一般彎頸垂頭在書頁的田埂之上，要防頸骨惡化，脊骨退化，並舉幾個朋友做反面教材。

除了這些威脅的陰影之外，最大的問題是書的收藏。每個讀書人的藏書，都是用時不夠，藏時嫌多。我在台北的藏書原有兩千多冊，去港九年蒐集的書也有一千多冊了，不但把辦公室和書房堆得滿坑滿谷，與人爭地，而且採行擴充主義，一路侵入客廳、飯廳、臥室、洗衣間，只見東一堆，西一疊，各佔山頭，有進無退，生存的空間飽受威脅。另一現象，是不要的書永遠在肘邊，要找的呢，就忽然神秘失蹤，到你不要時又自動出現。我對太太說，總有一天我們車尾的行李箱也要用來充書庫了。問題是，這幾千本書目前雖可用「雙城記」分藏在台北和香港，將來我遷回台北，這「兩地書」卻該怎麼合併？

然而書這東西，寧願它多得成災，也不願它少得寂寞。從封面到封底，從序到跋，從扉頁的憧憬到版權的現實，書的天地之大，絕不止於什麼黃金屋和顏如玉。那美麗的扉頁一開，真有「芝麻開門」的神秘誘惑，招無數心靈進去探寶。古人為了一本借來的書限期到了，要在雪地裡長途跋涉去還給原主。在書荒的抗戰時代，我也曾為了喜歡一本借來的天文學入門，在搖曳如夢的桐油燈下逐夜抄錄。就在那時，陸蠡為了追討日本兵沒收去的書籍，而受刑致死。在書劫的文革時期，除了那本紅小書隨風飛揚如楓林之外，一切封資修的毒草害書，不是抄走，便是鎖起，或者被焚於比秦火更烈的火裡。無數的讀書人都訣別了心愛的藏書，可驚的是，連帝俄的作家都難逃大劫。請看四川詩人流沙河的〈焚書〉吧：

留你留不得，
藏你藏不住。
今宵送你進火爐，

永別了，
契訶夫！

夾鼻眼鏡山羊鬍，
你在笑，我在哭。
灰飛煙滅光明盡，
永別了，
契訶夫！

（一九八三年六月於廈門街）

我的四個假想敵

二女幼珊在港參加僑生聯考，以第一志願分發台大外文系。聽到這消息，我鬆了一口氣，從此不必擔心四個女兒統統嫁給廣東男孩了。

我對廣東男孩當然並無偏見，在港六年，我班上也有好些可愛的廣東少年，頗討老師的歡心，但是要我把四個女兒全都讓那些「靚仔」、「叻仔」擄掠了去，卻捨不得。不過，女兒要嫁誰，說得灑脫些，是她們的自由意志，說得玄妙些呢，是因緣，做父親的又何必患得患失呢？何況在這件事上，做母親的往往位居要衝，自然而然成了女兒的親密顧問，甚至親密戰友，作戰的對象不是男友，卻是父親。等到做父親的驚醒過來，早已腹背受敵，難挽大勢了。

在父親的眼裡，女兒最可愛的時候是在十歲以前，因為那時她完全屬於自己。在男友的眼裡，她最可愛的時候卻在十七歲以後，因為這時她正像畢業班的學生，已經一心向外了。父親和男友，先天上就有矛盾。對父親來說，世界上沒有東西比稚齡的女兒更完美的了，唯一的缺點就是會長大，除非你用急凍術把她久藏，不過這恐怕是違法的，而且她的男友遲早會騎了俊馬或摩托車來，把她吻醒。

我未用太空艙的凍眠術，一任時光催迫，日月輪轉，再揉眼時，怎麼四個女兒都已依次長大，昔日的童話之門砰地一關，再也回不去了。四個女兒，依次是珊珊、幼珊、佩珊、季珊。簡直可以排成一條珊瑚礁。珊珊十二歲的那年，有一次，未滿九歲的佩珊忽然對來訪的客人說：「喂，告訴你，我姐姐是一個少女了！」在座的大人全笑了起來。

曾幾何時，惹笑的佩珊自己，甚至最幼稚的季珊，也都在時光的魔杖下，點化成「少女」了。冥冥之中，有四個「少男」正偷偷襲來，雖然躡手躡足，屏聲止息，我卻感到背後有四雙眼睛，像所有的壞男孩那樣，目光灼灼，心存不軌，只等時機一到，便會站到亮處，裝出偽善的笑容，叫我岳父。我當然不會應他。那有這麼容易的事！我像一棵果樹，天長地久在這裡立了多年，風霜雨露，樣樣有份，換來果實纍纍，不勝負荷。而你，偶爾過路的小子，竟然一伸手就來摘果子，活該蟠地的樹根絆你一跤！

而最可惱的，卻是樹上的果子，竟有自動落入行人手中的樣子。樹怪行人不該擅自來摘果子，行人卻說是果子剛好掉下來，給他接著罷了。這種事，總是裡應外合才成功的。當初我自己結婚，不也是有一位少女開門揖盜嗎？「堡壘最容易從內部攻破」，說得真是不錯。不過彼一時也，此一時也。同一個人，過街時討厭汽車，開車時卻討厭行人。現在是輪到我來開車。

好多年來，我已經習於和五個女人為伍，浴室裡瀰漫著香皂和香水氣味，沙發上散置皮包和髮捲，餐桌上沒有人和我爭酒，都是天經地義的事。戲稱吾廬為「女生宿舍」，也已經很久了。

做了「女生宿舍」的舍監，自然不歡迎陌生的男客，尤其是別有用心的一類。但是自己轄下的女生，尤其是前面的三位，已有「不穩」的現象，卻令我想起葉慈的一句話：

一切已崩潰，失去重心。

我的四個假想敵，不論是高是矮，是胖是瘦，是學醫還是學文，遲早會從我疑懼的迷霧裡顯出原形，一一走上前來，或迂迴曲折，囁嚅其詞，或開門見山，大言不慚，總之要把他的情人，也就是我的女兒，對不起，從此領去。無形的敵人最可怕，何況我在亮處，他在暗裡，又有我家的「內奸」接應，真是防不勝防。只怪當初沒有把四個女兒及時冷藏，使時間不能拐騙，社會也無由污染。現在她們都已大了，回不了頭；我那四個假想敵，那四個鬼鬼祟祟的地下工作者，也都已羽毛豐滿，什麼力量都阻止不了他們了。先下手為強，這件事，該乘那四個假想敵還在襁褓的時候，就予以解決的。至少美國詩人納許（Ogden Nash, 1902-71）勸我們如此。他在一首妙詩〈由女嬰之父來唱的歌〉（Song to Be Sung by the Father of Infant Female Children）之中，說他生了女兒吉兒之後，惴惴不安，感到不知什麼地方正有個男嬰也在長大，現在雖然還渾渾噩噩，口吐白沫，卻注定將來會搶走他的吉兒。於是做父親的每次在公園裡看見嬰兒車中的男嬰，都不由神色一變，暗暗想道：「會不會是這傢伙！」想著想著，他「殺機陡萌」（My dreams, I fear, are infanticiddle），便要解開那男嬰身上的別針，朝他的爽身粉裡撒胡椒粉，把鹽撒進他的奶瓶，把沙撒進他的菠菜汁，再扔頭優游的鱷魚到他的嬰兒車裡陪他遊戲，逼他在水深火熱之中掙扎而去，去娶別人的女兒。足見詩人以未來的女婿為假想敵，早已有了前例。

不過一切都太遲了。當初沒有當機立斷，採取非常措施，像納許詩中所說的那樣，真是一大失策。如今的局面，套一句史書上常見的話，已經是「寇入深矣」！女兒的牆上和書桌的玻璃墊下，以前的海報和剪報之類，還是披頭，拜絲，大衛・凱西弟的形象，現在紛紛都換上男友了。至少，灘頭陣地已經被入侵的軍隊佔領了去，這一仗是必敗的了。記得我們小時，這一類的照片仍被列為機密要件，不是藏在枕頭套裡，貼著夢境，便是夾在書堆深處，偶爾翻出來神往一番，那有這麼二十四小時眼前供奉的？

這一批形跡可疑的假想敵，究竟是哪年哪月開始入侵廈門街余宅的，已經不可考了。只記得六年前遷港之後，攻城的軍事便換了一批口操粵語的少年來接手。至於交戰的細節，就得問名義上是守城的那幾個女將，我這位「昏君」是再也搞不清的了。只知道敵方的砲火，起先是瞄準我家的信箱，那些歪歪斜斜的筆跡，久了也能猜個七分；繼而是集中在我家的電話，「落彈點」就在我書桌的背後，我的文苑就是他們的沙場，一夜之間，總有十幾次腦震盪。那些粵音平上去入，有九聲之多，也令我難以研判敵情。現在我帶幼珊回了廈門街，那頭的廣東部隊輪到我太太去抵擋，我在這頭，只要留意台灣健兒，任務就輕鬆多了。

信箱被襲，只如戰爭的默片，還不打緊。其實我寧可多情的少年勤寫情書，那樣至少可以練習作文，不致在視聽教育的時代荒廢了中文。可怕的還是電話中彈，那一串串警告的鈴聲，把戰場從門外的信箱擴至書房的腹地，默片變成了身歷聲，假想敵在實彈射擊了。更可怕的，卻是假想敵真的闖進了城來，成了有血有肉的真敵人，不再是假想了好玩的了，就像軍事演習到中途，忽然真的打起來了一樣。真敵人是看得出來的。在某一女兒的接應之下，他佔領了沙發的一角，從此兩人呢喃細語，囁嚅密談，即使脈脈相對的時候，那氣氛也濃得化不開，窒得全家人都透不過氣來。這時幾個姐妹早已迴避得遠遠的了，任誰都看得出情況有異。萬一敵人留下來吃飯，那空氣就更為緊張，好像擺好姿勢，面對照相機一般。平時鴨塘一般的餐桌，四姐妹這時像在演啞劇，連筷子和調羹都似乎得到了消息，忽然小心翼翼起來。明知道這僭越的小子未必就是真命女婿，（誰曉得寶貝女兒現在是十八變中的第幾變呢？）心裡卻不由自主升起一股淡淡的敵意。也明知女兒正如將熟之瓜，終有一天會蒂落而去，卻希望不是隨眼前這自負的小子。

當然，四個女兒也自有不乖的時候，在惱怒的心情下，我就恨不得四個假想敵趕快出現，把她們統統帶走。但是那一天真要來到時，我一定又會懊悔不已。我能夠想像，人生的兩大寂寞，一是退休之日，一是最小的孩子終於也結婚之後。宋淇有一天對我說：「真羨慕你的女兒全在身邊！」真的嗎？至少目前我並不覺得，自己有什麼可羨之處。也許真要等到最小的季姍也跟著假想敵度蜜月去了，才會和我存並坐在空空的長沙發上，翻閱她們小時的相簿，追憶從前，六人一車長途壯遊的盛況，或是晚餐桌上，熱氣蒸騰，大家共享的燦爛燈光。人生有許多事情，正如船後的波紋，總要過後才覺得美的。這麼一想，又希望那四個假想敵，那四個生手笨腳的小伙子，還是多吃幾口閉門羹，慢一點出現吧。

袁枚寫詩，把生女兒說成「情疑中副車」；這書袋掉得很有意思，卻也流露了重男輕女的封建意識。照袁枚的說法，我是連中了四次副車，命中率夠高的了。余宅的四個小女孩現在變成了四個小婦人，在假想敵環伺之下，若問我擇婿有何條件，一時倒恐怕答不上來。沉吟半晌，我也許會說：「這件事情，上有月下老人的婚姻譜，誰也不能竄改，包括韋固，下有兩個海誓山盟的情人，『二人同心，其利斷金』，我憑什麼要逆天拂人，梗在中間？何況終身大事，神秘莫測，事先無法推理，事後不能悔棋，就算交給廿一世紀的電腦，恐怕也算不出什麼或然率來。倒不如故示慷慨，偽作輕鬆，博一個開明父親的美名，到時候帶顆私章，去做主婚人就是了。」

問的人笑了起來，指著我說：「什麼叫做『偽作輕鬆』？可見你心裡並不輕鬆。」

我當然不很輕鬆，否則就不是她們的父親了。例如人種的問題，就很令人煩惱。萬一女兒發癡，愛上一個聳肩攤手口香糖嚼個不停的小怪人，該怎麼辦呢？在理性上，我願意「有婿無類」，做一個大大方方的世界公民。但是在感情上，還沒有大方到讓一個臂毛如猿的小伙子把我的女兒抱過門檻。現在當然不再是「嚴夷夏之防」的時代，但是一任單純的家庭擴充成一個小型的聯合國，也大可不必。問的人又笑了，問我可曾聽說混血兒的聰明超乎常人。我說：「聽過，但是我不稀罕抱一個天才的『混血孫』。我不要一個天才兒童叫我 Grandpa，我要他叫我外公。」問的人不肯罷休：「那麼省籍呢？」

「省籍無所謂，」我說。「我就是蘇閩聯姻的結果，還不壞吧？當初我母親從福建寫信回武進，說當地有人向她求婚。娘家大驚小怪，說『那麼遠！怎麼就嫁給南蠻！』後來娘家發現，除了言語不通之外，這位閩南姑爺並無可疑之處。這幾年，廣東男孩鍥而不捨，對我家的壓力很大，有一天閩粵結成了秦晉，我也不會感到意外。如果有個台灣少年特別巴結我，其志又不在跟我談文論詩，我也不會怎麼為難他的。至於其他各省，從黑龍江直到雲南，口操各種方言的少年，只要我女兒不嫌他，我自然也歡迎。」

「那麼學識呢？」

「學什麼都可以。也不一定要是學者，學者往往不是好女婿，更不是好丈夫。只有一點：中文必須清通。中文不通，將禍延吾孫！」

客又笑了。「相貌重不重要？」他再問。

「你真是迂闊之至！」這次輪到我發笑了。「這種事，我女兒自己會注意，怎麼會要我來操心？」

笨客還想問下去，忽然門鈴響起。我起身去開大門，發現長髮亂處，又一個假想敵來掠余宅。

黃繩繫腕

——泰國記遊之二

從泰國回來，妻和我的腕上都繫了一條黃線。

那是一條金黃的棉線，戴在腕上，像一環美麗的手鐲。那黃，是泰國佛教最高貴的顏色，令人想起袈裟和金塔。那線，牽著阿若他雅的因緣。

到曼谷的第三天，泰華作家傳文和信慧帶我們去北方八十八公里外的阿若他雅，憑弔大城王朝的廢都。停車在蒙谷菩毘提佛寺前面，隔著初夏的綠陰，古色斑斕的紀念塔已隱約可窺，幢幢然像大城王朝的鬼影。但轉過頭來，面前這佛寺卻亮麗耀眼，高柱和白牆撐起五十度斜坡的紅瓦屋頂，高簷上蟠遊著蛇王納加，險脊尖上鷹揚著禽王格魯達，氣派動人。

我們依禮脫鞋入寺，剛跨進正堂，呼吸不由得一緊。黑黯黯那一座重噸的，什麼呢，啊佛像，向我們當頂纍纍地壓下，磅礴的氣勢豈是仰瞻的眼睫所能承接，更哪能望其項背。等到頸子和胸口略為習慣這種重荷，才依其陡峭的輪廓漸漸看清那上面，由四層金葉的蓮座托向高處，塔形冠幾乎觸及紅漆描金的天花方板，是一尊黑凜凜的青銅佛像。祂就坐在那高頭，右腿交疊在左腿上面，腳心朝上，左手平攤在懷裡，掌心向天，右手覆蓋在右膝上，手掌朝內，手指朝下，指著地面。從蓮座下吃力地望上去，那圓膝和五指顯得分外地重大。

這是佛像坐姿裡有名的「呼地作證」（Bhumisparsa Mudra），又稱為「降妖伏魔」（Maravijaya）。原來釋迦牟尼在成正覺之前，天魔瑪刺不服，問他有何德業，能夠自悟而又度人。釋迦說他前身前世早已積善積德，於是便從三昧的坐姿變成伏魔的手勢，以手指地，喚大地的女神出來作證。她從長髮裡絞出許多水來，正是釋迦前世所積之德。她愈絞愈多，終於洪水滔滔，把天魔的大軍全部淹沒。釋迦乃恢復三昧的冥想坐姿，而入徹悟。曼谷玉佛寺的壁畫上，就有露乳的地神絞髮滅火之狀，而眾多魔兵之中，一半已馴，一半猶在張牙舞爪。

一說此事不過是寓言，只因當日釋迦樹下跏趺，心神未定，又想成正覺，又想回去世間尋歡逐樂。終於他垂手按膝，表示自己在徹悟之前不再起身的決心。然則所謂伏魔，正是自伏心魔。還是長髮生水的故事比較生動。

想到這裡，對祂右掌按膝的手勢更加敬仰而心動，不禁望之怔怔。後來問人，又自己去翻書，才知道這佛像高達二十二公尺半，鍍有緬甸的金，鑄造的年代約在十五世紀後半，相當於明英宗到憲宗之朝，低眉俯視之態據說是素可泰王朝的風格。一七六七年，緬甸入寇，一舉焚滅了四百十七年的大城王朝。據說泰國最大的這尊坐佛當日竟無法擄走，任其棄置野外，風雨交侵。也就因此，這佛像看上去頗有滄桑的痕跡，不像曼谷一帶其他的雕像那麼光鮮。祂太高大，何況像座已經高過人頭了，實在看不出那一身是黑漆，或是歲月消磨的青銅本色。只覺得黝黑的陰影裡，那高處還張著兩隻眼睛，修長的眼白襯托著烏眸，正炯炯俯視著我們，而無論你躲去哪裡，都不出祂的眸光。

佛面上一點鮮麗的朱砂，更增法相的神秘與莊嚴。但是佛身上還有兩種嫵媚的色彩。左肩上斜披下來的黃縵，閃著金色的絲光。攤開的左掌，大拇指上垂掛著一串繽紛的花帶，用潔白的茉莉織成，還飄著泰國蘭裝飾的秀長流蘇。這花帶泰語叫做斑馬來（Puang-Ma-Lai），不但借花可以獻佛，也可送人。

「你們要進香嗎？」傳文走過來說。

「要啊，」我存立刻答道。

「香燭每套十銖。」傳文說。

我們向佛堂門口的香桌上每人買了一套。所謂一套，原來就是一枝蓮、一枝燭、三根香，還有一方金箔，用兩片稍大一些的米黃棉紙包住。我們隨著泰國的信徒，走到蓮座下面的長條香案，把一尺半長的一枝單花含苞白蓮放在一只淺銅盆裡，再點亮紅燭插上燭台，最後更燃香插入香爐。蓮是佛座，燭是覺悟之光，至於三根香，則是獻給佛祖、佛法、僧侶，所謂三寶。爐香嬝嬝之中，我們也與眾人合掌跪禱。

「這金箔該怎麼辦呢？」我問一旁的信慧。

「撕下來，貼在佛身上，」她說。

「泰國人的傳統，」傳文笑說，「貼在佛頭，就得智慧。貼在佛口，就善言辭。貼在佛的心口呢，就會心廣體胖。」

我舉頭看佛，有五、六層樓那麼高，豈只是「丈二金剛，摸不著頭腦」？蓮台已經高過我頭頂，「臨時抱佛腳」都不可能。急切裡，分開棉紙，取出閃光的金箔。怎麼辦呢？一看，也有人乾脆貼在蓮座底層，就照貼了。回頭看我存怎麼貼時，她已貼好，正心滿意足地走了過來。原來龕下另有一座三尺高的佛像，臉上、身上貼滿了金葉。

「你們要是喜歡，」信慧說，「還可以為黑佛披上黃縵。」

她把我們帶到票台前面。一只盛著黃線的盒子上寫著：「披黃縵，一次一百三十銖。」那就是台幣一百五十多元了。

「怎麼披呢，這麼高？」我問。

「他們會幫你做的，」信慧說。

我立刻付了泰幣。那比丘尼從櫃裡取出一整疋黃縵，著我守在蓮壇下面。不久，有聲從屋頂反彈下來。仰望中，人頭從佛像的巨肩後探出，一聲低呼，金橘色的瀑布從半空瀉落下來，兜頭潑了我一身。黃洪停時，我抱了一滿懷。但是也抱不了多久，因為黃縵的那一端她開始收線了。白帶子收盡時，金橘色的瀑布便回流上升。這次輪到我放她收。再舉頭看時，我捐的黃縵已經飄然披上了黑佛的左肩。典禮完成。

我捐黃縵，不全是為好奇。當天上午，在曼谷的玉佛寺內，我隨眾人跪在大堂上時，無意間把腿一伸，腳底對住了玉佛。那要算是冒犯神明了，令我蠢蠢不安。現在為佛披縵，潛意識裡該是贖罪吧，冥冥之中或許功過能相抵麼？

《六祖壇經》裡說，梁武帝曾問達摩：「朕一生造寺度僧，布施設齋，有何功德？」達摩答曰：「實無功德。」每次讀到這一段，都不禁覺得好笑。豈知心淨即佛，更無須他求。韋刺史以此相問，六祖答得好：「武帝心邪，不知正法。造寺度僧，布施設齋，名為求福，不可將福便為功德。功德在法身中，不在修福。」只要心淨，無意之間冒犯了玉佛，並不能算是罪過。另一方面，燒香拜叩，捐款披袈，連梁武帝都及不上，更有什麼功德？

想到這裡，坦然一笑。走去票台，向滿盛黃線的盒中取出四條。一條為我存繫於左腕，一條自繫，餘下的兩條準備帶回台灣給兩個女兒。

這美麗的纖細手鐲，現在仍繫在我的左腕，見證阿若他雅的一夢。

（一九八八年五月三十一日）

七月◆楊牧篇

無垠時空的長歌

楊牧小傳

台灣花蓮人，一九四〇年生，二〇二〇年逝世，東海大學畢業，美國愛荷華大學（Iowa）碩士，柏克萊（Berkeley）加州大學比較文學博士；曾任西雅圖華盛頓大學（University of Washington, Seattle）比較文學教授，麻州大學、台灣大學、普林斯頓大學、香港科技大學文學教授及東華大學人文社會學院院長。二〇〇〇年國家文藝獎得主。著作有詩集、戲劇、散文、評論、翻譯、編纂等中英文五十餘種。

（王慶華／攝影）

楊牧重要書目

作品

柏克萊精神（散文）
葉珊散文集
北斗行（詩集）
楊牧詩集Ⅰ（一九五六～一九七四）
楊牧詩集Ⅱ（一九七四～一九八五）
瓶中稿（詩集）
吳鳳（戲劇）
禁忌的遊戲（詩集）
海岸七疊（詩集）
年輪（散文）
搜索者（散文）
交流道（隨筆）
有人（詩集）
飛過火山（隨筆）

山風海雨（奇萊書一）
昔我往矣（奇萊書三）
方向歸零（奇萊書二）
一首詩的完成（散文）
完整的寓言（詩集）
時光命題（詩集）
涉事（詩集）
疑神（散文）
星圖（散文）
亭午之鷹（散文）
奇萊前書（散文）
人文蹤跡（散文）
掠影急流（散文）
介殼蟲（詩集）
奇萊後書（散文）
楊牧詩集Ⅲ（一九八六～二〇〇六）
長短歌行（詩集）
楊牧詩選（一九五六～二〇一三）

■評論

傳統的與現代的
文學知識
文學的源流
陸機文賦校釋
隱喻與實現
失去的樂土

■編選

現代中國散文選（共二冊）
豐子愷文選（共四冊）
周作人文選（共二冊）
許地山小說選
許地山散文選
徐志摩詩選
徐志摩散文選
現代中國詩選（鄭樹森合編，共二冊）
唐詩選集
現代散文選續編（顏崑陽合編）

楊牧的散文觀

• 一個作品是有心去經營，而不是散漫完成的。

• 如何充實文章？實在有關個人的學問與見識，並非一蹴可幾的。

• 欲以文字表達一種知識時，假若純粹以客觀的方式表達出來，那只是一種報導。而事實上，絕少能避免主觀情感的偏執，所以說，客觀與主觀的結合，以及大我、小我二者間的協調，我相信是可以辦得到的。

• 雖然自己創造新的筆法不是件輕而易舉的事，但是，從實驗中慢慢做。等到自己的語法定出了風格，就是成一家言的時候了。

——節錄一九八四年十月《文訊》散文座談會發言

• 我關注的畢竟是真與美。文學和藝術所賴以無限擴充其真與美的那鉅大，不平凡的力，我稱它為詩。……我有時是頗能因詩感動而沉寂冥默的，然而生命中比較經常遭遇的不免還是些沒有詩，缺少那無限擴充的力，卻僭取文學和藝術之名的各種詞藻與聲色的末流……。

——節錄一九九三年二月洪範版《疑神》前記

六朝之後酒中仙

飲酒這件事，在我的朋友當中，會的人不少，而且真能認識箇中興趣，談而論之，甚至訴諸文字渲染的亦復不少。當然，能談論酒趣，甚至以文字記敘他的愉快或痛苦經驗的，不一定是最道地的飲者；何況天下自有許多積豐富的飲酒經驗，卻始終對此事保持緘默，不予置評的人，正是「但得酒中趣，勿為醒者傳」。雖則如此，傳與不傳，口舌筆墨之間，仍有其修辭語意的殊相。李白雖然說他不想將飲酒的妙趣告訴你，這下卻已經告訴你了。我們都知道，六朝之後，最偉大的酒仙，當然就是他。

我個人稍識酒趣，對此杯中之物帶有濃厚的敬意。有時也遭遇到一些困擾，被人質問：「酒有什麼好？」我也覺得這事無可形容，「勿為醒者傳」。古人喝酒，和樂且湛，威儀幡幡——人多固然最好，獨飲也有其孤高的境界。要之，中國人從來不覺得飲酒是一件不好意思的事情，即使偶然生的顧慮，至多害怕「將非遐齡具」罷了。近代醫學昌明，一般人都強調酒與遐齡之間的衝突，所以許多長輩在飲酒半生之後，輒主動地或被動地戒了；不但自己戒酒，也勸我們晚輩少喝或者根本不喝。通常勸說的人總是充滿了誠意，聽訓的人則始終是藐藐的。此事是非，不可分析，何況長輩當中，以高齡的道德文章，猶對飲酒鍥而不捨的仍然大有人在，可見是非辨詮之難。我自覺在這個文化價值交戰的社會裡，有一天大概也會變成一個諄諄規勸小子戒酒的人。陶公有詩曰：「止酒情無喜」，其沮喪可以想見。現在我必須趁情無喜之前，先把飲酒的正面意義記下來，以免不飲以後，失去追憶傳述的興趣。

我出生在一個頗為重視飲酒的家庭裡。父母親都能解小飲之樂，兄弟姐妹也多可以附和，尤其到了年節晚餐，人手一杯，團團圍坐，需供之間也都恰到好處。但我真正體會到薄醺的快樂，則是高中時代才有的。我的國文老師胡楚卿先生不但鼓舞我對於新文學的信心，也啟發了我對飲酒的興趣。胡老師是台灣現代詩運動的先進人物，帶有他獨具的詩人色彩，但他是湖南人，好像來自湘西，曾經對我們堅稱趕屍是確有其事，不是開玩笑的；我們半信半疑，不便追問。我的作文受到他的賞識，乃自然而然被喚到他家裡去玩。過年前後，胡老師還會做臘肉。我去他家，看他興致高，在廚房洗蔥切肉，就跑到小店裡買一瓶酒（通常是他出錢叫我去買），回來和他對飲，吃臘肉，談詩。上大學以後，我寒假回家，也一定會帶瓶酒去花蓮中學看他，吃湖南臘肉，談詩。有一天我們大談楚辭，薄醺之後，我告辭出來，騎摩托車進城，在靠近太平洋的海岸公路上摔了一大跤，皮夾克擦破了，手臂脫臼，還去找了一位接骨醫生推拿半天才好。這算是詩酒經驗裡的第一件意外，然而詩之樂與酒之樂，終於還是遠遠超過摔跤的恐懼。胡老師喝酒之後，談興更濃，一口抑揚頓挫的湖南話，滿腔新文學的熱情，都隨著酒意傾洩而出。師母是浙江人，時常不忘表揚西湖之美，無非是鄉思使然。有一次胡老師聽厭了，咕噥說道：「西湖是什麼東西？最多也不過和花蓮菜市場後面那條排水溝差不多罷了！」師母不悅。我做學生的卻覺悟比喻之妙，誇張之美；鄉土的可愛，見仁見智，時空距離，增益其混亂。後來我每次看北平人寫文章說北平叫賣市聲如何如何美妙，而台灣的叫賣市聲又如何如何不美妙。總不免啞然失笑，稱之為「花蓮菜市場後面那條排水溝之情意結」。

我的大學生活，酒興索然，因為讀的是教會學校，校園裡是禁酒的——至少表面如此。偶然好奇，必須到校外去買，提到公墓裡，坐在某某人之「佳城」慢慢喝之。教會學校禁酒，不知道十誡裡有沒有這一誡，但酒是耶穌的血，神父做彌撒，最後一道手續總是將銀杯裡的葡萄酒一口乾盡，才把聖餅給信徒分食。可是公墓佳城中飲酒，一尊還酹黃土，與古人神魂交涉，自有許多奇趣。我曾經邀請余光中一試這種奇趣。多少年後，光中重上大度山，寫詩〈調葉珊〉乃有這樣的開頭三句：「死後三年　切勿召朋呼友　上我的墓來誦詩，飲酒」。光中不算是善飲的詩人，故有此慮，雖然他的詩中時常出現喝酒的形象。他早年嘗作一詩曰：「飲一八四二年葡萄酒」，格律嚴謹，玄思浪漫，頗得濟慈神髓，但我懷疑他喝的恐怕不是一八四二年的葡萄酒，則詩與真實之間仍必須有它美學的距離。

金門行伍，使我練就一身酒膽，雖然酒量依然薄弱。秋天裡我們大軍開到金門，晚上涼風颯颯，戰地戒嚴，更無處可去，我尋思：「何不飲酒？」乃購得高粱一瓶，頭一夜對著瓶子喝了兩口，頓覺得頭重腳輕，始知此白乾之厲害。我在金門結識一位好友，戰車連的修護少尉吳鼎榮。

我們時常從這個坑道提一瓶酒走到那個坑道，在昏黃的馬燈下，一杯一杯喝著。平時我們喝酒就花生米和軍用罐頭，自得其樂；螃蟹季節到時，更不愁下酒菜。鼎榮是官校出身，為人和氣豪邁；我退伍前他就調回台灣了，後來竟失去連絡，回想起來不免悵惘。那年冬天，國防部派來了一個軍中作家前線訪問團，成員中有不少朋友在。金門廣播電台台長是詩人一夫，他為我向師部請了公假，陪作家們玩。晚上吃飯時大家酒都沒喝足，一夫乃又安排眾人洗盞再飲於某部中山室，下酒菜不夠，竟以貢糖湊合痛飲，結果瘂弦、張永祥、一夫自己，和我都爛醉。據說我第一個滑到桌子底下，不省人事，由司馬中原、朱西甯、張永祥、吳東權四人合力抬上吉普車，適逢大雨，眾人抬到半途手都痠了，永祥建議：「放下來歇歇。」乃將我擺在黃泥地上，四人在雨中喘氣，當然也都濕透了。師部看我一夜未歸營，向電台要人，一夫特別為我說明是招待國防部的訪問團喝醉了，睡在電台的坑道裡。軍中不忌酒，也沒有處罰，只是我的軍服背後染上金門的黃泥雨水，一直到退伍還沒洗乾淨。多少年了，現在每次遇見司馬和一夫，他們還樂道此事，引為笑談，我想這是我平生第一次真正喝醉，只好以「醉臥沙場君莫笑」解嘲。

金門是一個令人懷念的地方。那一年寫了不少詩和散文，屢次想到酒；但其實我的酒量並不行，高粱喝不多，黃酒之類的比較能夠入口。那一年端午節，曾被士兵連勸帶騙，乾了一瓶黃酒，從此酒膽大增。退伍回台灣，自覺不再是吳下阿蒙了。但其實我對酒之為物毫無研究，烈酒淡酒，還是分不太清楚。秋後出國去愛荷華大學，天欲雪雲滿樓，染上感冒。安格爾教授送我一瓶波旁威士忌說：「感冒喝威士忌最好。試試看！」等探病的朋友走了以後，我咕嚕嚕喝了半瓶，把威士忌當黃酒處理，蒙頭大睡。第二天感冒不知好了沒有，宿醉之累則為平生所無。從此有一段時間，我視此波旁烈酒如洪水猛獸，輕易不敢碰它。愛荷華大學校園外有一家啤酒館，面臨克靈頓街，詩人作家常去。有一天下午課後，魏爾教授邀我去喝一杯。那是我第一次嚐試黑啤酒。和魏爾坐在落雪的酒店窗裡，談歐洲文學，喝黑啤酒，聽民歌和搖滾樂——一切都喜歡。多少年來我還忘不了那天黃昏的愉快經驗，啤酒，歌德，民謠，這些東西我到今天也還是喜歡。

黑啤酒和普通啤酒味道大概有點不同，我也說不出所以然來。有一次和一批中國同學去，大家談完文學和戰爭的關係以後，開始討論兩種啤酒的異同，不料王文興說道：「黑啤酒的味道就好像啤酒裡加上味精。」我覺得胃口大壞，從此對黑啤酒失去了興趣。王文興和白先勇相繼離校之後，劉國松到了愛荷華。國松的住所正好就在克靈頓街這酒館樓上，每天關在屋裡畫畫，燉排骨湯。有一天我喊他下樓去喝酒，但他也是滴酒不沾的豪客，我坐下來灌啤酒，他無聊地站起來看美國學生玩電動遊戲，不久居然加入比賽，更以他清醒的頭腦大勝。此後一年，電動遊戲乃成為國松最重要的娛樂；酒館老闆知道住在樓上的中國畫家進門來，買一杯啤酒拿在手，但意不在酒，而在那一閃一閃的機器，一定覺得非常好笑。

我對波旁存有戒心，誰知一九六六年轉學加大以後，又和它結緣，原因是陳世驤先生偏愛波士旁威忌。第一次到陳先生家，剛剛坐下，他的第一個問題就是：「能喝酒嗎？」此後四年，到他家一定喝波旁。但陳先生規定下午五點以前不可喝酒——這條誡律我到今天還都大致奉行。陳先生除了波旁威士忌，只喝少許白蘭地，偶爾也喝啤酒，可是啤酒當中非日本啤酒不喝；有時他也願意溫一壺日本清酒吃菜。第二年冬天，他不知道透過什麼特殊關係，買了數十箱台灣紹興酒，喊我去幫忙卸貨，囤積在地下室的酒窖裡，從此就不碰日本清酒了。他飲酒十分講究，而且極有節制。飯前喝加了冰塊的波旁威士忌數杯，吃飯時喝溫熱的紹興，飯後喝白蘭地。至於野餐戶外，則以啤酒為優先，偶爾來點波旁。他最不喜歡的就是普通的葡萄酒，無論紅白，一概不沾。這些是我多年觀察的心得，但有人說並不一定如此。也許陳先生在學生面前特別節制，在其他場合又不同了，則不得而知。我晚間若上他家問學，時常是一邊飲酒一邊談論，小飲竟能促進思考之敏銳，這不是我從前所能想像。而且我過去對波旁所懷的恐懼，也因為這份溫淳的經驗一掃而空。陳先生去世後，我再度棄絕波旁威士忌，十年來不知其味，今後也不太可能再喝它。一滴酒香，足可勾回許多求學時代溫暖的記憶。但先生墓木已拱，我自己也進入中年，當年那種縱酒雄辯的日子，恐怕不易再得。

柏克萊朋輩頭角崢嶸，唯能飲者並不多，大概只有鄭清茂解此酒趣，其他諸子都不行。清茂為人溫柔敦厚，但出身早期的台大中文系，親自體驗了幾位國學大師的杜康豪情，酒量雖非第一流，情趣也確實老到。我看他斟酌自如，面無難色，而從來不醉，大事小事侃侃談之，確有古君子風。清茂學識文章不同凡響，詩書超人一等，古律新體莫不在行，甚至能以日文作「俳句」。年前普林斯頓重逢，雪夜無事，相與對飲，酒後濡筆為我寫一中堂：「酒能養性，仙家飲之；酒能亂性，佛家戒之。飲酒學仙，戒酒學佛」，真性情中人也。在柏克萊時，因清茂的關係，認識史丹佛的莊因，也是台大中文系的詩酒才子。前此我已經和莊家老三莊喆相知多年，且去過霧峰洞天山堂，瞻仰過莊老太爺慕陵先生的法書。但莊喆以抽象畫知名，屬於「新派人物」，不太飲酒；老二莊因則以詩書知名，嗜杯中物，風流蘊藉，最肖乃父。我時常看莊因在清茂家飲酒寫字，西裝革履，打扮入時，不知道此公奈何如此講究衣著，後來才聽說他正在追求夏家大小姐，奔波於金山灣之兩岸，週末渡海自史丹佛來，司馬昭之心，路人所知也，獨我不知。

一九七七年在舊金山，又逢莊因於已涼天氣未寒時，海水依舊，人事全非，只有他和夏美麗夫婦二人整潔安寧如曩昔，師友中有的離開了，有的亡故了，風雲消散，令人不勝唏噓。我們對飲於酒蟹居椒木蔭鬱之窗前，談起前塵往事，恍若隔世。當晚狂飲啤酒，連寫陶淵明飲酒詩二十首過子夜。現在想想，這種心情，無非「停雲」「榮木」的思念。人生在世，動若參商，如果不將思念訴之陶公的「今日天氣佳」以忘形，又怎麼能夠自保？我時常覺得我輩中人，真能賞識人生情趣，洞知是非真假，則寓莊嚴於詼諧，寄憂患於幽默中的，實在不多。莊因齋名「酒蟹」，我為他撰製一聯：「君子飲酒愛其令德，達士啖蟹厭他橫行」，自以為略窺其廟堂深奧矣。

杜甫說「李白一斗詩百篇」，又說「張旭三杯草聖傳」。我一向懷疑飲酒充足之後，有無可能作詩，但我相信酒後寫字揮灑自如，卻有可能。莊因酒後能作詩，出口成章，最值得佩服。有一次莊喆在西雅圖小飲，為我水墨畫一側面像。我攜示莊因；幾杯日本清酒下肚後，莊因在畫上題一絕：「年來四度與君見，未識廬山半邊面。詩人像出丹青手，定乃花蓮王靖獻」。莊因字攻右軍體，喜帖不喜碑，近來一意追文徵明，貌似神似，同輩中推為第一人。我另外一位詩人朋友鄭愁予也善飲，二十年前在台北，與紀弦、許世旭、沙牧等齊名。愁予曾到柏克萊度暑假，飲酒論詩於世驤先生之六松山莊，深獲主人讚揚。愁予酒量極佳，而且來者種類不拒。有一次我和他在舊金山漁人碼頭喝酒，他提議飲白葡萄酒，水晶杯中盛佳釀，海鷗翻飛，我第一次感覺葡萄酒之風味不俗。愁予酒後喜談詩壇掌故，五斗卓然驚四筵；有時也發為詩學理論，禪意悠然，可是他惜墨如金，從來不把這些掌故和理論寫下來，大概也屬於「勿為醒者傳」一道。有時酒後任意出口，能得妙句一二，輒曰：「明天將這個句子寫進詩裡」，但明天大家都忘了。近年愁予酒量退步，但還在儕輩之上。五斗酒後，神采飛揚如昔，能唱「平貴別窰」。

另一位能飲而善談的詩人是商禽，以超現實主義的現代詩知名。他詩中獨多以酒喻天色的句子，黃昏如福壽酒，體物深刻，人人皆知；又說星子如香檳，想是星子高高在天，不易摘取，則不但顏色如香檳，有價無價也都如香檳，只能仰望解渴，而無由斟酌故也。有一年冬天，雪封我麻薩諸塞林中小屋，商禽與愁予遠道來訪，爐邊煮酒竟夜，窗外新雪紛落層冰之上，明亮如白晝，我們談論三十年代文學與現代詩的功過，睡前推門鏟雪，在院子裡掘出一條小徑，直通林外。風搖林中霽色，積雪傾落如海濤。這已經是十年前的事了。

十年前在麻薩諸塞，初識沈燕士。燕士並不寫詩，是生物化學家，但他家學淵源深厚，所以博聞強記，無書不讀，對舊小說新文學都廣泛涉獵，談起來頭頭是道，頗有意見，唯一不愛談的就是科學，這一點和張系國差不多。燕士酒量驚人，那一兩年間我們升火涮羊肉，非蘇格蘭威士忌不能甘味。新英格蘭地帶總還遺留些歐洲風氣，飲酒也以歐洲格調為主，威士忌加蘇打水，入口不覺其烈，後果可以想像。燕士海量，一人可盡「尊尼行者」一瓶，面不改色。回台灣以後，有一次我們同赴詩人之集會於長沙曲園，只見他一人和滿室詩人遊走敬酒，一口一杯大麯，舉座為之喪膽。那時紀弦已戒酒，徒有金樽空對月；世旭早已回到韓國去了，沙牧行蹤不明，瘂弦正在戒酒狀態，愁予和商禽都羈留海外，座中能飲的詩人大概只剩袁德星一人，但也遠遠不是燕士的對手。燕士不寫詩，甚至也不是學文學的，但出口成章，能引用冷僻的典故，背誦艱澀的句子，我的科學家朋友當中除了張系國和他相似之外，還有物理界的沈君山和陳敏。唯君山能飲大麯數碗，談笑風生，皎如玉樹臨風前；陳敏十餘年不見，大概還和柏克萊時代一樣不勝酒力，令人思念。

我遷來西雅圖之後，人生體驗進入另外一個階段，詩興不減，酒趣趨下，主要是缺少對飲的人。北國天氣，夏季日頭最長，晚間九時猶見彩霞滿天；冬季則四點過後，天已大黯，雨水淅瀝而滴下，蕭索之極。宇宙光陰起伏如此，心緒也隨之不寧，如是者數年才逐漸習慣了這高曠的新世界，甚至產生了充分的戀慕認同。對飲無人，我只好改喝啤酒。美國啤酒淡而無味，但黃昏五點以後一杯在手，頗能促進思考，如此則啤酒乃變成為我的唯一嗜好，漸棄中外各種佳釀。其實啤酒之為物，人多一起暢飲最佳，和一二良朋對酌也有其無窮的趣味，等而下之才是獨飲。在西雅圖，暢飲的機會不多，和友人對酌的機會可待而不可求，無奈只好一邊看書一邊自斟，是為獨飲。然而獨飲也並不一定非看書不可，有時春日遲陽，徜徉小園徑上，枯坐可以獨飲；夏夜星火，閒散陽台階前，俯仰可以獨飲；秋夕風涼，改訂舊作於孤燈之下，舉手挽杯可以獨飲；而冬雪飄飄，擁坐書城，拆讀友人遠方來信，嘻笑嗔怒之間，未嘗不可獨飲。

這些年來，過息西雅圖與我對酌的朋友不少，但滿座暢飲皆知己的情形只有一兩次。這些人當中，劉紹銘專攻杜松子苦艾，頗有心得；李歐梵在威士忌與啤酒之間，酒量平平；陳若曦偏愛白蘭地，酒後聽台灣民謠，淚下如雨；白先勇品高量淺，仍然停留在蘇格蘭威士忌加冰塊的階段；莊喆喝葡萄酒，不一刻而鼾聲作。他們還算是好的，其餘如余光中、顏元叔、張系國、葉維廉、翱翱，則酒興全無，推托不飲的理由極為繁多，或胃殤，或風痛，或皮膚敏感，不一而足，這些年真能來與我暢飲淺酌，而堪稱對手的除劉紹銘之外，只有胡金銓和瘂弦二人。

金銓能飲，酒後更喜歡說故事，尤其喜歡說他構思中的電影劇情；酒愈多，表情愈豐富，等到嚅嚅囁囁口齒不清時，倒頭便睡，氣似奔雷。數年前他和鍾玲在紐約結婚後，須單獨趕返香港，竟先飛西雅圖來「聊天」（大概因為新娘是我東海外文系的學妹之故）。我赴機場接他，兩人先就地喝了幾杯解除旅途疲勞，進城又直驅大學附近的啤酒店，分別灌下數缸啤酒。金銓喝啤酒如長鯨吸百川，和戴天在伯仲之間，但後者總是一面推辭一面乾杯，不若前者痛快，雖然一席下來消耗量也大致相當。有一年在香港，兩人同時喝醉，一個說：「你寫的都是狗屁詩，」另一個說：「你拍的是狗屁電影。」但兩人惺惺相惜，友誼最深。瘂弦也能飲，而且各種雜酒來者不拒，雖然我知道他最喜的是大麯。我和瘂弦相交二十餘年，從來沒看他喝醉過——金門一役我自己先滑到桌子底下去了，故未見，聽說他醉後不斷表演步兵操典的基本動作——他是一個寧靜安詳的人。瘂弦詩中不常提到酒，但〈土地祠〉中有「酒們嘩噪著／待人來飲」和「油葫蘆在草叢裡吟哦／他是詩人／但不嗜酒」這一類神乎其神的句子，酒而有多數的「們」，已經超越普通修辭學的尺度，而把油葫蘆比為不嗜酒的詩人，詩的類推諷諭，直發前人之所未發。痖弦能飲，但不放縱，而且他時常為各種理由忽然宣稱「戒酒了」，苦笑情無喜。幸虧常常戒酒的人常常破戒，所以我也從不憂慮。

根據我的觀察，飲酒的意義大都是正面的。至於大量飲酒能不能促進詩思，我不敢斷言；我猜想縱飲之後，落墨作詩恐怕不太可能。杜甫說李白能，我們沒有反證（其實還有不少有力的旁證可以支持杜甫之說），也許李白是能的，否則怎麼說他是下凡的謫仙？不過我猜想酒後寫格律嚴謹的酬答奉和詩較有可能，寫現代的自由詩，則難矣，因為思維缺乏詩律的扶持，縱酒之後，更形渙散。證之以酒後狂草可讀，囈語難解，也可見一斑了。陶淵明說他閒居寡歡，無夕不飲，醉後寫詩成一輯曰〈飲酒〉，我相當懷疑。〈飲酒〉二十首只像薄醺境界下的產物，反而〈止酒〉一首，才像是醉後所作。

我常聽人說：「他是詩人，一定能喝酒。」這種說法不通。我的詩人朋友中很多就是不喝酒的油葫蘆，偶爾為之，實在不見得比生意人或公務員量大。《世說新語》裡有一條說：「名士不須奇才，但使常得無事，痛飲酒，熟讀離騷，便可稱名士。」然而所謂名士，不一定是詩人，更不一定是優秀的詩人。一個人每天無所事事，爛醉如泥，高呼「吾將上下以求索」，到底還只是一個近乎癲狂的人罷了——稱為名士，勉強可以；稱為詩人，萬萬不可。詩人是具有文學藝術和社會道德雙重使命感的人，立意將現實世界通過比喻寓言加以嚴厲的批判和規劃。酒如果能做為他玄思和正義的觸媒，酒之令德可以無愧；酒若竟轉為他逃避和囂張的藉口，則酒之有害，也就不只「將非遐齡具」一端而已了。

飲酒既有這許多崇高的道理，止酒須更難矣。八年以前，梁實秋先生曾應我的懇求，為我寫了一條「名士不須奇才」云云，因為這是當年聞一多講《楚辭》的開場白，我求梁先生寫，意在靈均，不在杜康。又過兩年，我再向梁先生求字，他大概很後悔當初筆墨之間彷彿在鼓勵我「痛飲酒」，不問世事桑麻，乃改寫稼軒詞〈沁園春〉送我以為補救：「盃汝前來，老子今朝點檢形骸；甚長年抱渴，咽如焦釜；於今喜睡，氣似奔雷。汝說劉伶古今達者，醉後何妨死便埋？渾如許，歎汝於知己，真少恩哉！更憑歌舞為媒，算合作人間鴆毒猜。況怨無大小，生於所愛；物無美惡，過則為災。與汝成言，勿留亟退！吾力猶能釋汝盃。盃再拜道：麾之即去，有召須來。」長輩之良苦用心令我非常感動。我讀稼軒詞，深覺六朝以後，值得欽佩的酒中詩仙，除了李太白以外，再無幾個，而辛棄疾正是其中卓犖一位，〈卜算子〉飲酒，〈賀新郎〉停雲，莫不直追陶令，「身世酒杯中」感慨之深，更不是少年強說可即。家國荒亂，大時代的崩潰加上小場面的尷尬，最後只好以詩的悲哀詮釋時代的悲哀，以酒化解生命的沉鬱；學仙或許戛戛甚難，做人仍可留一活路；盃再拜道，麾之即去，有召須來。

（一九八〇年九月）

戰火在天外燃燒

一

最初是陽光耀眼，照滿明亮清潔的廚房。我坐在靠窗的長凳上，記憶裡它比別的凳子要寬些，上面的紅漆早因為母親時常用力洗刷而脫盡了。母親不喜歡油漆的家具，總是拿爐灰把所有木製品用力刷回本色，擺在陽光下曬，然後小心搬回屋裡放好。刷過的長凳有一股淡淡的香味，在早晨的太陽光裡飄著，浮著。我坐在上面張望，地上是棋盤狀的日影在不斷閃動。太陽應當才從海面升起不久，正在小城的東方向高處攀爬；海面必定也湧著千萬種波光，我記得那些波光，似乎很遙遠，又好像很近。平常的夜裡我時常聽見低低的持續湧動的水聲，我問那是什麼；母親說：「那是大海，太平洋。」那大海自然是很近的。太陽兀自從海面升起，穿過窗格子便照在清潔的地板上，屋裡飄浮著一種穉氣的清香。

我從凳子上滑下來，穿好木屐，走出廚房的小門。院子裡有一座幫浦抽水機，比我還高些，木柄也被爐灰刷得很乾淨，而鐵製的幫浦身上永遠泛著厚重的水氣，用手去摸，感覺驚人的沁涼，那是地下水透過鋼鐵凝聚起來的冷冽。再往前走就是一棵巨大參天的闊葉樹。我不知道那樹的名字，只見它龐然罩住半個院子，覆在一間小柴房上，樹葉呈青灰色，比我的手掌大得多，而且長著一層絨毛。掉下的葉子永遠那麼乾燥，彈指有聲。以後數十年讀書的日子裡，每次遇見有人描寫梧桐鏗然落地，我都倏忽回想到它。夏天它為我圍起一片陰涼的小天地，秋風起便陸續將闊葉一片一片擲落，積在院子裡。我穿木屐去踢那些落葉，喜歡那粗糙的聲響，並且帶著一種情緒，彷彿大提琴在寂寞的午後發出的裝飾音，傾訴著什麼樣一種情緒；那時我不懂，現在大概懂了。我站在院子裡看夏天的大樹，透過層層的綠葉尋覓，強烈的陽光在樹梢簸搖，最高的是破碎的藍天。我把眼睛閉上，感覺黑暗的世界突出一點紅光，慢慢溶化；然後我又睜開眼睛去找。樹枝上停著一隻蟋蟀，忽然間小風吹過，卻看到一隻金龜子斜飛落下，又奮勇掙扎起來，以牠最快的速度衝高，沒入重疊的闊葉中。

這些發生在太平洋戰爭的初期。戰火在天外燃燒，還沒有蔓延到我的大海來，還沒有到達我的小城，沒有到達我小城裡籠著密葉的院子。陽光幾乎每天都在竹籬上嬉戲，籬下幾株新發芽的木瓜樹在生長。我蹲下來觀察那木瓜一天一天抽高，蚯蚓在翻土，美人蕉盛放。隔壁院子裡一隻大公雞在驕傲逡巡，老母雞領著小雛爭啄穀粒，在金針花下奔跑，豬圈裡傳來有節奏的沉重的鼾聲；再遠處是鄰居他們另一道籬笆，外面響過一輛腳踏車的鈴聲，丁令丁令到巷尾左轉。那邊還有成排的人家，正對著後門的那家廊下總坐著一個小腳的老媽媽，她是瞎子。向左轉就得下坡，群樹錯落處是一畦一畦的菜園。再遠的地方我就不太清楚了。

戰火還沒有燒到花蓮。

那是一個寧靜的小城，在世人的注意和關心之外。那是一個幾乎不製造任何新聞的最偏僻的小城，在那個年代。小城沉睡於層層疊高的青山之下，靠著太平洋邊最白最乾淨的沙灘。站在東西走向的大街上，你可以看見盡頭就是一片碧藍的海色，平靜溫柔如絲幕懸在幾乎同樣碧藍的天空下。回頭是最高的山嶺，忽然拔起數千公尺，靠北邊的是桑巴拉堪山，向南蜿蜒接七腳川山，更遠更高的是柏托魯山，立霧主山，太魯閣大山，在最外圍而想像中能看清楚的是杜鉾山，武陵山，能高山，奇萊山。奇萊主山北峰高三千六百零五公尺，北望大霸尖山，南與秀姑巒和玉山相頡頏，遠遠俯視著花蓮在沉睡，一個沒有新聞的小城。火車緩慢地吐著煤煙在縱谷裡爬行，狹窄的公路削過斷崖，空曠裡偶然駛過一隊車輛，小心在隧道和隧道間進出盤旋。是的，花蓮就在那公路和鐵路交會點上沉睡，在一片美麗的河流沖積扇裡，枕著太平洋的催眠曲，浪花湧上沙灘，退下，又湧上，重複著千萬年的旋律，不管有沒有人聽到它。花蓮就在高山和大海銜接的一塊小平原上，低矮的房子藏在檳榔樹，鳳凰木，老榕，麵包樹，和不知名的棲息著蛸蟖和金龜子的闊葉樹下。河畔和湖邊是蘆葦和水薑花。

我的天地很小，大半就在院子裡樹蔭底下，看日影閃爍，曬乾幫浦下的水漬，或者照在竹籬笆上，左右晃動製造許多奇異的幻象。有時我坐在榻榻米上，靠著窗口的矮几看母親的照相簿，一張一張翻過去，唐裝的和洋裝的，還有穿和服的人像，背景大多是輪船一角，有帆纜和舵輪，救生圈繫在舷邊，下面擺一盆蘭花。榻榻米有一股稻草的味道，幼稚的清香，在太陽光下飄著浮著。窗外是一個極小的天井，那邊隔壁住了一對幾乎完全講日本話的夫婦；起先我以為他們是日本人，後來母親說他們和我們一樣，也是台灣人，只是不知道他們為什麼開口講的都是日本話。日本話我也會，不但會聽而且大概也會講，但除了玩遊戲唱童謠以外，我們盡可能不用它。有一次我在門口的榕樹下拿蜻蜓餵螞蟻，隔壁的男人出來用日本話罵我腌臢，我也用一長串的日本話回罵他。記憶裡日本話有許多罵人的成語，用起來比台灣話還方便。這時正好走過來一名穿制服的日本警察，他嚴肅地說：這個「子供」很會講話啊——說著就忍不住笑起來了。

夏天的黃昏的陽光斜斜照在巷子裡。

二

日本警察好像叫「刑事」，也不知道為什麼。也許民事的糾紛有臺灣小吏排解處理，而刑事案件必須由制服嚴整的日本警察來辦。也許不見得如此，但在我幼稚的印象裡那制服是十分令人心折的。我偶然看到那幾個穿制服的人，總不免產生懼怕和羨慕的感覺。我想我懼怕的和羨慕的都是他們的權威，而且就根據那不曾完全成熟的判斷，我知道他們和我們不一樣，他們是外來的統治者，表情特殊，何況他們說話的口氣是許多台灣人怎麼學都學不像的。至於那些台灣人為什麼那麼努力在學習日本人的表情和口氣，想到那已經是太平洋戰爭的時代，日本已經統治台灣將近五十年，而且皇民運動已經推行了不少時日，甚至不少張三李四也已經改名為渡邊田中，夏日裡喜歡穿一條相撲大漢的白色丁字褲在街衢廊下乘涼，並以不準確的破碎的日語互相請安——想到這些，我現在應該懂了。日本統治這個地方都快五十年了，台灣處在一種疲憊的意識裡，似乎感悟到了什麼，戰火在天外燃燒，總有一天將波及我們的小天地罷，說不定也將改變這天地裡一切是非和榮辱，人的形象和價值，說不定可是不能確知。戰火在海外，有人等待它迅速蔓延過來。可是它始終還只在海外瘋狂地燒著。

從這個時候一直到美軍開始在花蓮投彈，甚至到戰爭結束迫使他們撤離為止，我記憶裡碰見到的日本人非常少，印象最深的仍然只是刑事警察而已。但有一次我遇到一個帶長刀的軍人，那應當是冬天的上午罷，他穿著軍大衣在街上沉默地邁步，臉上幾乎也是沒有表情的，只是唇上的小髭帶著一種寂寞的傲氣。在那皇軍戰事正節節失利的年代，他沉默地邁步，一手扶著長刀，在偏僻的小城裡，當冬天的寒氣瀰漫著太平洋的涯岸，而俯視的峻嶺穩重地立在那裡，桑巴拉堪山，立霧山，奇萊山，峰頂積著白雪，比挫折中的統治者和惶惑的台灣人更沉默，沉默地守護著，卻必然也輕輕訴說著些什麼。我是聽得見山的言語的。

花蓮向南走不遠的地方，有一個村莊叫「吉野」的，據說是日本人群居的地方，從那古色古香東洋風的名字判斷，就知道那是某種特區的所在。吉野也坐落高山腳下，但它不像花蓮那樣面對海洋，因為就在它直東的方向，海岸山脈於焉升起，蒼莽南走，一直到卑南溪口才結束。吉野所遙遙面對的正是海岸山脈的起點，所以那村莊也正潛伏在台東縱谷的開端，火車從這裡南下，一逕都是在平行的兩條山脈遊走。日本人選擇這個所在群居，並賦予古典的村名，據說還認真地實驗著一類蓬萊米的新品種，以有限的收穫呈獻給他們的天皇，剩下的便自己享用，以表示其優越。

吉野的日本聚落我至少去過一次。不知道為什麼原因，鄰居有一位平時常帶我玩的大姐姐說她今天要去吉野，就把我扶到腳踏車上，坐在她後面出城。那大概是我第一次離開我蛸螃和金龜子的小天地，去到一個最遠的地方，但山的形狀不變，還是維持著它一貫的姿態，很親切地俯視著我，坐在腳踏車的後座，看水田和農家的檳榔樹，風在耳邊吹，無數的蜻蜓在空中盤旋。我們進了一戶日本人家的玄關，靜悄悄的散發著味噌和醃黃蘿蔔的氣息裡，有一種陌生的異國情調。我們被讓進一間榻榻米小屋，坐在矮几旁等女主人出來。牆上掛著一幅中堂，好像只寫了一個大字；當時我還不認識那寫的是什麼，現在回想大約不外乎「忍」字，很龐大，很潦草的一個「忍」字。忽然間有人小碎步走進屋裡來，是一個披著輕便和服的日本婦人，衣帶沒有繫上，雙手攏著下襬，露出胸前一對奶。她坐下和那姐姐說話，聲音又急又清脆，不知道在談什麼。我坐在一旁東張西望，又好奇地看覷她裸露的胸脯，覺得很不好意思。那日本婦人一直很和氣很自然地對我微笑，但每當她眼睛轉向我的時候，我都不得不把頭低下來。

到了太平洋戰爭的末期，統治者更發動台灣人在吉野附近趕築一個新機場，計劃以它為基地，供神風特攻隊的自殺飛機出發去海上和美國戰艦拚命。但機場構工還沒有完成，他們的天皇就透過無線電廣播宣佈投降了。現在想想，幸虧他們投降得早，否則不管多少自殺飛機要栽進美國戰艦的煙囪，以宣揚其武士道的末流精神，不管多少瘋狂的日本青年要繼續為那「聖戰」犧牲生命，花蓮一定會挨更多美國軍機的轟炸，而且一定不只吉野的日本聚落要被摧毀，恐怕我們常年沉睡在河流沖積扇裡的小城也會被夷為平地。然而戰爭結束後，日本人就在我毫無感覺中完全撤離了，檳榔樹還在，以及鳳凰木，老榕，麵包樹，和棲息著我最熟悉的昆蟲的闊葉樹，不知道叫什麼名字，這些都在；河畔和湖邊也還都是蘆葦和水薑花，蜻蜓也在阡陌上飛舞。我記憶裡的日本男人穿著驕傲的制服，佩長刀；而記憶裡的日本女人總是披著一件沒有腰帶的長衣，袒露著她令人不好意思的胸乳，坐在榻榻米上微笑地說話，聲音又急又清脆，可就是不知道她在說些什麼。

三

在那個時代，幼穉而好奇，空間所賦與我的似乎只是巍峨和浩瀚，山是堅強的守護神，海是幻想的起點，從那綿綿不斷捲來的白浪和泡沫開始，稍遠處已經可以想像當然存在著一種洶湧的深邃，底下是陰寒黑暗的，有礁石，海草和游魚；更遠的就不太能夠想像了，無非又是礁石，海草和游魚，更大更凶猛的魚。有時我會直覺以為花蓮外海深處應該還匍匐著一些沉船，因為海盜廝殺或者風暴的原因，沉在最冰冷的水底，腐朽生銹的戰船，歪斜的桅杆，鐵索被海水鎔成一團，一箱又一箱的珠寶和鈍刀斷劍散落在珊瑚樹下，旁邊是三兩具死去久遠的水手的髑髏；只見七彩的水族在其間泅游，吐著泡泡，蟹類和海星在蠕動，為寂靜的水底世界敷上一層恐怖的顏色。但這些只能在我的幻想裡搖曳晃動，我相信它應當就是這樣的，可是我從來不曾幻想說不定那一天我也可以嘗試做一名潛水夫，像別的男孩一樣，想做一名探索幽暗世界的潛水夫。我從來沒有想到過這些。我偶然放縱自己去勾劃海底的景色，但我更熱中為自己創造一個遙遠的海面，在我們眼睛所不能企及的地方，水平線之外，不知道為什麼忽然大氣鼓盪，撞擊，產生一陣恁誰都不能抗拒不能抵擋的狂風暴雨……

颱風來了。

颱風來自遙遠的海面，總是選擇花蓮為它登陸的地點。在夏天漫長而炎熱的一長串又一長串日子裡，有時我們會感覺天地間突然好像有一點反常的運作，日頭黯淡，到處吹著不緩不急的風。起先就是這樣的，那風也不是夏日海邊習習的涼風，那風帶著一層鬱燠的氣息，甚至是溫熱的，但又沒有一點濕意。樹葉飄飄自相拍打，螞蟻在牆角匆忙地奔走，隔壁院子裡的公雞奇怪地和帶著小雛的母親一起擠在雨廊下，很不安地東張西望，電線桿上的痲雀都不知道飛到那裡去了。若是抬頭看後面的大山，你會發覺那山比平時更清朗更明亮，樹木歷歷可數，蒼翠裡彷彿鍍著一層銀光。

這時照小城的規矩，街上的店舖提早打烊；賣醬菜的，補鍋碗的，修皮鞋雨傘的，挑擔子剃頭的，閹豬的，所有行走於大街小巷謀生的人都紛紛回家，因為照傳統的辦法，他們要從柴房裡撿出去年用過的木板，將門窗一一遮起來釘牢。所以我坐在廚房的椅子上，可以聽見四鄰到處砰碰敲釘子的聲音，在熱風裡震盪。母親忙著把曬衣服的竹竿收起來，固定在走廊地板上，把柴薪和木炭搬進屋裡，又把新醃的黃瓜和蘿蔔乾也一罈一罈捧進來，尤其更不能忘記發酵好了的豆瓣醬，和曬了半個夏天已經快成熟的豆腐乳，也小心捧了進來。廚房裡頓然變得好熱鬧。我坐在椅子上看，或者滑下來走走摸摸，覺得家裡很溫暖。颱風真好，我想，聽見四鄰釘門窗的聲音砰碰作響。颱風真有意思，我揩著脖子上的微汗想：颱風就要來了，呼——呼——颱風就要來了。

起先是陣陣急雨被強風颳來，擊打鐵皮屋頂和木板牆。坐在榻榻米上，我什麼都看不見，只聽到風雨的聲音一陣比一陣大。那時我可以想像，來了來了，從遙遠的海面正有一團墨黑的氣體向花蓮這個方向滾來，以一定的速度，挾萬頃雨水，撕裂廣大的天幕，正向這個方向滾來，空中的雲煙激越若沸水，在宇宙間禕襛離合，海水翻騰搖擺，憤怒地向陸地投射。起先我們還可以聽見收音機裡的女播音員在講話，甚至在新聞和政令的空檔裡播放一些不切實際的音樂，試圖蓋過門外的風雨聲。收音機旁擺著幾根蠟燭，一盒滿滿的火柴。我坐在昏黃的電燈下專心聽颱風猛烈地拍著，搖著，呼吼著。我傾耳再聽，可以感覺到海岸上狂濤攻擊防波堤的號角和鼙鼓，一陣急似一陣，而天就這樣黑下來了。

是的，颱風從海上來，迅速撲向這低伏在山下的小城。像過去的年代一樣，也和未來的年代一樣，人們似乎很習慣於它威赫的來勢，甚至覺得那是夏日裡應該有必須有的滌洗，說不定還能驅除蟲蝨和瘴氣。所以在風球一一升起之後，在收音機廣播員的催促下，也許不然，是在感覺到那反常的熱風和目睹那緊貼住山巒下最透明的大氣之後，我們知道風將帶著巨量的雨水狂奔過小城的上空，把一些大樹連根拔起，把籬笆一一掀倒，把電線桿推翻，甚至把誰家將就的屋頂吹跑，把橋樑和鐵路移動一個位置，讓山石和泥濘傾入公路，堵住來往的交通。在我幼小的心靈裡，颱風帶來一個狂暴的奇異的夜，電燈不亮了，小桌上點一根蠟燭，火光在轟然的黑暗裡搖晃，有時爆出一朵花來。我瞪著那燭光看，聽風雨呼嘯通過，似乎不會有停止的時候，然後眼睛就累了。醒來時發現自己還是安全地躺在蚊帳裡，風雨早已停了，明亮的光線透過窗上那木板的隙縫照在我臉上，很安靜，只有帳外一隻蚊子飛行的嚶嗡，和平常一樣在清晨的微涼中飄忽來去。颱風已經遠遠走了。

我趕快從床上跳起來，跑到前面窗下去張望。原來昨天釘上去的木板早就在我睡覺時拆下來了。哇！這都是真的！巷子裡好幾棵榕樹已經被風雨吹倒了，電線桿大都斜在路邊，工人正在泥濘裡搶修；到處是殘枝敗葉，貼在路面和濕漉漉的走廊下。大人在房子四週一邊拆門板一邊交談，有時大聲喊叫，把溜出門的小孩趕回屋裡去。這時巷外緩緩駛進一輛牛車，車上堆滿了長短粗細的木頭，那是趕車的人凌晨出門到海邊去撿回來的飄流木。我站在窗前看，想像颱風早已經掠過小城，向山裡竄去，狂打著嚴峻的高峰和古老的森林，雨水在深山裡瀉注，衝進陡削的山溪，嘩嘩然直落幾條大河，捲倒無數的樹木，和溺死的野獸一起順河流下，淌進太平洋，即刻又被掀天的狂濤捲回岸上，幾次往返起落，樹上的枝枒和葉子早已經折斷流失，人們冒著生命的危險，在浪頭搶拾飄來的原木，接受大山迂迴送來的贈禮。所以我想，颱風現在還猛烈地吹打著偉大的森林，說不定已經靠近奇萊山了，拔起許多樹木，快速沖進太平洋。海邊站著許多冒險的人，在強烈的太陽光下注視著長短粗細的飄流木——然則那到底是山的禮物還是海的禮物呢？颱風一定已經越過奇萊山了。越過了奇萊山，它就離開了花蓮的境界。奇萊主山北峰高三千六百零五公尺，插入亞熱帶的雲霄，北望大霸尖山，南與秀姑巒和玉山相頡頏，遠遠俯視著甦醒的花蓮，人們在污泥和碎瓦當中，在斷樹和傾倒的籬笆當中勤快地工作，把飛落的鐵皮釘回屋頂上，將窗戶和前後門打開，讓太陽穿過乾淨的空氣曬進來。我坐回廚房的長凳上，似乎又聞到一股稗氣的清香，從院子裡飄進來，又慢慢飄出去，這樣持續地對流著，擴散著，浮在活潑的晨光裡。

那風雨只是花蓮的夏天最平凡的插曲，並不能製造太驚人的新聞。那風雨來去迅速，拍醒沉睡的小城，在一陣習慣性的忙亂之後，又安靜地睡去，睡在太平洋的催眠曲，和層層疊起的大山的守護裡。它彷彿不是真的，雖然它年年發生，卻又那麼容易被我們忘記。而記得住的也是它，以及陽光耀眼，照滿了世界上最美麗的河流沖積扇。

（選自一九八七年五月出版《山風海雨》）

疑神（之二十）

《唐才子傳》的文筆不好。

辛文房是元初西域人。他為自己的書寫引言時竟也自稱為「異方之士」，令人發噱。我說他文筆不好，並沒有批評他壞的意思，而是覺得這書前後讀過來讀過去，總有點怪怪的，不太習慣，不像正統好文章。

辛文房趁寫道人靈一傳之便，附「論曰」，廣說齊梁以降至有唐一代的詩僧。這文獻應該是有價值的。唐朝以前「方外工文者」，他列舉了支遁、道遒、惠休、寶月。然後他說因為喪亂兵革，以僧侶身分作詩的就少了。這個邏輯雖非舛謬，卻不太周延。接著他說唐朝「雅道大振，古風再作。」此疑承李白古風其一的意念而來，似乎是總論唐詩之盛；可是不然，因為底下緊接的竟是「率皆崇衷像教，駐念津梁，龍象相望，金碧交映，雖寂寞之山河，實威儀之淵藪，寵光優渥，無逾此時。」前四句有「像教」和「龍象」，恐怕又轉回去在專論詩僧了，但「駐念津梁」，

「金碧交映」，尤其「雖寂寞之山河，實威儀之淵藪」則不知所云，然而他又好意思以四四上接六六之體收束段落。不愧為「異方之士」，像極了日本人寫漢文。

一個人為什麼選擇為僧呢？

辛文房有答案：「故有顛頓文場之人，憔悴江海之客，往往裂冠裳，撥矰繳，杳然高邁，雲集蕭齋，一食自甘，方袍便足。」意思是科舉失意者最宜出家「遁入空門」。

出家對詩創作有什麼好處？

答案：「靈台澄皎，無事相干；三餘有簡牘之期，六時分吟諷之隙。」有空閒和自在的好情緒，最適合詩。三餘指冬者歲之餘，夜者日之餘，陰雨者時之餘。嚴格說來，三餘之為空閒，是專為耕者農夫而設，可以讀書，而和尚是不需要那三餘才有「簡牘之期」的。辛文房為了駢舉「六時」，只好權宜從寬。六時是佛教分一晝夜的方法，指晨朝，日中，日沒，初夜，中夜，後夜；《阿彌陀經》云：「晝夜六時，天雨曼陀羅華。」

而且和尚住的地方大都在山林水邊，環境優美，有利精神內斂：「青峰瞰門，綠水周舍，長廊步屧，幽徑尋真，景變序遷，蕩入冥思。」這無疑是辛文房理想化了的僧居。他要是知道天下多的是金碧輝煌遊人如織的這個寺那個寺，應能解說「蕩入冥思」的為什麼再也不是詩，而是多寡不拘的香火錢了。

詩與佛法的關係如何？

「佳句縱橫，不廢禪定；巖穴相邇，更唱迭~#Ue7af——苦於三峽猿，清同九皋鶴，不其偉歟！與夫迷津畏途，埋玉世慮，蓄憤於心，發在篇詠者，未可同年而論矣。」

大凡一個人作詩，首先須教想像（神思）馳騁，始有佳句偉篇，所以他的精神和思想是不可以約束的，如此說來又好像與禪定衝突，出家人如何使得？常情如此，詩應當是在家漫為之最合理。辛文房獨獨以為不然——他非唱反調不可，否則如何總論「詩僧」——詩情與禪心竟可並生不妨礙云云；而且和尚與和尚之間更可進一步酬唱云云。這其中有問題，而且劉後村也曾指出：「禪家以達摩為祖，其說曰：不立文字。」

苦於三峽猿啼的心境人人識得，竟能轉化沖淡如同九皋鶴鳴的隱逸情調。如此，則聲聞於天，所以辛文房讚：不其偉歟！這兩句話說得不錯，但和詩僧之為物並無明確必然的關係。換句話說，這兩句話用來界定，譬如說，蘇東坡的作品，比用來形容歷代出了名的詩僧如皎然，齊己，貫休之流更貼切而有意義。職是，則底下一席話止於「未可同年而論矣」就失去巴鼻。

辛文房恐怕不是誠懇在談理論。

他好像是為文章而文章，遂迷惑了自己。否則怎麼可以斷定衲子為詩便是苦於猿啼而清於鶴鳴，更暗示他們那些東西必然勝過我們這種「蓄憤於心，發在篇詠者」的詩？

除非他寫「未可同而論」僅止為中庸無偏倚的一句話，意思不過是說「僧俗緇素作詩風格與旨趣皆有別。」這樣，我就不必追究了。最多也只能說他文筆不算太好。按辛文房特舉靈一，靈徹，皎然，無可，虛中，齊己，貫休八人為詩僧中之喬松，另列四十五眾為「灌莽」。

據說皎然從小就負異才，登戒以後還繼續以「文章雋麗」知名於釋門，「兼攻子史經書」，惟所謂經書不知道是儒典抑佛藏，可能也是二者皆有。他與人交接，往往「始以詩句牽勸，令入佛智」，這和近代天主教耶穌會教士傳道的技巧相彷彿，只是後者不專以詩句牽勸，也廣泛使用幾何學，天文，地理，透視法學，不一而足，令入主耶穌之智。

神父在小教堂裡和我談論波特萊爾。存在主義。神父講沙特（Jean-Paul Sartre）、西蒙・德・波娃（Simone de Beauvoir）。

皎然喜歡詩，欽仰孔子，但為了佛戒，強制自己不得耽溺於詩，「欲屏息詩道」，又深怕儒門之學擾亂性情，遂黜筆硯，隱入湖州杼山，故意也將自己寫的「詩式」忘記云云。的確辛苦。此據《宋高僧傳》。

及李洪移守湖州，專程往訪。據說兩人初見「未交一言，恍若神合。」官與僧能相契一至於此，也是天下奇事。

李洪繼問宗源，次及心印。皎然「笑而後答」。終於有一日官問僧「詩式」的下落，僧答：

「詩式」是累人外物，已與筆硯同黜。語未畢，忽然又說：「不然」，於是命門人從房間裡揀出一稿本示官，官一覽心折，比之於沈約「品藻」，慧休「翰林」，庾信「詩箴」，勸皎然不可因為學佛就排斥詩的藝術云云。

皎然膺服韋應物的詩，曾經加以模仿，以呈韋。韋極冷淡，不贊一詞。第二天皎然錄自己舊作送去，韋乃大加歎詠，說道：「人各有長，蓋自天分；子而為我，失故步矣，但以所詣自名可也。」

這故事可信度不高，但能啟發有志於詩的人。

皎然「述祖德贈湖上諸沈」云：「我祖文章有盛名，千年海內重嘉聲。雪飛梁苑操奇賦，春發池塘得佳句。世業相承及我身，風流自謂過時人。」第三句出謝惠連〈雪賦〉，第四句出謝靈運〈登池上樓〉。這詩不高明。他作「詩式」，以謝靈運為「文章宗旨」典範，不能不說太過分誇張。那裡像是出家人的樣子？

貫休除詩之外，也善小筆書法，長於水墨。有藥肆請他畫羅漢，據說每畫一尊，「必祈夢得應真貌，方成之。」與常體不同。

真貌與常體不同？

我們想像羅漢一定難畫，原因是尊尊不一樣。貫休通過夢的解析去追尋羅漢的真貌，反而與常體不同。如此說來，常體卻非真貌。這其中頗含藝術的玄機。

羅漢尊尊不一樣。

天使長像卻都差不多。

貫休「肥而矬」，肥胖而矮小的意思。

齊己「氣貌劣陋」，氣質差而長像很醜，而且頸子上有瘤贅，一定難看，人們卻稱那瘤為「詩囊」。

他們穿緇衣（紫而淺黑的僧服），樣子不可謂不特別。

皎然不同，大概是翩翩人物；當時有諺曰：「霅之晝，能清秀」。按霅指霅溪，亦稱霅川，在浙江吳興縣境，過興國寺入太湖，為吳興縣之別稱，而皎然吳興人，字清晝。皎然與靈徹，陸羽善，稱三絕。這陸羽不是別人，就是著《茶經》的茶仙，性詼諧；他寫「自傳」說自己「有仲宣孟陽之貌陋，相如子雲之口吃。」

陸羽是一個棄嬰，竟陵禪師在水濱拾得，將他帶回僧院養育為弟子。長大後，「恥從削髮」，不樂意當和尚，乃以《易經》自卜，得蹇之漸曰：「鴻漸于陸，其羽可用為儀。」遂姓陸名羽，字鴻漸。

從茶仙到茶神。

陸羽著《茶經》，言茶之原，之法，之具，對大家都有啟發，所以當時人稱他為茶仙。慢慢的，天下賣茶的就用陶塑陸羽像，供在煬器之間，目為茶神，生意好的時候祭他一祭，生意不好就用釜湯澆他身上。老實說，這茶神做得提心弔膽，不做也罷。

西方當然也有詩僧。

我在研究院時，有一次被限定時間自擬一份口試書單，其中規定美國文學部份必須包括一個十七世紀的詩人。這不太容易。其實要在十八世紀美國文學找個像樣；值得閱讀的詩人已經甚難，遑言十七世紀！

Edward Taylor——勉強想起一個。

這愛德華‧泰勒生年不詳，大概在一六四五年左右，而可能是生在英格蘭的（西方人連十七世紀的「遠祖」字里世次都不可考，的確不像話），卒於一七二九年，勉強算他十七世紀。這人應該就是早年一個渡大西洋到美洲尋覓新天地的清教僧正，時間當即五月花前後。他作詩，一概與上帝有關。我記得我曾經花了幾天時間讀畢他一巨冊詩全集，書名《聖儀十四行詩》（*Sacramental Sonnets*），味同嚼蠟。

舊教僧正而作詩的，在英文傳統裡，當推霍普金斯（Gerard Manley Hopkins）聲名最著。據說霍普金斯也是個藝術家，但我沒有看過他那方面的作品。他的詩當然也多為宗教冥想而發，卻不限於「聖儀」祈禱。讚美上帝是英詩源遠流長的傳統，彌德所記芥蒙（Caedmon）故事也感人至深。這裡是天主教耶穌會教士霍普金斯的十四行詩〈上帝榮耀〉（God's Grandeur）：

以火燄之勢，彷彿自振盪的金箔輝煌襲至；
累積乃為龐然偉大，如果子壓碎
油質溢流。奈何人們如今就不聽從他呢？
一代又一代過去，過去，過去了；
各自為營生而枯萎，為勞苦衰朽，染污；
承受分擔人類的骯髒，穢氣，如今
大地也禿，而腳無知覺，一逕著鞋。

縱使如此，自然永遠不竭，
其中深處，赫然最是美的純粹鮮潔；
雖則最後的光芒已自西天黯黯消逝
呵，晨曦正從那東向的金黃邊緣湧出——

因為聖靈是在那傾斜的有情世界
高處俯臨，溫柔的胸以及啊那光明之翼。

The world is charged with grandeur of God.
It will flame out, like shining from shood foil;
It gathers to a greatness, like the ooze of oil
Crushed. Why do men then now not reck his rod?
Generations have tord, have trod, have trod;
And all is seared with trade; bleared, smeared with toil;
And wears man's smudge and shares man's smell: the soil
Is bare now, nor can foot feel, being shod.
And for all this, nature is never spent;
There lives the dearest freshness deep down things;
And though the last lights off the black West went
Oh, morning, at the brown brink eastward, springs——
Because the Holy Ghost over the bent
World broods with warm breast and with ah! bright wings.

霍普金斯曾經逆志戒絕詩藝，因為怕分心不得事主，此與皎然黜筆硯的故事很像。後來是耶穌會長老教士勸他放心寫作，才重操舊業，可是終其一生也不輕易示人。他的作品都是死後才發表的。霍普金斯的詩一向不易理解，以其用字冷僻艱深，涵蘊特異之故，惟與神學無關——是文學問題。翻譯霍普金斯尤難，因為他遣辭造句殊為大膽，志在創格趨新，每每逸出常態，所以語言次序可能顛倒相反，非入神揣測是無從領略的。又，霍普金斯愛用單音節字眼，盎格魯・撒克遜本色辭藻，其全稱晦澀而語意拮据，令讀者一時困惑，一時又覺得驚喜不置。

二十世紀美國也出了一個天主教神祕主義者，一個詩人，異數冥想家，湯瑪士・默騰（Thomas Merton），屬於肯塔基沉潛思索的所謂「伏獵派」修士（Trappist）。默騰在哥倫比亞大學念過研究院，讀鈴木大拙的英文著作（胡適曾判定鈴木是個騙子），對禪與東方宗教產生興趣，尤其相信天主教義必須和中國與印度哲學互通有無。一九六八年冬天默騰間關旅行美洲中西部，經舊金山出海赴南亞洲，以朝聖心情抵加爾各達，十一月四日北行謁達賴喇嘛，十二月一日觀佛像群於波羅那魯瓦，大受震動，轉曼谷，十二月十日遂以病亡於天涯海角，又匝週歸葬肯塔基僧院故址。默騰詩作頗具性靈，又曾以自己獨特的風格迻譯改寫《莊子》為英文。

生態學。

霍普金斯說：「如今大地也禿。」

在他之前八百年，王安石寫過一首〈禿山〉：

吏役滄海上，瞻山一停舟，怪此禿誰使？鄉人語其由：「一狙山上鳴，一狙從之游，相匹乃生子，子眾孫還稠。山中草木盛，根實始易求；攀挽上極高，屈曲亦窮幽——眾狙各豐肥，山乃盡侵牟。攘爭取一飽，豈暇議藏收！大狙尚自苦，小狙亦已愁，稍稍受咋嚙，一毛不得留。狙雖巧過人，不善操鋤耰，所嗜在果穀，得之常以偷。嗟此海山中，四顧無所投，生生未云已，歲晚將安謀？」

這島整個禿了，是大小猴子攘爭摧殘的緣故，草木蹂躪萎絕，果實來不及成熟就被攀摘一盡，而猴子們既不知道如何墾拓耕耘種植，又不斷繁殖競生，於是每隻所能分配到的糧食越來越少，也只好忍飢發愁。最糟的是，這島處在婆娑之洋煙波浩瀚之中，眼看大小猴子都餓慘了，更無處可去，不知道如何造船揚帆，只好坐以待斃。現在天氣暖和還能苟且，冬天到了怎麼辦？

環顧四面都是海水。放眼望去，太陽系無邊無際璨爛的星空，啊宇宙，我們只擁有一個島！

有一年夏天，我從西海岸開車去新英格蘭。不記得是第幾日的午後一兩點鐘光景，非常熱。

我覺得需要休息一下，遂將車子駛離公路，正好繞一個圈子進入一種植了許多橡樹和白榆的小鄉鎮。盛夏的小鎮靜悄悄，幾乎看不到行人，偶爾一隻狗在人家廊前睡覺被我車聲吵醒，來不及吠，我已經撲撲過了那條街，牠也樂得省事，低頭又睡。

我挑了一個樹蔭特別濃密而又確定沒有狗在附近的路邊將車停下，熄去引擎，搖落左右車窗，懶懶地讓上身往下滑，靠在駕駛座上瞇眼睛休息；我並不想真睡，但終於睡著了，在深綠的風吹拂不知道名字的一個中西部小鎮的路邊，甚至現在連哪一州都不記得了的那麼一個夏天的午後，風大概不停穿過左右車窗輕輕吹拂，而我終於睡著了。

醒來的時候樹蔭兀自不變，好像太陽並未曾怎樣移動過的樣子，也並沒有人或狗走過我車子附近，而我竟自動醒過來了，可能心裡不安，在一個完全陌生的地方。

這麼安靜。

我抬頭望高處，才發現原來我車子其實正好停在一座教堂左前方，就在它草坪再過來一點這邊巨木森然的路口。我傾斜上身，可以透過一些錯落的樹幹看見那髹漆雪白的小教堂，上面是黑色的屋頂突顯一沉默的十字架，在夏天的大太陽下，很靜謐安穩地閃著細碎的光——一種奇異的色彩效果忽然吸引了我——狹長小格子的窗玻璃反覆交換著彼此閃爍的光，以對角的方位互相刺激，呈幾何級數的倍量快速增加，打擊我惺忪的睡眼，於是就完全清醒了。的確是奇異的，事過多年我還記得那細碎的光芒，甚至可以說是神祕；我久久凝望，不能釋然，而風一直不停，雖然輕微，無聲，飄過我的額頭和頸項，悚然感覺一種冷冽，在重疊重疊的樹蔭底下。

我似乎覺得恐懼，很想趕快離開那些樹的陰影地帶——那裡我曾短暫入眠，一如純粹，無痛的死亡，然後又甦轉過來了；我對自己的感官神經和心智產生懷疑，不知道那一片刻裡，我是不是它們的主宰。我猶豫尋思，努力為自己這非份的念頭找頭緒，瞪著屋頂上的十字架，這樣堅持著，和它對決，專心面臨我自己開創的難題：假若我這時有任何戀慕的心，我向自己保證，那是不真實的。「必須找一個來與我交談，聽我訴說這無比嚴肅的發現，」我自言自語：「否則現在就走。」

我從恐懼轉為寂寞，然後是冷淡，灰心。

「現在就走。」

（一九九二年八月）

八月◆阿盛篇

城鄉絕響的鑼

阿盛小傳

本名楊敏盛，一九五〇年四月二十四日生於台灣台南新營，十七歲起於報刊發表小說、散文。東吳大學中文系畢業後，進入中國時報擔任記者、編輯及編輯主任等職。一九九四年起主持「文學小鎮——寫作私淑班」持續至今。曾獲吳魯芹散文獎、中山文藝獎、吳三連文藝獎散文類等。

（李鴻文／攝影）

阿盛重要書目

作品

唱起唐山謠，一九八一年九月，蓬萊出版社。

兩面鼓，一九八一年五月，時報出版公司。

行過急水溪，一九八四年十一月，時報出版公司，後轉九歌出版社。

綠袖紅塵，一九八五年九月，前衛出版社，後轉未來書城。

散文阿盛，一九八六年九月，自選集，希代出版公司。

如歌的行板，一九八六年十月，林白出版社。

春秋麻黃，一九八六年十一月，林白出版社，後轉禹臨圖書公司，更名為《十殿閻君》。

阿盛別裁，一九八七年七月，自選集，希代出版公司。

吃飯族，一九八八年四月，希代出版公司。

滿天星，一九八八年十月，希代出版公司，後轉幼獅出版社。

春風不識字，一九八九年三月，號角出版社。

阿盛講義，一九八九年七月，自選集，時報出版公司。

秀才樓五更鼓，一九九一年四月，長篇小說，時報出版公司，後轉九歌出版社。

心情兩紀年，一九九一年十月，聯合文學出版社。

人間大戲台，一九九三年四月，號角出版社。
船過水有痕，一九九三年六月，號角出版社。
台灣國風，一九九六年五月，文鶴出版社。
五花十色相，一九九六年七月，九歌出版社。
七情林鳳營，一九九八年六月，九歌出版社。
銀鯧少年兄，一九九九年四月，幼獅出版社。
作家列傳，一九九九年十二月，爾雅出版社。
火車與稻田，二〇〇〇年十二月，台南縣文化局。
綠袖紅塵，二〇〇二年三月，未來書城。
千杯千日久，二〇〇三年五月，未來書城。
民權路回頭，二〇〇四年七月，爾雅出版社。
夜燕相思燈，二〇〇七年九月，遠流出版公司。
萍聚瓦窯溝，二〇一二年五月，九歌出版社。
三都追夢酒，二〇一四年七月，九歌出版社。
海角相思雨，二〇一八年八月，九歌出版社。

編選

一九八五台灣散文選，一九八六年二月，前衛出版社。
青春嶺，一九八七年一月，號角出版社。

海峽散文——一九八六，一九八七年二月，希代出版公司。
春秋台北，一九八七年八月，書評書目出版社。
歲月鄉情，一九八七年八月，書評書目出版社。
海峽散文——一九八七，一九八八年三月，希代出版公司。
扶桑四季紅，一九八八年五月，躍昇文化事業公司。
百禽有情天，一九八八年五月，躍昇文化事業公司。
新台北人，一九八八年十一月，希代出版公司。
海峽散文——一九八八，一九八九年三月，希代出版公司。
新小說人，一九八九年三月，希代出版公司。
海峽散文——一九八九，一九九〇年五月，希代出版公司。
海峽散文——一九九〇，一九九一年五月，希代出版公司。
打開抽屜都是你，二〇〇一年五月，麥田出版社。
裁一緞碧華，二〇〇二年二月，未來書城。
第五個季節，二〇〇二年二月，未來書城。
打開抽屜都是你：寫作私淑班作品合集，二〇〇一年五月，麥田。
夏天踮起腳尖來：臺灣第一個現代文學私塾寫作私淑班文學獎作品集，二〇〇三年九月，爾雅出版社。
台灣現代散文精選，二〇〇四年九月，五南出版社。

散文三十家：一九七八—二〇〇八，二〇〇八年六月，九歌出版社。
九歌一〇三年散文選，二〇一四年三月，九歌出版社。

阿盛的散文觀

天地之間皆文章，放心下筆大是好。

創作不應是架空的罷？正如同畫出來的禾穗無法收割，離開土地，文字只是虛幻的遊戲。寫作者的責任，就在於拆掉空心矯作的任何藉口，用心靈提示與自己一般俗氣的人們憶起或追尋美好的事物情理。所有的現在都將是過去，忘記過去將迷失未來，文字，我以心靈託付的文字之中涵蘊混合著的正是回顧、現在、前瞻。

寫作本不須講什麼道理，但文章裡自有道理。

廁所的故事

開始唸小學那一年，我第一次看見衛生紙，至於正式使用，是在二年級的時候，在這之前，解手後都是用竹片子或黃麻稈一揩了事。大人們的廁所在房間內，用花布簾圍住壁角，裡邊放著馬桶；小孩子們沒有限制，水溝、牆角、甘蔗田以及任何可以蹲下來的地方，統統是廁所。

在學校裡，老師天天交代我們：要穿鞋子，要常洗頭髮，要買衛生紙，不要隨地大小便。我回家跟爸說要買鞋子，爸說沒那麼「好命」；我提起衛生紙的好處，媽說那太浪費，小孩子不懂賺錢的辛苦；我又引用老師的話，說用竹片子揩屁股會生痔瘡，爸生氣了，他說老師一定瘋了，因為他從一歲到二十多歲都是這樣，也沒生過痔瘡；我小聲地說，應該有廁所，祖父說，奇怪，水溝不是很多嗎？最後爸解釋說，衛生紙太薄，容易破，揩不乾淨。這以後，媽准許我用粗草紙，那是大人們用的，不過，我還是寧可用竹片子，粗草紙就帶到學校讓老師檢查，我們班上有一半以上的同學都和我一樣，老師也不再要我們買衛生紙了。

二年級下學期，三姑帶著表弟從台北來我家玩，吃過中飯，表弟說要上廁所，我帶他到門前的水溝邊，他很驚訝，硬是不肯脫下褲子，說是沒有東西擋著他拉不出來，我帶他到豬舍旁邊，他蹲在地上，不時看著我，然後站起來，說是也拉不出來，我只好走開，隔一陣子就喊：「好了沒有？」表弟苦著臉走出來對我說沒有，我拉起他跑到學校，他急忙衝進廁所，出來之後，滿頭大汗。在回家的路上，他一直問我：為什麼廁所裡沒有水箱子？為什麼有很多很多白白小小的蟲？還有，在水溝裡拉屎，警察為什麼不管？我說警察的兒子也和我們一樣，他就說，回台北以後要報告老師，叫老師來抓警察，我聽了感到很生氣，跟他說，警察和真平、四郎一樣偉大，不能抓，他不相信，還說校長可以管老師，老師可以管警察，真平和四郎跟總統一樣大，不是跟警察一樣大，我氣極了，不再理他。

三年級放寒假的時候，爸和叔叔合資蓋了一間廁所。「落成」那天，我們幾個小孩子熱烈地討論誰應該第一個使用，六叔把我們趕開，他說他是高中生，當然是第一。他進去了，一下子又走出來，很不高興的樣子，原來，有人先進去過了，六叔一口咬定是那個泥水匠，他嘀咕著說要找泥水匠算帳，我們建議六叔把他抓來灌屎，像灌香腸一樣，六叔說好。那天晚上，爸和叔叔們在院子裡聊天，聊到這件事，二叔說，新廁所有外來的「黃金」，大吉大利，六叔不同意，他認為新廁所應該由自己人開張，才有新氣象，爸沒有意見。我對爸說，六叔只知道拉屎要爭第一，六叔一巴掌打在我屁股上，媽說該打。我很不甘心，跑去告訴祖父，祖父走出來，把六叔罵了一頓：「你吃飯爭第一，拉屎爭第一，為什麼英文只考了二十——二十——」，我說二十七分，祖父接下去：「二十七分！啊？」五叔在一旁笑，他說這也可以算第一，六叔說，五哥以前數學只考二十四分，烏龜笑鼈無尾巴，祖父說：「都是尿桶！」過後，我問六叔，還要不要把泥水匠抓來灌屎，他說我以後再這麼問，他就灌我。

我升上五年級，村長換了人，新村長說，要好好整頓村裡的環境衛生。首先，他出錢蓋了四棟公用廁所，又一家接一家地勸人蓋廁所，他跟祖父說，廁所和吃飯一樣重要，祖父說那有這種事！一有空，他就騎著腳踏車到處巡視，發現有小孩隨地大小便，當場打屁股，我們班上有好幾個男生被他打過，都很氣他，叫他「哭鐵面」。每次開村民大會，他一定會再三地說明廁所的重要性，有一次還說「廁所就是生命」，六叔跑到台上去，不知道跟他說了些什麼，他馬上又補充了一句：「廁所為成家之本！」末了，他建議大家不要再用竹片痲稈揩屁股，因為這樣會得破傷風，有人站起來發言，說不會得破傷風，應該是會生糞口蟲，我們學校一位女老師立刻又發言，她認為應該是生痔瘡才對，然後指導員出來解釋，他說，應該是會長瘤才合理，他的一個朋友就是這樣。到後來，村長說：「統統有可能，不過，得破傷風的機會最大。」那一次大會後有贈送紀念品，每家三包衛生紙，兩包樟腦丸，一把長柄豬鬃刷子，鄉裡派來的衛生員特別交代，刷子是清洗廁所用的，媽說這種刷子這麼好，用來洗刷廁所太可惜，所以一直放在廚房裡使用。

初一那年冬天，嘉南平原大地震，震塌了村裡兩棟公用廁所，救災工作結束之後，村長開始計劃重建廁所，村長太太負責募捐工作，她幾乎天天都在村子裡跑來跑去，那陣子，米菜肥料都缺貨，物價又貴，村長太太跑了兩個禮拜，還湊不到蓋一棟廁所的錢。又過了幾天，鄰村有個有錢人到我們村子來，他說他願意負責蓋廁所的經費，條件是，水肥歸他收一年，村裡的人開會通過，半個月後，廁所蓋好了，還裝了水箱，那個有錢人每天派車子來載水肥，聽說他包辦了好幾個村子的水肥，轉手賣給魚塭和農家，一桶二十五塊錢。過了一陣子，他問村長，為什麼你們這裡的水肥特別少？村長說，本來就這麼些，他不相信，硬說有人偷肥，村長說那東西又不能吃，誰要偷？兩個人先是在路上吵，一直吵到派出所，又吵回路上，然後再吵進派出所。警察耐心地分析：這裡的人八成以上種甘蔗，根本不要肥料，村長保證沒有人偷去吃，那個有錢人氣得臉都歪了，他嘀咕著說，這樣下去會賠本，生意真不好做，怎麼大家不多拉一點？怎麼不多拉一點呢？大約一個月後，政府大量配給農肥，接著肥料兩次跌價，那個有錢人再不派車來載水肥了，村長把他找來，要他按照契約清理水肥，他說要那麼多幹什麼？又不能吃！兩個人又到派出所去，結果，一直到我唸初二上學期，他都派車清理水肥，一個月一次。有一次，六叔在路上遇見他，問他水肥好不好賣？他說生意不好做；六叔又問他，想不想再跟我們村子訂契約？他說只有瘋到第三期的人才會這樣問。

我讀高一的時候，鄉裡舉辦中北部春節旅行，我也參加。第一天晚上，住在台中火車站附近的一家旅館，這才第一次看見了抽水馬桶，以前只看過圖片。住進旅館以後，大家都往廁所裡跑，鄉長站在一邊維持秩序，一面叫著慢慢來，他說留得屎橛在，那怕沒得拉？等輪到我，我一頭衝進去，看見抽水馬桶，心裡有點害怕，還好我知道是用坐的，坐了上去，也不知怎麼搞的，幾乎用了兩百公斤的力量，仍然拉不出來，外頭敲門敲得很急，我在裡邊更急，好一陣子，看看是不會有「結果」了，只好出來，身上直冒汗，鄉長問，好啦？我說好了。那天晚上，好不容易熬到廁所空了，我才放心地走進去，蹲在馬桶上；以後的兩天，我都是這樣。第四天早上，我們正在整理行李，旅館的老闆娘氣沖沖的跑來，她說不知道是那些人弄壞了馬桶護圈，我們都說，那一定不是我們，老闆娘嘮叨了許久，她說護圈是新裝上的，怎麼坐得斷？真奇怪！

去年暑假，我回家鄉，找六叔聊天，聊起有關廁所的事，我對六叔的幾個孩子說，你們命好，我們小時候連廁所都沒有呢，他們不太相信。我說不但這樣，解手後都用竹片子揩屁股哪，他們說我欺騙兒童。六叔說，這是真的。八歲的小堂弟說，他要去報告級任老師，爸爸和堂哥愛撒謊；十歲的堂妹說，最好報告校長，因為校長比較「匈奴」，一定會打堂哥屁股；正在唸初一的堂弟說，爸爸是石松，堂哥是余天，搭配得很好，真會「講笑話」。最後，他們聯合問我們一個問題：用竹片可以揩得乾淨嗎？六叔說大概可以，我說差不多啦。

（原載一九七八年三月一日《聯合報》副刊）

稻菜流年

田鼠不會在稻菜根處鑽穴為窩。也許牠知道農人的眼光最常注視那部位；也許牠知道留個餘地給稻菜根對一家大小都有好處；也許——牠知道天底下沒有不需犁翻刨開的田。阡陌邊角較安全，對田鼠而言。牛蹄踏不到的地方，犁齒同樣刨不到；稻菜根毫無可能伸延那麼遠；還有，農人心裡有數——祖先說過的話極少騙了人——田裡果真沒幾窩田鼠，不是好現象，也許兆示莫指望豐年。

你當然想望豐年。你有一米筐的童稚願望，能否實現，全看父親在飯桌上說出收割日期是否語調上揚，是否三回兩次停箸抱怨魚乾太鹹。豐年，多麼稱心的豐年，年菜足夠吃到上元，口袋裝的是天天看都看不厭的壓歲錢，圖畫紙牌算不完，放紙炮囉，點燃引火線，那般意足心滿，寫字似的一筆一畫盡是寫在被母親含笑親摩的臉。

卻是肯定會有那麼幾個年冬，你早早就察覺出田事不好。你在稻埕上捧起穀粒拋耍，父親不耐煩地呵責，你跑開又跑回來拋耍穀粒，父親的嗓音比剛才來得高，你小心地再試探一次，連母親都沒好聲氣了，這才你完全曉通，今年的紙炮說什麼也不可能放得很多，新衣服或是會有，新鞋新玻璃珠呢？即使功課好、最受寵的大哥都不見得有把握，何況你只是個未進學且貪玩招嫌的小憨頭？

小憨頭總有些憨想頭。一群流鼻涕小子聚在一起，除了握在手裡便能生出膽氣的銀角之外，似乎沒有什麼東西玩不出來。兩手空空出門去，野地溪旁混戲一整個白天，十多人都沒餓著；你說不上來從何處學得砌土灶烤番薯的本領，你還小，可是那焦黑焦黃的地瓜吃進肚中的同時，你就已了解如何控制火候。這有點像小田鼠，成群的小田鼠鑽出了洞口，你瞧見了，一個個肚子平扁，然後你注意到了，小田鼠陸續鑽進洞口，一個個肚子滾圓，而你不曾看過大田鼠跟在小田鼠前後左右。你是不太懂，為什麼小田鼠的樣貌看上去總是很放心，人在洞口前，牠頂多只瞧一眼，立刻順著阡陌邊角竄走；誰教會牠如何控制拔腿的時機？

大田鼠的心機複雜多了，牠不輕易出洞穴遊行，你存心要看牠，得用點腦筋，至少你必須暫時忘掉曬不得太陽的頭瘡，蹲在田鼠洞邊不近不遠處仔細觀察一段時間。洞口上緣必然較下緣突出，這你懂，作用等如屋簷，除非逢上大水，等閒積雨不能漫淹；長草順著地勢垂在洞口，洞口平滑一如家中廚間的地面。等著等著，你不免擔心手上的紙炮浸染了汗水，於是你點燃一枝香條，將紙炮塞進洞，摀一隻耳朵，觸觸摸摸地點燃引火線——爆——一聲響過，你數一、二、三、四，大田鼠奔出來了，來不及細算牠尾後跟隨幾多小田鼠，最後奔出來的是另一隻大田鼠，跑在頭端的大田鼠倉皇但腳步不亂，殿後的大田鼠一直都跑在小田鼠尾端，一條線，簡直就是一條線，沿著阡陌底邊一路跑去，跑遠；洞口仍有絲絲淡煙，而田鼠已然不見。你抬頭四望，剛種下不久的番薯葉子稀疏，褐灰的田壠顯明是一條一條的直線；火毒的陽光罩住一身，你突然覺得慌，你突然渴盼趕快回到老榕樹覆蔭下的後院，你突然想要奔跑，你突然在抹汗的當時發現額上似乎多出一塊新的隆凸腫肉，糟糕，你瞞不過母親了，分明那種腫凸不是瘡也會是癤。

敷藥通常是在挨棍子之後才開始，祖母也罷，母親也罷，手勁輕重不分高下，擠出一堆黃膿，少不了並時會擠出一灘淚。你淚眼模糊，倒還看得見簷下竹籠裡的火雞，火雞一樣經常長頭瘡，剝掉它，沒幾天又腫成一顆一顆，說圓不圓，不剝它，沒幾天就大得賽過火雞頭；總在這時候不得不動剪，掐住火雞脖子，壓住火雞雙翅，剪刀對準頭瘡根處，用力收攏手指，一顆頭瘡掉地了；雖是血肉模糊，畢竟火雞看起來像樣了一點。

你也得像樣一點，你要進學。可這不是表示你可以藉故少下田；稻菜與寫字簿不全然相牽連，大人們堅持認為——好比說，灰家鼠如果跑到田裡去鑽穴，牠得覺悟可能自此吃不著稻菜以外的東西，但是也得認明事實上自己並不從此成為田鼠；反過來說，田鼠永遠是田鼠，縱是牠住居厝邊牆角、吃得著鹹魚骨刺；生是什麼人家子弟，便是什麼命，你懂不懂？你聰明得很，嘴裡絕不吐出問句的後兩個字。但是偶爾你會希望颱風大雨不要一掃就過，那麼，闔家全會護著你，別說學校不去，邁出稻埕都不可以；佇立窗前，你聽見風在呼喊，雨不像雨，像盆裡潑出來的水，幾萬個盆齊一潑水，你卻感到安全，你睡在祖母身邊，祖母不曾怕過任何事，連豬仔都聽她口號命令；你睡熟了，夢裡，你在泡水的田裡游走，你背個竹籠，兩手不停地抓那浮在水上的田鼠。

於是有一年的一天，你徹底的後悔。颱風大雨果真不停歇，半夜，呼喊的不只是風，還有祖母父親母親大哥大姊——大水！大水！大水！你翻身下床，祖母一把扯住你的頭髮往床上猛然一拉，你滾到床內緣，驚駭中摸摸沾水的腳板，大水！大水！屋子裡怎麼也有大水！你活到祖母的年歲也忘不了這樣撞心擊肝的大水。屋內屋外一般暗黑，風似乎亙古以來就沒止息的吹，老天要抓人嚒？老天巡行大地上，祂點燃天大的紙炮嚇人，祂揹個天大的籠子，兩手不停地抓那浮在水面上的人……。父親涉水來到祖母房間，叫了聲阿娘，頭髮臉上盡是水，你才十二歲，你有極好的眼睛，就算你眼睛闔上罷，也絕對看得見父親在流淚……。水逐漸緩緩的低退，微曦中你目睹浸水後轉成銅黃色的穀粒漂動在床下、洗臉檯邊、椅腳……。天光放亮了，你找不到雞塒，找不到番鴨，找不到哼嗚亂叫的豬仔，找不到——啊——啊，老天是如此不厚道！稻埕上空落一片！

一年一年，你在田裡走過一年踏過一年；你已不是童稚，你是個瘦小不多病的少年。田鼠的窩穴依然常見，你知書明理，然而你慢慢覺出自己未必達情勝過不識字的遠古祖先；田鼠吃的是人的糧食，祖先卻承認田鼠該當生存在田間，這不合教科書中的理念，只不知怎麼的，你再不想去打驚田鼠，不一定真相信幾窩田鼠兆示了豐年；而且，豐年亦不表示年豐，紙炮新衣玻璃珠無法滿足一個愛玄想的半大漢子，童稚歲月裡沒有思量過的問題一一突現——豐年收穫的穀子鋪滿稻埕，餐桌上卻恆常見不到白米；豐年收穫的番薯好像天長地久吃不完，番薯籤，番薯塊、籤籤塊塊，午餐晚餐，醬菜魚乾，恆常是這般；度一回春節，買一回新鞋，恆常不套襪子就穿。這類同田鼠罷，老祖母的話你記得，田鼠其實吃得簡單，牠不會挑揀碩大的番薯啃咬，因為一次吃不了；牠喜歡吃落地的穀子，因為攀爬稻梗太招搖，且是不必要；牠認命，牠守在阡陌一角，飽腹之後唯一擔心的只是大水與乍然而來的干擾。

田鼠曾經使你受到困擾。為農家辦事的衙門永遠篤定以為，田鼠吃掉了太多太多該給人吃的糧食，除去田鼠才有豐年；你將誘鼠的餌收藏起來，因為你不敢肯定豐年的收成到底肥了誰，你讀了許多書，書裡從不告訴你如何應付那些怎麼瞧都不順眼的商人；你站在巨大的倉庫前等待領取肥料，肥料堆成山，發放肥料的人用力寫字條、蓋戳記，字很歪斜難看，可是寫字的人正坐著繃緊面皮，顯然完全忘了你買肥料用的真正落地能響的金錢。為了金錢，你有一陣子狠下心捕田鼠，有人大量收買田鼠，拿去做香腸罷，或許也做罐頭，反正賣田鼠拿得到錢；祖母驕傲地做了內外曾祖，做了曾祖的人不該下田，但總該有人供給一些買糖餅的錢。你捕捉不少田鼠，小的放走，大的裝在鐵絲籠裡論斤賣出，你卻沒預想到祖母不高興拿這種錢，分明那是落地能響的金錢。你是個迷惑的少年。

田鼠有一對迷惑的小眼，倉皇竄動猛然停腳瞪你，你莫名地想起童年的大水，你滾在床內緣，你摟著祖母，祖母在發抖，你瞪著大水，屋外的天塌了，你和祖母都被壓覆在突不破的黑籠裡，祖母摸摸這個摸摸那個，緊抱著你無目標的移動；倉皇間，你瞥見祖母的眼睛，你活到祖母的年歲也忘不了那迷惑的眼神。

祖母走了。你在父親一口一聲阿娘的思念裡長大成人；你已全然不想望豐年，你知道年年期盼年菜足夠吃到上元沒有太大意義，你知道母親心滿意足地看著穀堆只是短暫的一整年當中那麼幾天，你知道長大成人就必須年年給很多小小子壓歲錢。於是，你邁出連心的故鄉，你去到一個人都不認得的新城，你夢裡有人有圳有青草有小廟也有紅瓦泥牆的老居與不知多深的田鼠洞穴。你打扮齊整，奔跑在亮麗的大街，將所有夜晚的夢拋在一邊；你已不再等似不怕人的小田鼠，可你是那麼難以言宣的惦記牠，隱隱地牠與你之間有條剪不斷的線；一條一條的直線，牽掛的不只是老榕後院，還有那一塊毫無覆蔭的老田……。你覺得慌，卻是你瞞不過自己，新城歲月一次一次將你身上的泥味淘洗去，你累積了數不清的心機。於是，你否定認命的教訓，你日漸改變自己，你在諸多新城人的強烈評說後日漸說服自己承認新城人指出的一個事實——住在阡陌邊角見到的永遠是單調的顏色，且豐成歉收一樣吃的是稻菜。

終於有一年的一天，你牽妻抱子回到無舊屋無家田的故鄉；你年紀已過三十。你強抑不使心熱展布到雙眼，但是你根本不能阻住熟眼的景物燙出溫溫的淚水，你偷偷轉身抹臉，你心中顯明突現出父親當年的愁容。父親匆忙跨出家門，抱著受傷的小妹，小妹被頑童的紙炮石頭打得手腳流血；你極目望去，父親越過阡陌跑得好快好遠，火毒的陽光罩在隨後追趕的母親身上……。你有來由的想起童年的紙炮爆裂聲……你走到昔日的田間，你放下孩子，你說什麼也不願吞回熱淚；你一家大小全立在父親面前，父親是在面前，父親的墳就在阡陌角邊。

（原載一九八五年四月二日《中國時報》人間副刊）

墜馬西門

我叫春春，我是台南縣鹽水鎮人。不曉得你知不知道這個地方，黃朝琴的故鄉就是了，還有，蜂炮，很有名的。可是我家沒放過蜂炮，我們不是生意人，當然啦，要是我家不窮，現在我也不會在這裡。以前還在唸書的時候，每年我都跑到牛墟附近去看蜂炮，好嚇人啊——我是說，有錢人花錢很嚇人，我——，請你把錄音機擺旁邊一點好嗎？

你也許無法了解我看蜂炮時心裡想些什麼，國中高中六年，沒有一次是很高興的去註冊，總是為了錢。街上那些商店，放炮一次，真的夠我們全家吃半年，跟你講你不一定相信，我們很節儉。但是如今想起來，那時候的日子過得很充實，我有兩個弟弟一個妹妹，我很喜歡看文藝小說——，坦白說，你們這些當記者的，有時候連新聞都寫不通——，我曾經想要當作家，你大概不會笑我；我雖然是做、做「這一行」的，但是我確實很愛看書。

我會種田，田裡的工作我差不多都會做，可惜我們家只有一分半的田，很小。鄰居都誇我能幹，回想一下，很感慨，天天天剛亮就起床，餵雞鴨餵豬，煮飯打掃燒熱水，經常我也坐在灶前胡思亂想，我想很多，想自己的將來，想漂亮的衣服，想學校的男生……，想很多很多，只有母親的病和考大學這兩件事不敢太怎麼去想。不過，比起我現在，十八、九歲以前算是幸福的，人就是這樣矛盾，我現在很懷念以前在鄉下的生活，懷念到什麼程度，說不出來。好遙遠啊，才四、五年就覺得好遙遠好遙遠了。

其實，我這幾年來常常夢見以前的自己，好奇怪，我常夢見同一個夢——我騎腳踏車拚命的踩，有人在後面追我，丟衣服給我，然後突然看見弟弟妹妹出現在身旁，對我拋繩子，我伸手去接，繩子一下子圈成活結，套住我的手，我拖著繩子繼續踩腳踏車，喘個不停，我回頭看，弟弟妹妹一面跟著跑一面拉扯我，這時候，追我的人不見了，地上到處是花衣服，我很想撿起來，但不敢停腳，最後，我在一個很大的城市裡停住，街道上散布著鈔票金子，我脫掉上衣攤開來，抓起鈔票包成一包，拿給弟弟妹妹，他們接過手，卻指著我的身子大叫，我低頭一看，身上光光的，汗水還在流著，我一急，醒過來了。

幫我叫一份三明治好嗎？

這家咖啡廳以前沒來過，有些跟我同行的女孩子——也許你知道？——她們在固定的一家咖啡廳等客人。我不願白拿你的鐘點費，知道什麼我都會告訴你，你們寫文章的也是賺辛苦錢呢。我和她們不一樣，方式不一樣，其實都是做那種事，台北，說實話，記者也未必算得出來有多少和我們一樣的女孩子，太多了，我只能告訴你太多了，多到你做夢也想不到，真的。上一次，你叫我出來，我沒答應你的要求談我自己，後來我想了很久，才決定把我的身世遭遇對你說，你看看這社會罷，我是個說話沒份量的人，而且，又有幾個人肯聽聽我們的話？你看來有三十歲了？你以前聽過我這種女孩子的自白嗎？

十九歲那一年，我到台北來，農村的長女沒幾個命不苦，尤其是窮人家，弟妹多。我找事情，怎麼找都是保險公司、加工廠、餐廳之類的工作，我年紀小、膽子小，又一心想賺錢寄回家，我母親身體不好，弟妹都要唸書，好急啊，工作很不好找。有一天，我那時候暫時住在一個遠房親戚家，有一天，他們勸我到西門町找看看，見到紅紙條就看，說不定可以找到好工作，我到處走，我從來沒有見過那麼多的東西，櫥窗裡什麼都有，我一邊看一邊幻想，我將來要開服裝店，要開冷飲店、要賣首飾……，我聽到一個婦人在講價買衣服，一套六千八百塊，我真是驚呆了，我去應徵過作業員，一個月四千五百。那時自卑得要命，看看自己身上的衣服，裙子下襬還補過。

那天晚上，逛到很晚，走到中華路的陸橋上，看著下面的車子和人，突然間，感到很害怕。我家鄉有句話，叫做「孤鳥插人群」，我剛來台北那陣子就是這樣，我不曉得該怎麼辦，在這麼繁華的地方，我像是另外一種人，沒有人理我，霓虹燈看來像是停在空中的蜂炮，閃一下的電費恐怕夠我吃好幾天。你聽過「孤女的願望」這首歌嗎？我不是孤女，但是我當時覺得自己就像孤女。我站在那裡，腦筋很亂，我有點後悔到台北來，在家鄉——你知不知道黃朝琴的大厝？現在還在，好漂亮，我唸國中時，有幾次跑到那裡面坐著想事情，少女呢，總有一些少女的幻想，現在覺得幼稚，反正想得天花亂墜就是了。

我說得很亂，請不要見怪。這兩三年來，我有太多的心事，我不能向誰說，我到底是個女孩子，很滑稽罷，你根本不清楚我真名真姓，我不見得很在乎你給我的「買時間的錢」，因為我其實也希望說個痛快。才幾個月前，我有一個非常要好的男朋友，真正的男朋友，他知道我在幹什麼之後走了，我流淚也沒有用，我到他辦公的地方偷偷看他，好幾次，我躲在電線桿旁邊看著他走開，可是，回到套房裡——我一個人租的，五坪大，一個月四千塊錢——，我還是等待賓館給我的電話，很矛盾是不是？我需要錢，我父親的病已經醫了一年多，可以說每一毛錢都是我雙手捧給醫生的，髒錢買的是救命的藥，我常這樣嘲笑自己。我母親過世快兩年了，她沒用過我的髒錢，她走了，接下來是我父親生病，小說裡的人也沒這麼命苦。

我去算過命，算命的說我是貴婦命，那是一年多以前，那時候我已經開始做了，算命的說，妳啊，富貴命喔，躺著不工作也不愁吃穿，我臉紅得發熱，後來就沒再去算命。這是什麼命呢？第一次，賓館的人要我到客人住的地方去——我真的發抖，全身都發抖，我們都是不濃粧的，賓館的廣告是「工商佳麗陪你談心，清純解人」什麼的，我按著地址找到一棟大廈，到了客人門口，我根本沒有勇氣敲門，就坐在電梯旁的階梯上，很想立刻回去，手都冰涼了，我坦白說，我那時已不是、不是處女，但是你想像不到我是多麼恐慌，陌生的地方陌生的大門陌生的男人……，坐了多久不記得了，只記得腦子裡不停地浮現父親弟妹和想像中的客人，客人留大鬍子，很高很壯很兇，父親又瘦又黑……，最後我還是敲門了，一直到如今，我仍想不起來那個客人的容貌，我拿了三千元回到套房，一邊洗澡一邊哭——。

跟賓館「合作」，是朋友介紹的，在這以前，我白天在律師事務所上班，有一陣子晚上幫人家看小孩，那時候，跟一個我親戚的親戚合住公寓，女的，快三十歲了還在酒廊上班，她知道我家裡的情況，就毫不客氣的勸我走這條路。算一算，在事務所待了兩年多，那份工作是親戚的朋友幫我找到的——本來，我沒打算告訴你這段時間的事，我本來不想把自己的遭遇都說出來，……算了，我這種女孩子……好罷，再叫杯咖啡，我想停一停再說——

剛剛那首歌我很喜歡，蘇芮唱得真好，你看歌詞多好——這世界充滿太多聲音，聽不出那個是自己，我已無法回答自己的問題——我其實可以去寫文章的，別以為我只是個賺那種錢的女孩子，算了，說這個做什麼。

進律師事務所，一個月七千元，那陣子剛到台北，心裡的夢想多得不得了，我經常到西門町去逛，但是從來捨不得花錢，錢要寄回家，我看到人家穿得那麼好、吃得那麼好，很羨慕，我看了十八年的青菜矮房子水稻土灶，也難怪有時候會胡思亂想，說來很好笑，我經常想像自己穿一件長長的禮服，騎著馬——為什麼騎馬呢？我在家鄉看過一張電器行海報，一個女孩子騎在馬上，好美好美，很多男孩子手裡拿著各種電器爭著給她，我印象很深——，經過西門町，所有的人都看我一個人……後來我把想像中的馬換成白色轎車，還是所有的人都看我……。事實上，沒有人理我，除了那個介紹我去事務所的朋友，當初我很感激他——他常來看我——，他大概四十歲，做建築的——，他有一部很漂亮的白色轎車——

我承認有點虛榮心，我才多大年紀？可是，為了那麼一點點虛榮心，付出的代價太大了。我接受他——就是剛剛說的那個——的邀請，我逐漸擁有了一些小首飾、新衣服……最後我懷孕了。

很不懂事是罷？你不用說這一類的話，也不用問太多，反正他不認帳，給了我五千元，我拿掉肚子裡的東西。從此，我不太敢回南部，直到母親過世，為了她的後事，我標會、借錢，然後我父親病倒了，夜裡，我不斷的想著弟弟妹妹那種不知怎麼辦才好的表情，我終於聽了那個酒女的話——，當時的心情，我沒辦法講明白，只一直想，這輩子完了，真完了。酒女帶我去見賓館的人，一個胖胖的婦人瞧了我半天，說了一句好罷，我留下電話，她說明「工作」性質，我交出身分證——，前後不到二十分鐘，就這樣，一直到如今。

我家裡的人當然不知道我在做什麼，我按時寄錢回家，父親的病就是拖，用我賺的這種錢拖住，弟弟妹妹都唸書唸得不錯。有一次，我接完客，突然想要回家鄉，我搭夜車，進了家門，父親醒過來了，他跟我談起婚事，我一慌，撥掉了放在茶几上的提包，父親撿起散落的一樣東西，問我是什麼？我一看，是保險套，驚得差點暈倒，可是，說來你也許不信，我父親真的不知道那是什麼。第二天，我與弟弟妹妹聊天，弟弟才十八歲，他談起都市人的種種，竟然說什麼色情太氾濫、報紙的新聞天天都有報導，他口口聲聲妓女妓女，我強忍著淚，內心心既羞愧又無奈——妓女，是的，我是，我怎麼說呢？我很髒，男人出錢就行——，我躲到廚房去，望著好久不用的土灶，土灶上有熱水瓶，有電鍋，有很多以前買不起的新東西，我不禁痛哭出聲，我只是一根燒水的木柴罷了，我只是老土灶裡的木柴，燒熱了水，供人洗澡，到頭來成了一堆灰——。我回憶當年的自己，也是在灶前，短短幾年，一個鄉下女孩變作一個妓女，而當年老是纏著要我洗頭的弟弟，如今說話句句像刀子那麼銳利……

你今天找我來，也算你有勇氣。題材夠不夠？希望沒讓你吃虧，不知道以後你寫出來會是怎麼樣。跟我這種女孩子坐在這裡，不怕你太太看到？我雖然是這種人，但是我可不是什麼狐狸精，這一行，實在說，很多女孩子本來就不正經，不過——，每個，每個這一行的女孩子，背後都有一個故事，誰了解呢？平凡的也好，不平凡的也好，一樣是眼淚。我當然不可能輕易讓人家曉得我的故事，做人啊，每個人和我們一樣都得用鈔票買東西，可是我們的心不可能也和平常人一樣沒有顧忌，聽到「賣」字，我都會有被抽打一鞭的感覺。我平常幾乎不出門，往往一天到晚就躺在床上看書，什麼書都看，說句話你別見怪，你們這些寫文章的，有些人寫出來的東西，令人看了之後覺得自己也可以來寫作。

剛才我說過，我有個要好的男朋友，他是個小職員，經常寫詩，發表過不少，上個月出了一本詩集，他從不自稱詩人——。三、四個月以前，我們分手了，因為他終於知道我的底細——，原來我是不忍傷害他的，但是，愛情——，怎麼說好呢？……交往了將近兩年，我瞞著他，真是煎熬，每次他介紹他的朋友給我認識，我都心驚膽跳——，我害怕對方是不是曾經——曾經「叫」過我——。你想想，這日子過得多麼滑稽。我曉得自己不該愛他，現在，他大概恨我罷，也許，他不會。反正他走了，不再找我，我們這種女孩子，連愛情都會被我們污染。我很喜歡木棉花，厚厚重重的，掉在地上啪的一聲，我還不如木棉花呢——我家鄉有很多鳳凰樹，開起花來像火燒，漂亮得令人想流淚，學生時代，在鳳凰樹下做了許多白日夢。如今，什麼美夢都不敢再有了，將來呢，我自己也不知道。

你提出來的問題，我說得大概差不多了，只有一點——客人的眾生相——我不想多說，沒什麼值得說的，在你，也許這是個很生動的題材，在我，卻是——。

其實，也無所謂啦。人性真是殘忍，不只是說你，聽到別人叫痛，自己多少會有一點快樂，人總是這樣。前一陣子，我在報紙上看到一則報導，說是女性婚前失貞的比率很高，我當時心中就覺得有一點安慰，看到色情氾濫這一類的報導時，也是這樣。然後想一想，又替自己臉紅、悲哀，這算什麼心理？希望大家一齊髒嗎？我想我是矛盾得要命了。我跟以前那個男朋友之間很正常，沒有那個——，但是賓館一通電話來，我就馬上去，這也是矛盾。

客人——，我只說一個罷。形形色色，你猜也猜得出來，我曾在一本書上看到一句話，意思是說，男人在那種時候的臉孔最難看，我認為說得一點不錯。去年春節前不久，我到敦化南路去，那個人自稱是科長，可是住的地方很差，他說了一大堆話，還說什麼有錢不怕沒女人陪……這一類的話，後來有一天，我在大安分局前面遇見他，他不認得我，我認得他，他的長相很怪異，你知道他是幹什麼的？他是清潔隊工人，我簡直不知道該笑還是該哭，這樣的人間啊，我眼睜睜站著看他整理路邊的垃圾，百感交集，他穿起西裝來，可以對我擺威風，而我呢，走到街上，男孩子對我吹聲口哨，不瞪他才怪——，這是人生嗎？

我父親一直要我結婚，我早就想都不敢想；我住在雙城公園附近，那裡有兩棵木棉樹，前幾天的中午，我坐在樹下想事情，睡著了，做了一個惡夢，我夢見我和一個長得很像以前那個男朋友的人結婚，他在婚禮上大聲唸詩給我聽，我很快樂，一杯一杯喝酒，我的新娘禮服很白很亮，我不斷說謝謝，好多小朋友在唱歌，一下子，有人大叫一聲跑過來，罵我，很難聽，一面罵一面用墨水潑我，我嚇哭了，新郎臉色變得很陰沉，伸手要打我，我跑，跨上一部腳踏車拚命踩，到了一個十字路口，突然有個老太婆牽來一匹馬，叫我騎上去，我騎上去，不停的狂奔，奇怪，跑著跑著，前面路邊的景象愈來愈像西門町，抬頭一看，有塊路牌掛在電線桿上，寫著「愛錢下馬」，我大吃一驚，從馬上摔下來，就像慢鏡頭一樣，我緩緩的在半空中打轉一圈，頭碰到了石頭，醒過來了，一朵木棉花正好滾落在手上。

我看你這些錄音帶快用完了，我的故事大致上就是這樣——。你一定看過黃春明的短篇小說，有一篇「兒子的大玩偶」，我真喜歡，我自己想了許多次，覺得我很像書裡面那個父親，我靠著人類最基本的「能力」賺錢，連家人都認不出我「化粧」後的臉，而那個父親是大家取笑的對象，我呢，我和他一樣，化了粧之後大家都可以——你知道。

我想回去了，你——對不起，林？林先生——哦——，我該走了，元宵節快到了，我要帶一些錢回家，你知道嗎？我家鄉的人說，放蜂炮放得愈多，愈能驅邪，我弟弟不信，可是我想——試試看罷，那是我小時候就夢想過的大事之一，我——實在說，我如今也只有這個夢可以實現了。

好啦，我走了，對不起，謝謝你，再見。

（原載一九八五年六月十二日《聯合報》副刊）

九月◆陳冠學篇

天地間的光和影

陳冠學小傳

台灣屏東人，一九三四年生於力力溪新壟地，二〇一一年逝世。台灣師範大學國文系畢業，曾任中學及專科學校教師、出版社總編輯。著作若干，曾獲中國時報散文推薦獎、吳三連文藝獎散文類等。

陳冠學重要書目

莊子新傳——莊周即楊朱定論，民國六十五年一月二十七日。
論語新注，民國六十五年六月五日。
莊子宋人考，民國六十六年十二月一日。
莊子新注，民國六十七年十一月三十日。
老臺灣，民國七十年九月。
臺語之古老與古典，民國七十年九月三十日。
田園之秋，民國七十二年二月。
父女對話，民國七十六年五月。
第三者，民國七十六年六月。
藍色的斷想——孤獨者隨想錄（ＡＢＣ全卷），民國八十三年十月。
訪草（第一卷），民國八十三年十月。
莎士比亞識字不多？，民國八十七年一月。
進化神話第一部——駁：達爾文《物種起源》，民國八十八年十月。
訪草（第二卷），民國九十四年二月。
覺醒：字翁婆心集，民國九十五年十二月。

陳冠學隨筆：夢想與現實，民國九十七年五月。

陳冠學隨筆：夢想與現實Ⅱ，民國九十七年十一月。

陳冠學的散文觀

散文乃是廣角文體，可以抒情，可以寫景，可以敘事，可以說理；先決條件，筆力要透闢，筆力所以能透闢，則在於作者的生命能純美，感觸能敏銳，見解能盡精微、極高明、致廣大。如此則不病於俗，不流於浮。所謂俗，也即是常識之敷衍。所謂浮，也即是遊辭之播弄。散文有兩極，上極於天，下極於地。著天而不著地，或著地而不著天，皆難成佳品。

對稱

天平的兩端各置以等重的物品（不拘是否同式），天平便保持平衡，這是「對稱」一詞的本義。但一般概以同式反體為對稱，這跟原義已有出入。比方人的臉面，以鼻梁為中線，兩邊同式反體，各有一目一耳一頰和半邊鼻嘴，這種對稱，可名為完美對稱，在自然界中其究竟基例，如：粒子、反粒子，物質、反物質，宇宙、反宇宙是。但對稱的本義總不能因此而被抹煞，譬如水，對太陽系內的生物而言，應可加上三個字為形容詞，名為「活命的水」——地球上的一切生物皆以水為體液；但對於溺水者而言——不論是人類、鳥獸、昆蟲或草木，則應該用另三個字為形容詞，名為「要命的水」。這「活命的水」和「要命的水」，乃是一個對稱，我們名之為一般對稱。《老子》書上說：「天下皆知美之為美，斯惡（醜）已；皆知善之為善，斯不善（惡）已。」既然標榜出美和善，當然要對稱地突顯出醜和惡來。故大小、長短、方圓、上下、左右這等語詞或概念，全是對稱。

單純的對稱，是事實描述，無所謂。但一落入價值判斷，便歸結為幸與不幸的對比或對立。

人世事在價值判斷下幾乎全成了對稱，而且是幸與不幸的對稱，在幸這一邊的是好命人，在不幸那一邊的是歹命人。一對奇異的比重，使得人世顯出可駭異的現象。以天平為喻，幸的這一端是一塊體積小的重金屬，比方是黃金，而不幸的那一端則是體積龐大的一大堆棉絮。苦難與不幸，在人世的天平上竟然輕於鴻毛，沒有什麼質量，要堆積起千千萬萬人的不幸，才能跟極少數幾個幸福的人那高比重的質量相對稱。

平衡一定要對稱，沒有對稱就沒有平衡。存有存於對稱，也就是說，我們的宇宙是因對稱而存在，沒有對稱宇宙就不可能存在。小自原子，大至宇宙，這是定則。

氫原子是由一個原子核和一個單獨的電子結構而成，原本這不可能有對稱，因為電子的質量約為原子核的一千八百分之一，但因為電子繞原子核旋轉異常快速，每秒鐘旋轉億萬次，故實質上這個電子自己取得了完美的對稱。這種以時間對抵空間的對稱轉換很是奧妙，宇宙竟以這種奧妙的對稱轉換為起點。由之，可知我們的宇宙，對稱是一個基本原理。

最完美的對稱是球體，從而可推知我們的宇宙應該是一個球體，因為存有非完美不可。目前的宇宙是不是一個球體，這可以不問，但它的結構則是非為球體不可。

宇宙以內未必盡為最完美的對稱，如地球並非是一個正圓球。這有什麼意義呢？當然這是有意義的，最完美的對稱是一個封閉系統，地球假如是個最完全的正圓球，它便是一個自我封閉的系統，除非它有自體活力，否則地球便會是個死球。顯然地球沒有自體活力，即不像我們的宇宙是個自體活力的系統，雖封閉而能不窒息，而且也非封閉不可，不封閉則活力將逸失，終歸死亡。

從而可知非完全的對稱是宇宙內存有或存在的另一原理。

從天道透入人道，可知在人生最完美的對稱並非好事，不完美似乎更完美。因此人生推至於極，乃有悲劇。悲劇好比最完美對稱的氫原子被擊破，因而釋放出幽禁在人生中的無限熱力，一如氫原子中被幽禁的能量或力量，依愛因斯坦 $E = mc^2$ 程式，形成所謂原子爆炸。E 是能量，m 是質量，c^2 是光速的平方。

從巨觀看，宇宙內沒有不對稱的事與物，但從微觀看，萬事萬物確有許多不對稱存在。譬如一隻跳蚤站在一個人的右耳上，牠怎麼看都看不出這個耳朵自身有對稱存在，但這個耳朵所以存在是有左耳與之做完美對稱，跳蚤拘於墟，牠是不可能解會得這個宇宙存在的原理的。凡眾譬如跳蚤，不可能由人道透見天道。

《莊子．秋水篇》寫道：「井蛙不可以語於海者，拘於墟也。夏蟲不可以語於冰者，篤於時也。曲士不可以語於道者，束於教也。」拘於墟是為空間所限，篤於時是為時間所限，束於教是被教條所限。以上三者都是微觀所見。

微觀未必不好，微觀有微觀的生命，巨觀有巨觀的生命。不對稱促使人在其小範圍內力求平衡，這裡看到生命的活力，也看到生命的悲劇，悲劇的力量。安徒生的〈賣火柴的小女孩〉一篇短短百許字的童話之感人，遠超出雨果的《悲慘世界》百萬字長篇巨著之上。美國女作家朱威特的短篇〈白蒼鷺〉，日本短命作家芥川龍之介的短篇〈蜜柑〉之感人，遠超出《塊肉餘生錄》、《戰爭與和平》等巨著。

實際上在人的地位上，即在人生，幾乎全是微觀的。人生非只不盡是完美的對稱，就是一般對稱也多半不是，不對稱才是人生的本相本質。用大宇宙天道完美的對稱巨觀來置身的，那是極端少數的賢哲，一般人是企望不及的。不過這似乎是一種向量向勢，於此，人生才值得。

附註：朱威特（Sarah Orne Jewett, 1849-1909）的短篇傑作（境界之高、純、美，對於人類業已寫出的一切眾作，猶如泰山之於丘垤）"A White Heron"，中譯有二種，香港人人出版社黃淑慎氏的〈白鸛〉，文學雜誌社（忘記譯者姓名）的〈白鷺〉。前者收在《美國短篇小說集》一書中，後者發表在《文學雜誌》上（忘記是那一期）。二譯譯名都欠妥當。heron是蒼鷺，文中這隻鳥是蒼鷺的變種，羽毛純白，甚為罕見，還是照字面譯做〈白蒼鷺〉才妥當。

大洋國

讀過拙著《訪草》第一卷的讀者，或記得起〈盲人島〉那一篇文字。盲人島是大洋國執政官一手闢設出來專供盲人居住的安全島，時在執政官首任執政期間內。他心中還有一個島，一直在考慮中，那便是美人島，此島除了優生的用意之外，也有治安上的用意，意在消弭本島的色暴力與色糾紛。執政官執政之後，絞盡腦汁，企圖建設一個國民真正安居樂業的國家，但他一直覺得很難，除非使用非常的手段。早在他當執政官之前，他便徹底研究過普遍存在於現代國家的共同問題，即罪惡橫行的問題。他發現一切罪惡皆起源於民主政治與資本主義，民主政治與資本主義是蟠踞著一切現代國家的兩尾毒蛇，這兩尾毒蛇很難打殺。打殺了這兩尾毒蛇，一切問題都迎刃而解了。如何打殺這兩尾毒蛇，是他當選執政官之後一直在研究的問題。最棘手的是縱然打殺了本國這兩尾毒蛇，卻無法打殺蟠踞在世界其他各國的無數毒蛇。首任執政期間他便很想下手，但他還無術對付一切毒蛇，因而延宕了。這第二任執政是他最後的機會，他一定得出手了，否則良機一失，黑暗將永遠統治著這個世界，世界絕對沒有翻身的機會。

他自己的本黨便是合法的大掠奪者和大詐欺家

執政官很覺得安慰，在他首任執政期間，他殲滅了這個國家的貪官污吏，也殲滅了黑道幫派，但犯罪散戶他迄未能有效清除，今日此人剛接受政府的褒揚，明日他可能便犯案了。而合法的經濟掠奪和詐欺，一直在他的面前公行，公行者是大小資本家及其爪牙的國會與地方議員，他自己的本黨便是合法的大掠奪者和大詐欺家。這一切他正規劃一舉予以剷除。第二任執政的第一年，他便有了幾項重大措施：第一項是禁止奢侈品（包括轎車在內）的進口與本國製造；第二項提高定期存款利率，鼓勵國民儲蓄；第三項減少糧食進口百分之二十五，獎勵本國糧產，提高保障價格；第四項停止開闢道路與都市擴建；第五項內陸市鎮逐步還原為農耕地，遷建新市鎮於瘠地；第六項精簡軍警，淘汰老弱；第七項廢除國民中學，恢復初級中學，其成績不及格學生勒令退學，班級不足學校合併。執政官認為國民中學吸入智商中下者，遂成為罪犯養成所，他認為國民組成成份以小學畢業者佔百分之五十，初中畢業者佔百分之三十，高中畢業者佔百分之十五，大學畢業者佔百分之五為最合理；第八項禁絕暴力色情電影、電視劇、影帶、影碟、書刊及新聞報導。有不少措施，早在首任期間已做好，如山林的停止開發、醫療人員的嚴刑管制、中低收入戶的醫療補助子女教育補助、乞丐遊民之拘入國家生產場等等。

這些措施當然引起既得利益者的反彈，也立即提高了國民失業率，後者執政官早有安排，前者則多屬工商界及各級民代，但執政官亦早有對付之策，執政官則讓此等人一一失蹤。執政官說，此等人不是沒有飯吃，而是貪得無厭，此等人乃是國家的癌，國家病入膏肓，動大手術，大割除，乃是不得不然之勢。另一較重大的效應是外國的抵制，但這也是早已計及之事，這是世界各地的毒蛇，雖無法予以打殺，禁止其蛇信之觸入本國是他得做到的。只要國民能從奢入儉，一切外國毒蛇也莫奈我何！

執政官為婦女制定三戒：一、戒豔裝；二、戒珠光寶氣；三、戒夜行

執政官自首任執政便保護婦女不遺餘力，各鄉鎮市區特設一副首長，由各該縣市地方法院遴派女檢察官任之，家庭糾紛，由檢察官自動調查乃至提出公訴，頗收平息之功效，而鄉鎮市區貪瀆舞弊及強凌弱諸弊端亦因而絕跡。但婦女之被姦殺事件則全不奏效。執政官為婦女制定三戒：一、戒豔裝（為其暴露性感）；二、戒珠光寶氣（為其炫耀財物）三、戒夜行（為其有機可乘）。但婦女普遍當耳邊風。一個反對黨的婦運女領導人，居然也犯戒而被姦殺。執政官異常痛心，身為婦運領導者，又非久居北歐昇平世之地而驟然返國，不悉國情，居然如此欠謹慎，連己身都不能自愛自保，遑論愛人保人？執政官說，一個公眾人物的死，要向國家及國人負責，要死得仁義禮智信，這位婦運者竟然死於不「智」，他痛心之至。只要婦女一天不壓抑其以雌性引誘雄性的本能，他便無能為力。至於幼女童的被姦殺，完全是資本主義的毒害，父母們向錢看齊，一窩蜂向外追逐財富，置子女於不教不顧，而媒體娛樂色情氾濫，政府有通天本領能保護得了誰？況且

飽暖思淫慾，又多方受暗示刺激，每個男人都可能犯案，防不勝防，治不勝治，鐵腕施極刑也未必有效，而民主思想，立法無力，他名為執政官，形同傀儡，只能眼巴巴地看著罪惡向國人肆虐。最令執政官氣結的是國人的奢靡，每年數百億美金拱手送給世界各地的資本家，國家能長久富有嗎？而無智識之人出國旅遊與胡亂採購，乃是白蹧蹋金錢。各級議會議員智識水準之普遍下降，這根本是兒戲，然而這便是所謂的民主。

第二年執政官又有幾項重大措施：第一項提高減少糧食進口至原總額之百分之三十；第二項禁止菸酒及一切色情營業。藥用酒，由各鄉鎮市區政府供給；第三項強姦罪處以極刑；所謂極刑，是指死得異常痛苦與恐怖。殺人（包括車禍）、搶劫、放火、販毒、吸毒、騙色、詐財、貪污、舞弊、賭博，一律一般死刑；第四項凍結一切選舉，由現任者無限期連任。至此國會已形同虛設，既剝奪其審查中央政府之預算權，又剝奪其立法權。執政官以失蹤伺候，無人敢於以毛髮試火，故國內十分平靜，但外國所謂民主大國則大施壓力。執政官態度強硬，仍相應不理。執政官惟一之反應是加強國內外官營事業之開拓與發展，執政官自有手腕，其市場甚至更大舉拓入所謂民主大國國內，當局之封鎖無奈他何。

民主政治與資本主義係當前世界之潮流，但二者實乃人類之大墮落

第三年執政官又有幾項重大措施：第一項再提高減少糧食進口至原總額之百分之四十；第二

項剷除農村不必要的道路還原為農耕地；第三項普及鐵路網與公路網，預計三年內完成，目標大鐵路每二十分鐘一班車，都會電車每五分鐘一班，公路以不超過半小時為限。預告三年後全國禁止一切自用轎車之行駛；第四項獎勵文學、藝術、音樂之創作與欣賞，哲學、科學之講習，工藝之發明與生產，技藝之鍛鍊與競賽。

第四年執政官又續做幾項重大措施：第一項再提高減少糧食進口至原總額之百分之五十；第二項禁止國人私自出遊。國家有旅遊申請，經評定其人的智識水準及格，一切公費，惟其人歸國後須提出旅遊見聞建議報告，而私人採購以圖書、景物益智影帶影碟為限，其他物品一概禁止攜入；第三項設立大文學院、大藝術院、大音樂院、大哲學院、大學術院、大科學院，後二院各分設十大分院。以上均聘請各該部門有成就人士為院士以充實之。

第五年，也就是執政官第二任執政任滿之年，執政官做了最後的幾項措施：第一項解散各級議會，廢除民主政體，實行責任獨裁政治；第二項委任國內三所頂尖大學正教授團，選舉首任正式責任獨裁執政官，一切官吏由執政官直接任免，執政官為「朕即國家，朕即國法」，但僅限兩任。一般刑法、民法及各種法，亦委任正教授團參酌舊法，於本年內制定之。其將來第二任責任獨裁執政官則改由大院院士選舉之。

於是執政官乃發布〈責任獨裁政治宣言〉，全文如下：

民主政治與資本主義係當前世界之潮流，但二者實乃人類之墮落。民主政治蓋根基於人權思想，曰天賦人權，人人平等。但何謂人？人之定義為何？則未嘗先加究明，而人之內涵為混淆不清矣。語有云：衣冠禽獸。則此果為人乎？為非人乎？賦衣冠禽獸以人權，合理乎？不合理乎？有危險乎？無危險乎？即有問題乎？無問題乎？相應乎？不相應乎？彼具人形而無人理，因其人形而人之，為是耶？為非耶？夫所謂人者，人其人形乎？人其人理乎？夫人之行為，發於人形乎？發於人理乎？蓋徒有人形而無人理，雖有所發皆非人之行為也明，彼衣冠禽獸之所發，但有禽獸行耳，則彼其不得賦予人權也明。白癡有人形而無人理也，瘋子有人形而無人理也，彼其行為得視為人之行為乎？不得視為人之行為乎？曰：必不得視為人之行為也明。故無人理則無人之行為，無人之行為則不得賦予人之權。孔子、蘇格拉底，具人形而足乎人理。足乎人理，之謂聖人，謂真人。人理不足則為非足人，非真人。夫黃金之九九者，其成色九九而已，非千足也，千足之謂純金、真金。人亦然，人理有不足者，有全無者。全無者無論矣，其不足者則眾人是也。故人理不足，亦但能賦予不完全之人權也已。今以孔子、蘇格拉底與眾人共一國而同賦以平等之選舉權，則孔子、蘇格拉底得乎？眾人得乎？夫真理，非票數之所能定者也，善惡非票數之所能判者也，利害非票數之所能決者也；蓋真理認定於智者，善惡分判於仁者，利害取決於多識者。今乃委之眾愚，故民主政治者，乃盲人騎瞎馬之政治也，危乎殆哉！今有千斤之重物於此，烏獲、賁育之力士輕而舉之，眾人圍觀而已。夫政治者，萬鈞之重物也，眾人直俯伏匍匐焉耳。古之賢者有云：民可與樂成而不可與慮始也。為民之無智識、無品格，無衡量真偽是非善惡利害之能力也，今乃以政治之權柄授之眾愚，是猶問道於盲，豈不謬哉！**故民主政治者，乃一切政治中最為窳陋之政治也，近世之趨向於民主政治也，實人類之大不幸，而亦人類之大墮落，然乃勢之必至**

必經之一階段也，此一階段過後，人類必躍升於賢人責任獨裁政治矣。夫人類政治，自來有二：曰君主專制政治，曰貴族政治。政府之優劣高下，視操權柄者之智識、道德水準而定。君主有智識、道德水準極高者，有極卑者，其極高者心有美政，其極卑者則必有窳政，而其不高不卑者，則往往為宦官朋黨所把持，求其良政不可得也，免於亂而已。貴族政治者，智識、道德水準得平均數，故略優於君主專制之常態而上之，為過往人類政治之較好者，但此政治難得，往往為獨夫所替，終為君主專制所奪。今之所謂民主政治，就其假象言之，乃庸俗（即無智識無道德的一般人）得勢之政治也，就其實質言之，乃財閥操縱之財閥政治也。財閥者誰？資本家是也。夫資本家者何人哉？曰彼非人也，彼乃錢鼠耳。古人有言：為富不仁。故凡此等錢鼠者，乃唯利是圖，彼六親且不認，安在其心中有祖國同胞同類乎？故資本主義者，乃不道德的主義也；資本家者，乃不道德的生物也，彼但聞得錢聲，嗅得錢臭，彼其炯炯鼠目，但三寸內見得錢色耳。彼其右手操政治，左手操經濟，於今之世也，好事做盡，惡事做絕。曰渠為不道德的生物，曰好事做盡，豈非惑耶？曰渠唯利是圖，苟做好事亦有利可圖，誰能制之限之而阻之於好事之前耶？故渠於從事大工業致大污染令國人普遍得病之餘，乃曰：開設超大型醫院，亦大有利可圖之事業也，吾且毒盡天下之一切人，奪彼小醫院，設超大醫院，以榨取天下一切人之餘瀝，人且德我，吾安得於此而後人乎？安得當仁而讓乎？故醫藥之研究，醫療器材之開發，若電視、電腦、電冰箱、磁浮電車、巨無霸客機，此皆所以救人便人者，彼資本家之熱烈於此，唯利是圖，豈非好事做盡乎？至於惡事做絕，若污染之遍於山川海洋乃至天空（南極臭氧層破），能源資源開發之趨於枯竭不繼，向人心中開拓無窮無盡不知止之奢靡慾望新殖民地市場，而蹧蹋了人性，潰靡了人類原本崇高可敬的精神體，而娛樂媒體器材產品（包括電影、電視節目、影帶、影碟、書刊及一切聲色場所）之全面煽起暴力與淫慾，彼資本家者奴役驅使其手下的所謂智識人與所謂文人，殫其邪回之伎倆，宣淫導惡，窮奢極侈，彼為滿足其唯利是圖之錢鼠心性，乃不恤人類與地球之毀滅與淪亡。如是世界人類在無智識無道德的庸俗人與萬惡的資本家手中，有識有知有情有義之士，豈能無動於衷，安坐而不奮起乎？吾國人，其起來！驅逐民主與資本，建設世界之安樂土，自我國始。起來，吾同胞！

執政官於第二任屆滿下野之日，將失蹤者全部放回。原來失蹤者被拘在外島，特聘國內第一流的哲學教授，為彼曹講授哲學課，包括人生論、宇宙論、動植生命哲學三部門。人生論，分倫理學、美學。宇宙論，分創造論、物質論及精神論。

執政官於下野前夕，發表了一篇簡短的下野聲明，全文如下：

余之職責到今夕零時而止，自明日起，還我純老百姓之身，余不復有政治之職責矣。自明日起，此一職責已交付首任責任獨裁執政官，余已為純老百姓，國人若仍求其責於余，是為大不合理之要求也。余既為純老百姓矣，余不復有護衛隨身，其有非取吾性命而不快者，則但取去，余不恤也。余為政而不免於有切齒欲致余於死者，則余為失政之執政官也明，則死固其宜也。余以此開先例，令後繼者矜式且以為戒。人生會有死，設余得僥天之倖，死於正寢，余墓但一丈見方已過侈矣，其墓頭碑但書某某之墓，余願已足。其有妄稱某某之陵寢或陵墓者，天誅地滅，國人共攻之。此乃封建專制獨夫之遺號，當殲而灰之。余今行且卸責，此後個人所望，但願做一個快樂的讀書人，其進而能做為一個博物學家，則大過余望焉，祝福吾國家！祝福吾國人！

（原載於一九九七年六月《拾穗雜誌》）

十月◆張曉風篇

壠上行走的唐衫

張曉風小傳

筆名曉風、桑科、可叵，江蘇省銅山縣人，一九四一年三月二十九日生。東吳大學中文系畢業，曾任教東吳大學、香港浸會學院、陽明醫學院。著有散文集、小說集等著作三十餘種。曾獲救國團青年學藝競賽散文獎，中山文藝獎散文獎，國家文藝獎散文獎（舊制），中國時報文學獎散文推薦獎，吳三連文藝獎文學類獎等。

張曉風重要書目

■散文

地毯的那一端，一九六六年八月，文星書店。一九八一年十月，道聲出版社。
給你，瑩瑩，一九六八年七月，商務印書館。
愁鄉石，一九七一年四月，晨鐘出版社。
安全感，一九七三年八月，宇宙光出版社。
黑紗，一九七三年八月，宇宙光出版社。
曉風創作集，一九七六年，道聲出版社。
曉風散文集，一九七六年十月，道聲出版社。
非非集，一九七六年，言心出版社。
詩詩、晴晴與我，一九七七年八月，宇宙光出版社。
動物園中的祈禱室，一九七七年十一月，宇宙光出版社。
走下紅毯之後，一九七九年七月，九歌出版社。
花之筆記，一九八〇年八月，道聲出版社。
桑科有話要說，一九八〇年，時報文化公司。
你還沒有愛過，一九八一年三月，大地出版社。

再生緣，一九八二年五月，爾雅出版社。

幽默五十三號，一九八二年十一月，九歌出版社。

心繫（報導文學），一九八三年五月，百科文化公司。

通菜與通婚，一九八三年七月，九歌出版社。

三弦，一九八三年七月，與席慕蓉、愛亞合著，爾雅出版社。

我在，一九八四年九月，爾雅出版社。

從你美麗的流域，一九八八年七月，爾雅出版社。

曉風吹起，一九八九年十一月，文經社。

玉想，一九九〇年七月，九歌出版社。

我知道你是誰，一九九四年，九歌出版社。

這杯咖啡的溫度剛好，一九九六年，九歌出版社。

你的側影好美，一九九六年，九歌出版社。

星星都已經到齊了，二〇〇三年五月，九歌出版社。

送你一個字，二〇〇九年九月，九歌出版社。

花樹下，我還可以再站一會兒，二〇一七年二月，九歌出版社。

■小說

哭牆，一九六八年九月，仙人掌出版社。

曉風小說集，一九七六年十月，道聲出版社。

小說教室（主編），二〇〇〇年，九歌出版社。

■戲劇

畫愛，一九七一年十月，校園出版社。

第五牆，一九七二年十二月，香港・基督教文藝社。

武陵人，一九七二年十二月，香港・基督教文藝社。

和氏璧，一九七四年，作者自印。

曉風戲劇集，一九七六年十一月，道聲出版社。

血笛，一九七七年十月，黎明文化公司。

戲曲故事，一九八一年，改寫古典戲曲故事，時報文化公司。

■合集

曉風自選集，一九七九年六月，黎明文化公司。

張曉風精選集，二〇〇四年十二月，九歌出版社。

放爾千山萬水深：張曉風的旅遊散文，二〇一五年二月，九歌出版社。

■兒童文學

祖母的寶盒，一九八二年一月，信誼基金會。

舅媽只會說一句話，一九八五年九月，台灣省教育廳出版社。

說戲，一九九一年六月，台灣省教育廳出版社。

我希望我的房間是……，二〇一〇年二月，螢火蟲。

抽屜裡的祕密，二〇一一年十月，國語日報。
誰是天使？，二〇一二年四月，九歌出版社。

張曉風的散文觀

散文的寫作不純粹使用生活的語言，由於它包含著較多的思維，使用的語言不免有賴於傳統文學的簡潔、閎約及婉轉深厚，這一點又須整個社會對傳統文化已培養出一種尊敬和認同，否則難以為功。散文作者很難靠情節或人物的精彩，故必須反求諸己，退而求文學語言本身的魅力——這一點，靠的是詩詞歌賦的源頭。小說、戲劇和詩歌的寫作或可容大天才縱橫其間，六祖慧能甚至可以目不識丁，而仍有好詩傳世，（算它是口傳文學吧！）但散文的寫作卻有關學力，這一點也是台灣散文作者——無論老一輩或新生代——得天獨厚的地方，安定的學習環境有利於精緻語言的保存。

——節錄九歌版《中華現代文學大系・散文卷》序

你要做什麼

一

咖啡初沸，她把自烘的蛋糕和著熱騰騰的香氣一起端出來，切成一片片，放在每個人的盤子裡。

「說說看，」她輕聲細氣，與她一向女豪傑的氣勢不大一樣，「如果你可以選擇，你想要做什麼？」

（可惡！可惡！這問題其實是問不得的，一問就等於要人掀底，好好的一個下午，好好的咖啡和蛋糕，好好佇立在長窗外的淡水河和觀音山，怎麼偏來問這種古怪問題！）

她調頭看我，彷彿聽到我心裡的抱怨。

（好幾個月後，看到她日漸隆起的圓肚子，我原諒她了，懷抱一團生命的女人，總難免對設計命運有點興趣。）

「我——一定得做人嗎?」我囁嚅起來。

「咦?」她驚奇的攪著咖啡,「好吧!不做人也行!那你要做什麼?做小鳥嗎?」

「老實說,」我賴皮,「『選擇』這件事太可怕,『絕對自由』這件事我是禁不起的,譬如說,光是性別,我就不會選——只這一件事就可以把我累死。」

我說完,便低下頭去假裝極專心吃起蛋糕來。

然而,我是有點知道我要做什麼的……

二

行經日本的寺廟,每每總會看到一棵小樹,遠看不真切,竟以為小樹開滿了白花。走近看,才知道是素色紙籤,被人打了個結繫在樹枝上的。

有人來向我解釋,說,因為抽到的籤不夠好,所以不想帶回家去,姑且留在樹上吧!

於是,每經一廟,我總專程停下來,凝神看那矮小披離的奇樹,高寒地帶的松杉以冰雪敷其綠顏,溫帶的花樹雲蒸霞蔚一副迷死人不償命的意味,熱帶的果樹垂實纍纍,聖誕樹下則有祝福與禮物萬千——然而世上竟有這樣一株樹,獨獨為別人承受他自己不欲承受的命運。

空廊上傳來搥鼓的聲音和擊掌的聲音,黃昏掩至,虔誠禮拜的人果然求得他所祈望的福祿嗎?這世上抽得到上上籤的能有幾人呢?而我,如果容我選擇,我不要做「有求」的凡胎,我不要做「必應」的神明,鐘鳴鼓應不必是我,繚繞花香不須是我,我只願自己是那株小樹,站在局外，容許別人在我肩上卸下一顆悲傷和慌惴的心。容許他們把不祥的預言，打一個結，繫在我的腕上，由我承當。

三

「遙憐故園菊，應傍戰場開」，岑參詩中對化為火場災域的長安城有著空茫而刺痛的低喟。但痛到極致，所思憶的竟不是人，不是瓦舍，甚至不是宮廷，而是年年秋日開得黃燦燦的一片野菊花。

我願我是田塍或籬畔的野菊，在兩軍決壘時，我不是大將，不是兵卒，不是矛戈不是弓箭，不是鮮明的軍容，更不是強硬動聽的作戰理由——我是那不勝不負的菊花，張望著滿目的創痕和血跡，傾耳聽人的呻吟和馬的悲嘶，企圖在被朔風所傷被淚潮所傷被令人思鄉的明月所傷的眼睛裡成為極溫柔極明亮的一照面。在人世的慘淒裡，讓我是生者的開拔號，死者的定音鼓。

四

「黃帝之史倉頡見鳥獸蹄迒之跡……初造書契」，我願我是一枚梅花鹿或野山羊的蹄痕，清清楚楚的拓印在古代春天的原隰上，如同條理分明的版畫，被偶然經過的倉頡看到。

那時是暮春嗎？也許是初夏，林間眾生的求偶期，小小的泥徑間飛鳥經過，野羌經過，花豹經過，蛇經過，忙碌的季節啊，空氣裡充滿以聲相求和以氣相引的熱鬧，而我不曾參與那場奔逐，我是眾生離去後留在大地上的痕跡。

而倉頡走來，傻傻的倉頡，喜欲東張西望的倉頡，眼光閃爍彷彿隨時要來一場惡作劇的倉頡，他其實只是一個愛搗蛋的大男孩，但因本性憨厚，所以那番搗蛋的欲望總是被人一眼看破。

他急急來走，是為了貪看那隻跳脫的野兔？還是為了迷上畫眉的短歌？但牠們早就逃遠了，於是他只看到我，一枚一枚的鳥獸行後的足印。年輕的倉頡啊，他的兩頰因急走而發紅，他的高額正流下汗珠，他發現我了，那些直的，斜的，長的和短的線條以及那些點，那些圓。還有，他開始看到線與線之間的角度，點與點之際的距離。他的臉越發紅起來，汗越發奔激，他懂了，他懂了，他忘了剛才一路追著的鶴蹤獸跡，他大聲狂呼，撲倒在地，他知道這簡單的滿地泥痕中有尋不盡的交錯重疊和反覆，可以組成這世上最美麗的文字，而當他再一次睜開不敢完全置信的眼睛，他驚喜的看到那些鹿的、馬的、飛鳥的、猿猴的以及爬蟲類的痕跡——而且，還更多，他看到剛才自己因激動而爬行的手痕與足印。

我願我是那年春泥上生活過的眾生記錄，我是圓我是方我是點我是線我是橫我是直我是交叉我是平行我是蹄痕我是爪痕我是鱗痕我是深我是淺我是凝聚我是散。我是即使被一場春雨洗刷掉也平靜不覺傷悲，被倉頡領悟模仿也不覺可喜的一枚留痕。

可愛的倉頡，他從痕跡學會了痕跡，他創造的字一代一代傳下來，而所有的文字如今仍然是一行行痕跡，用以說明人世的種種情節。

我不做倉頡，我做那遠古時代春天原野上使倉頡為之血脈僨張的一枚留痕。

五

日本有一則淒豔的鬼故事，叫「吉備津之釜」（取材自《牡丹燈》），據說有個薄倖的男子叫正太郎，氣死了他的髮妻，那妻子變成厲鬼來索命。有位法師可憐那人，為他畫了符，貼在門上，要他七七四十九天不要出來，自然消災。厲鬼在門外夜夜訾罵不絕，卻不敢進來。及至四十八天已過，那男子因為久困小屋，委頓不堪，深夜隔戶一望，只見滿庭乍明，萬物澄瑩，他奮然跳出門去，卻一把被厲鬼揪住，不是已滿了四十九天嗎？他臨死還不平的忿忿，但他立刻懂了，原來黎明尚未到來，使他誤以為天亮而大喜的，其實只是如水的月光！

讀這樣的故事，我總無法像道學家所預期的把「好人」、「壞人」分出來，佛經上愛寫「善男子」「善女人」，生活裡卻老是碰到「可笑的男子」和「可悲的女人」。連那個法師也是個憫可歎的角色吧？人間注定的災厄劫難豈是他一道的悲慈的符咒所化解得了的？如此人世，如此愛羅恨網，吾誰與歸？我既不要做那薄倖的男子，更無意做那啣恨復仇的女子，我不必做那徒勞的法師，那麼我是誰呢？其實這件事對我而言，一點也不困難，在讀故事的當時，我毅然迷上那片月光，清冷絕情，不涉一絲是非，倘詩人因而墮淚，胡笳因而動悲，美人因而失防，厲鬼因而逞凶，全部一概不關我事。我仍是中天的月色，千年萬世，做一名天上的忠懇的出納員，負責把太陽交來的光芒轉到大地的帳上，我不即不離，我無盈無缺，我不喜不悲，我只是一丸冷靜的岩石，遙望著多事多情多欲多悔的人世。

世上寫月光的詩很多，我卻獨鍾十三世紀時日本僧人西行所寫的一首和歌。那詩簡直不是詩，像孩童或白癡的一聲半通不通的驚歎，如果直譯起來，竟是這樣的：

明亮明亮啊
明亮明亮明亮啊
明亮明亮啊
明亮啊明亮明亮
明亮明亮啊——月亮

別人寫月光是因為說得巧妙善譬而感人，西行的好處卻在笨，笨到不會說了，只好楞楞的叫起來，而且賴皮，彷彿在說：「不管啦，不管啦，說不清啦，反正很亮就對啦！你自己來看就知道。」

如果我真可選擇，容許我是月，光澈絕豔使人誤為白晝的月，明坦浩蕩，使西行為之癡愚而失去詩人能力的月。

六

小時候，聽人說：「燒窯的用破碗」，懵懵然不知道是什麼意思。

漸漸長大才知道世界竟真是如此，用破碗的，還不只是窯戶哩！完美的瓷，我是看過的，宋瓷的雅拙安詳，明瓷的誇富鬥豔都是古今不再一見的絕色了，然而導遊小姐常冷靜的轉過頭來，說：

「這樣一件精品，一窯裡也難得出一個啊，其他效果不好的就都打爛了！」

大概因為是官窯吧？所以慣於在美的要求上大膽越分，才敢如此狂妄的要求十全十美，才敢於和造化爭功而不忌諱天譴。宮裡的瓷器原來也是如此「一將功成萬骨枯」啊！我每對著冷冷的玻璃，看那百分之百的無憾無瑕，不免微微驚怖起來，每一件精品背後，都隱隱堆著小塚一般的尖銳而悲傷的碎片啊！

而民間的陶瓷不是如此的，民間容器不是案頭清供，它總有一定的用途。一隻花色不勻稱的碗，一把燒出小疙瘩的酒壺都仍然有生存權，只因為能用。凡能用的就可以賣，凡能賣的就可以運到市場上去，每次窯門打開，一時間七手八腳，窯便忽然搬空了。窯大約是世上最懂得炎涼滋味的一位了，從極熱鬧極火熾到極寂寞極空無——成器的成器，成形的成形，剩下來的陶匠和空窯，相對峙立，彷彿散戲後的戲子和舞台，彼此都疑幻疑真起來。

設想此時正在套車準備離去的陶瓷販子忽然眼尖，叫了一聲：

「哎！老王呀，這隻碗歪得厲害呀，你自己留下吧！拿去賣可怎麼賣呵，除非找個歪嘴的買主！」

那叫老王的陶匠接過碗來，果真是個歪碗哩！是拉坯的時候心裡惦著老母的病而分了神嗎？還是進窯的時候小么兒在一邊吵著要上學而失手碰撞了呢？反正是隻無可挽回的壞碗了，沒有買主的，留下來自己用吧！不用怎麼辦？難不成打破嗎？好碗自有好碗的造化，只是歪碗也得有人用啊！

捏著一隻歪碗的陶匠，面對著空空的冷窯，終於有了一點落實的證據——具體而微溫，彷彿昨日的烈焰仍未褪盡。

在滿窯成功完好的件頭中，我是誰？我只願意是那隻瑕疵顯然的歪碗啊！只因殘陋，所以甘心守著故窯和故主，讓每一個標價找到每一個買主，讓每一種功能滿足每一種市場，而我是眷眷然留下來的那一隻，因為不值得標價而成為無價。

成年後讀梅堯臣寫瓦匠的詩：

陶盡門前土
屋上無片瓦
十指不沾泥
鱗鱗居大廈

張俞寫蠶婦的詩也類似：

昨日到城廓

歸來淚滿巾
遍身羅綺者
不是養蠶人

原來世事多半如此嗎？一國之中，最優秀的人才注定只供外銷吧？守著年老父母的每每是那個憨愚老實的兒子。如果這是一個瓦匠買不起瓦的世界，我只願是低低的茅簷（英雄豪傑或能鼎革造勢，而我不能）。為那老瓦匠遮蔽一冬風雪。如果蠶婦無法擁有羅綺，我且去作一襲暗淡發白的老布衣，貼近她忿忿不平的心胸。至於那把一窯的碗盤都賣掉的陶匠，我便是他朝夕不捨的歪碗，或啜水，或飲粥，或注酒，或服藥，我是他造次顛沛中的相依。他或者知道，或者並不知道，或者感激，或者因物我歸一也並不甚感激，我卻因而莊嚴端貴如同唐三藏大漠行腳時御賜的紫金盂。

七

很少有故事像〈甘澤謠〉中的「三生石上」那樣美麗：

是春日的清晨吧？一婦人到荊江上峽汲水，她身著一件美麗的織錦裙，在一注流動的碧琉璃前面佇步。陽光爍金，她也為自己動人的倒影而微怔了，是因駘蕩的春風嗎？是因和煖的春泥嗎？她一路行來幾若古代的姜嫄，竟有著一腳踏下去便五內皆有感應的成孕感覺。她想著，為自己的荒唐念頭而不安，當即一旋身微蹲下去，豐圓的瓦甕打散滿眼琉璃，一霎間，華麗的裙子膨然脹起，使她像足月待產的婦人，陶甕汲滿了，她端然站直，裙子重又服貼的垂下，她回身急行的風姿華豔流鑠，有如壁畫上的飛天。

而那一切，看在一位叫圓觀的老僧眼裡，一生修持的他忽然心崩血嘯，如中烈酒，但他的狂激卻又與平靜寧穆並起，彷彿他心中一時決堤，湧進了一大片海，那海有十尺巨浪，卻也有千尋淵沉。他知道自己愛上這女子了，不，也許不是愛那不知名不知姓的子女，只是愛這樣的人世，這樣的春天，春天裡這樣的荊江上峽，江畔這樣的慇勤如取經的汲水，以及負甕者那一旋身時豔采四射的裙子。

「看到那汲水的婦人嗎？」老僧轉身向他年輕的友人說，「我要死了，她是我來世的母親。」圓觀當夜就圓寂了，據說十二年後，他的友人在杭州天竺寺外看到一個唱著竹枝詞的牧童，像圓觀……

世間男子愛女子愛到極致便是願意粉身立斷的吧？是渴望捨身相就如白雲之歸岫如稻粒之投春泥的吧？老僧修持一世，如果允許他有願，他也只想簡簡單單再投生為人，在一女子溫暖的子宮中做一團小小的肉胎。是這樣的春天使他想起母親嗎？世上的眾神龕中最華美神聖的豈不就是容那一名小兒踞坐的子宮嗎？

而我是誰呢？我不是那負甕汲水的女子，我不是那修持一世的老僧，我只是那繫在婦人腰上的長裙，與花香同氣息，與水紋同旋律，與眾生同繁複的一條織錦裙，我行過風行過大地，看過真情的淚急，見證前生後世的因緣——而我默無一言，我和那女子因一起待孕和待產而鮮豔美麗，我也在她攙著幼兒的手教他舉步時逐漸黯然甘心敗舊。我是目擊者，我是不忘者，我恆願自己是那串珠的線，而不是那明珠。

八

「你們想好了沒有？」美麗的女主人把咖啡一飲而盡，「我想好了，如果要我自己選擇，我要做一個會唱歌的人。」

而我笑笑，走開，假裝去看窗外仰天的觀音山，以及被含啣著的落日。我不能告訴她，她的性格裡有種窮追不捨的蠻橫，如果我告訴她，她一定會叫起來，追根究柢的問道：

「為什麼？為什麼？為什麼你不肯是人？為什麼你在迴避？人生的擲骰大賭場裡你不下注嗎？你既不做莊家，又不肯做賭雙數、或是單數的賭徒，你真的如此超然嗎？」

因為知道她要這樣問我，所以乾脆不說，讓她無從問起。但逃不掉的，我自己終於這樣問起自己來。於是，我發現我對自己耐心地解釋起來。

記得不久以前在香港教書，有一天去買了幅手染的床罩，是中國大陸民間的趣味。我把它罩在床上，一個人發呆發癡的看個不停。到了晚上該睡覺了，我竟不睡，在沙發上靠靠，在桌邊打個盹兒，也就混過去了，只因捨不得掀開啊，那麼漂亮那麼迷死人的東西啊！這樣弄了一個禮拜，忽然讀到朋友蔣勳的文章，提到民間楊柳青的年畫，年年都要換新的，他的結論竟說連美也是不可沉陷不可耽溺的。我看了大為佩服，見面的時候我說：「真佩服你啊！能不耽美，我就做不到！」他笑起來：「老實說，我也做不到，你當那些話是說給誰聽的？就是說給我自己聽的！」

我又猛然想起有一次看柏格曼的電影，其中一位小丑有難，有人好心引述良言勸慰他，他哭笑不得，反譏了一句：

「朋友，你真幸福——因為你說的話，你自己都相信。」

原來，所有的話，都是說給自己聽的——說給或相信或不相信的自己聽的——希望至少能讓自己相信自己所說的話，我之所以想做樹，想做菊，想做一枚蹄痕，想做月，想做一隻殘陋的碗，甚至是一條漠然不相干的裙子，不是因我生性超然，相反的是因為我這半生始終是江心一船，崖邊一馬，「船到江心馬到崖」，許多事已不容回頭，因而熱淚常在目，意氣恆在胸，血每沸揚，骨每嗚嗚然中宵作劍鳴。這樣的人，如果允許我有願，我且勸服我自己是江上清風，是石上苔痕，我正試著向自己做說客，要把自己說服啊！至於我聽不聽自己的勸告，我也不知道啊！

（選自一九八八年爾雅版《從你美麗的流域》）

唸你們的名字

孩子們，這是八月初的一個早晨，美國南部的陽光舒遲而透明，流溢著一種讓久經憂患的人鼻酸的、古老而寧靜的幸福。助教把期待已久的發榜名單寄來給我，一百二十個動人的名字，我逐一地唸著，忍不住覆手在你們的名字上，為你們祈禱。

在你們未來漫長的七年醫學教育中，我只教授你們八個學分的國文，但是，我渴望能教你們如何做一個人——以及如何做一個中國人。

我願意再說一次，我愛你們的名字，名字是天下父母滿懷熱望的刻痕，在萬千中國文字中，他們所找到的是一兩個最美麗最醇厚的字眼——世間每一個名字都是一篇簡短質樸的祈禱！

「林逸文」、「唐高駿」、「周建聖」、「陳震寰」，你們的父母多麼期望你們是一個出類拔萃的孩子。「黃自強」、「林進德」、「蔡篤義」，多少偉大的企盼在你們身上。「張鴻仁」、「黃仁輝」、「高澤仁」、「陳宗仁」、「葉宏仁」、「洪仁政」，說明了儒家傳統的對仁德的嚮往。「邵國寧」、「王為邦」、「李建忠」、「陳澤浩」、「江建中」，顯然你們的父母曾把你們奉獻給苦難的中國。「陳怡蒼」、「蔡宗哲」、「王世堯」、「吳景農」、「陸愷」，含蘊著一個古老圓融的理想。我常驚訝，為什麼世人不能虔誠地細味另一個人的名字？為什麼我們不懂得恭敬地省察自己的名字？每一個名字，不論雅俗，都自有它的哲學和愛心。如果我們能用細膩的領悟力去叫別人的名字，我們更能學會更多的互敬和互愛，這世界也可以因此而更美好。

這些日子以來，也許你們的名字已成為鄉梓村里間一個幸運的符號，許多名望和財富的預期已模模糊糊和你們的名字聯在一起，許多人用欽慕的眼光望著你們，一方無形的匾已懸在你們的眉際。有一天，「醫生」會成為你們的第一個名字，但是，孩子們，什麼是醫生呢？一件比常人更白的衣服？一筆比平民更飽脹的月入？一個響亮榮耀的名字？孩子們，在你們不必諱言的快樂裡，抬眼望望你們未來的路吧！

什麼是醫生呢？孩子們，當一個生命在溫濕柔韌的子宮中悄然成形，你，是第一個宣佈這神聖事實的人。當那蠻橫的小東西在嘗試轉動時，你是第一個窺得他在另一個世界的心跳的人。當他陡然衝入這世界，是你的雙掌，接住那華麗的初啼。是你，用許多防疫針把成為正常的權利給了嬰孩。是你，辛苦地拉動一個初生兒的船縴，讓他開始自己的初航。當小孩半夜發燒的時候，你是那些母親理直氣壯打電話的對象。一個外科醫生常像周公旦一樣，是一個在簡單的午餐中，三次放下食物走入急救室的人。有的時候，也許你只須為病人擦一點紅汞水，開幾顆阿斯匹林，但也有時候，你必須為病人切開肌膚，拉開肋骨，撥開肺葉，將手術刀伸入一顆深藏在胸腔中的鮮紅心臟。你甚至有的時候必須忍受眼看血癌吞噬一個稚嫩無辜的孩童而束手無策的裂心之痛！

一個出名的學者來見你的時候，可能只是一個脾氣暴烈的牙痛病人；一個成功的企業家來見你的時候，可能只是一個氣結的哮喘病人。一個偉大的政治家來見你的時候，也許什麼都不是，他只剩下一口氣，拖著一個中風後的癱瘓的身體。掛號室裡美麗的女明星，或者只是一個長期失眠的、神經衰弱的、有自殺傾向的患者——你陪同病人經過生命中最黯淡的時刻，你傾聽垂死者最後的一聲呼吸、探察他最後的一槌心跳。你開列出生證明，你在死亡證書上簽字，你的臉寫在嬰兒初閃的瞳仁中，也寫在垂死者最後的凝望裡。你陪同人類走過生、老、病、死，你扮演的是一個怎樣的角色啊！一個真正的醫生怎能不是一個聖者。

事實上，作為一個醫者的過程正是一個苦行僧的過程，你要學多少東西才能免於自己的無知，你要保持怎樣的榮譽心才能免於自己的無行，你要幾度猶豫才能狠下心拿起解剖刀切開第一具屍體，你要怎樣自省，才能在千萬個病人之後免於職業性的冷靜和無情。在成為一個醫治者之前，第一個需要被醫治的，應該是我們自己。在一切的給予以前，讓我們先成為一個「擁有」的人。

孩子們，我願意把那則古老的「神農氏嘗百草」的神話再說一遍，淮南子上說：「古者民茹草飲水，採樹木之實，食蠃蛖之肉，時多疾病毒傷之害。於是神農氏乃始教民播種五穀，嘗百草之滋味，水泉之甘苦，令民知所辟就，當此之時，一日而遇七十毒。」

神話是無稽的，但令人動容的是一個行醫者的投入精神，以及那種人飢己飢、人溺己溺、人病己病的同情。身為一個現代的醫生當然不必一天中毒七十餘次，但貼近別人的痛苦，體諒別人的憂傷，以一個單純的「人」的身分，惻然地探看另一個身罹疾病的「人」仍是可貴的。

記得那個「懸壺濟世」的故事嗎？「市中有老翁賣藥，懸一壺於肆頭，及市罷，輒跳入壺中，市人莫之見。」——那老人的藥事實上應該解釋成他自己。孩子們，這世界上不缺乏專家，不缺乏權威，缺乏的是一個「人」，一個肯把自己給出去的人。當你幫助別人時，請記得醫藥是有時而窮的，唯有不竭的愛能照亮一個受苦的靈魂。古老的醫術中不可缺的是「探脈」，我深信那樣簡單的動作裡蘊藏著一些神祕的象徵意義，你們能否想像用一個醫生敏感的指尖去探觸另一個人的脈搏的神聖畫面。

因此，孩子們，讓我們怵然自惕，讓我們清醒地推開別人加給我們的金冠，而選擇長程的勞瘁。誠如耶穌基督所說：「非以役人，乃役於人」。真正偉人的雙手並不浸在甜美的花汁中，它們常忙於處理一片惡臭的膿血。真正偉大的雙目並不凝望最翠拔的高峰，它們低俯下來察看一個卑微的貧民的病容。孩子們，讓別人去享受「人上人」的榮耀，我只祈求你們善盡「人中人」的天職。

我曾認識一個年輕人，多年後我在紐約遇見他，他開過計程車，做過跑堂，以及各式各樣的生存手段——他仍在認真地唸社會學，而且還在辦雜誌。一別數年，恍如隔世，但最安慰的是當我們一起走過曼哈頓的市區，他無愧地說：「我還抱持著我當年那一點對人的關懷，對人的好奇，對人的執著。」其實，不管我們研究什麼，可貴的仍是那一點點對人的誠意。我們可以用讚嘆的手臂擁抱一千條銀河。但當那燦爛的光流貼近我們的前胸，其中最動人的音樂仍是一分鐘七十二響的雄渾堅實如祭鼓的人類的心跳！孩子們，儘管人類製造了許多邪惡，人體還是天真的、可尊敬的奧祕的神蹟。生命是壯麗的、強悍的，一個醫生不是生命的創造者——他只是協助生命神蹟保持其本然秩序的人。孩子們，請記住你們每一天所遇見的不僅是人的「病」，也是病的「人」，人的眼淚，人的微笑，人的故事，孩子們，這是怎樣的權利！

作為一個國文老師，我所能給你們的東西是有限的。幾年前，曾有天清晨，我走進教室，那天要上的課是《詩經》——而我們剛得到退出聯合國的消息。我捏著那古老的詩冊，望著台下而哽咽了，眼前所能看見的是二十世紀的烽煙，而課程的進度卻要我去講三千年前的詩篇，詩中有的是水草浮動的清溪，是楊柳依依的水湄，是鹿鳴呦呦的草原，是溫柔敦厚的民情，我站在台上，望著台下激動的眼神，仍然決定講下去。那美麗的四言詩是一種永恆，我告訴那些孩子們有一種東西比權力更強，比疆土更強，那是文化——只要國文尚在，則中國尚在，我們仍有安身立命之所。孩子們，選擇做一個中國人吧！你們曾由於命運生為一個中國人，但現在，讓我們以年輕的、自由的肩膀，選擇擔起這份中國人的軛。但願你所醫治的，不僅是一個病人的沉疴，而是整個中國的羸弱。但願你們所縫補的不僅是一個病人的傷痕，而是整個中國的癰疽。孩子們，所有的良醫都是良相——正如所有的良相都是良醫。

長窗外是軟碧的草茵，孩子們，你們的名字浮在我心中，我浮在四壁書香裡，書浮在黯紅色的古老圖書館裡，圖書館浮在無際的紫色花浪間，這是一個美麗的校園。客中的歲月看盡異國的異景，我所緬懷的仍是台北三月的杜鵑。孩子們，我們不曾有一個古老幽美的校園，我們的校園等待你們的足跡使之成為美麗。

孩子們，求全能者以廣大的天心包覆你們，讓你們懂得用愛心去托住別人。求造物主給你們內在的豐富，讓你們懂得如何去分給別人。某些醫生永遠只能收到醫療費，我願你們收到的更多——我願你們收到別人的感念。

唸你們的名字，在鄉心隱動的清晨。我知道有一天將有別人唸你們的名字，在一片黃沙飛揚的鄉村小路上，或是曲折迂迴的荒山野嶺間，將有人以祈禱的嘴唇，默念你們的名字。

（選自一九七六年道聲版《曉風散文集》）

十一月◆劉克襄 篇

大自然的長鏡頭

劉克襄小傳

一九五七年生，台灣台中縣人，喜歡登山、野鳥觀察、古道探查與自然誌的旅行。歷任美洲中國時報副刊主編、人間副刊編輯、自立報系藝文組主任，現任中央社社長。曾獲中國時報敘事詩推薦獎、台灣詩獎、吳三連獎、台灣自然保育獎、金鼎獎、聯合報文學大獎等。

劉克襄重要書目

詩集

河下游，一九七八年，自費出版。
松鼠班比曹，一九八三年，蘭亭。
漂鳥的故鄉，一九八四年，前衛。
在測天島，一九八六年，前衛。
小鼯鼠的看法，一九八八年，當代。
最美麗的時候，二〇〇一年，大田。

散文

旅次札記，一九八二年，時報。
旅鳥的驛站——淡水河下游四季水鳥觀察，一九八四年，大自然。
隨鳥走天涯，一九八五年，洪範。
荒野之心，一九八六年，前衛。
消失中的亞熱帶，一九八六年，晨星。
快樂綠背包，一九八七年，晨星。
綠色童年，一九八九年，玉山社。

台灣鳥木刻紀實，一九九〇年，劉開工作室。
自然旅情——鯨魚、獼猴與鳥類的觀察記事，一九九三年，晨星。
山黃麻家書，一九九四年，晨星。
小綠山之歌（小綠山系列之一），一九九五年，時報。
小綠山之舞（小綠山系列之二），一九九五年，時報。
小綠山之精靈（小綠山系列之三），一九九五年，時報。
偷窺自然，一九九六年，迪茂。
安靜的遊蕩，二〇〇一年，皇冠。
花紋樣的生命：自然生態散文集，二〇〇八年，幼獅文化。
11元鐵道旅行，二〇〇九年，遠流。
十五顆小行星：探險、漂泊與自然的相遇，二〇一〇年，遠流。
男人的菜市場，二〇一二年，遠流。
革命青年：解嚴前的野狼之旅，二〇一二年，玉山社。
裡台灣，二〇一三年，玉山社。
四分之三的香港：行山．穿村．遇見風水林，二〇一四年，遠流。
兩天半的麵店，二〇一五年，遠流。
虎地貓，二〇一六年，遠流。
野狗之丘，二〇一六年，遠流。

在街角，遇到飛行，二〇一七年，台北市政府觀光傳播局。
早安，自然選課，二〇一八年，玉山社。

■小說

風鳥皮諾查，一九九一年，遠流。
座頭鯨赫連麼麼，一九九三年，遠流。
豆鼠傳奇一：扁豆森林，一九九七年，時報。
豆鼠傳奇二：小島飛，一九九七年，時報。
豆鼠傳奇三：草原鬼雨，一九九七年，時報。

■論述

台灣鳥類研究開拓史——一八四〇～一九一二，一九八九年，聯經。

■歷史旅行

探險家在台灣（編），一九八八年，自立。
橫越福爾摩沙——外國人在台灣的探險與旅行，一九八九年，自立。
後山探險——外國人在東海岸的旅行，一九九二年，自立。
深入陌生地——外國旅行者所見的台灣，一九九三年，自立。
福爾摩沙大旅行，一九九九年，玉山社。

■自然地理探查

台灣舊路探查記，一九九五年，玉山社。

■自然文學繪本

鯨魚不快樂時，一九九六年，玉山社。

豆鼠私生活，一九九六年，玉山社。

不需要名字的水鳥，一九九六年，玉山社。

大頭鳥小傳奇，二〇〇五年，玉山社

不需要名字的水鳥，二〇〇五年，玉山社

在地圖裡長大的台灣，二〇〇六年，台灣東華。

小蜥蜴的回憶，二〇一一年，未來書城。

■旅遊

北台灣自然旅遊指南，二〇〇〇年，晨星。

安靜的遊盪——劉克襄旅記，二〇〇一年，皇冠。

大山下，遠離台三線：劉克襄的山際旅行，二〇〇四年，皇冠。

北台灣漫遊——不知名山徑指南２，二〇〇五年，玉山社。

劉克襄的散文觀

在自然寫作的領域裡，年輕時，我強調的是旅行、踏查，以這種實地的觀察經驗，做為創作的主要泉源。步入中年了，轉而較注重固定區域的調查，對各種微小生物的關心。晚近又熱中鄉土旅行，關切社區文化與土地間的互動。

荖濃溪畔的六龜

冬初時，前往六龜旅行，是要去圓夢的；因為在台灣自然誌的光譜中，六龜是最亮的一顆。我隨身攜帶了兩個背包。小背包掛在肩上，裡面擺著地圖、衣物、望遠鏡和鳥類圖鑑，輕盈而無負擔；大背包卻扛在心上，存藏著百年來各類有關六龜地區的自然人文，沉重得難以負荷。

凌晨，我和同事小曾從台北南下，抵達六龜時，正逢清晨的霧雨，這是欣賞六龜的好時機。陰雨的六龜曾被譽為台灣的桂林。一百年前，英國攝影家湯姆生（J. Thomson）扛著笨重的攝影器材，抵達荖濃溪西岸，仰望十八羅漢山時，就如此讚歎：「二百公尺高的連續險崖聳然壁立，俯瞰著乾河床，成為筆墨難以形容的迷人風景。」；「世界上已難有一地，能指望比台灣的自然環境更好了。」但湯姆生並沒有跨過荖濃溪，進入更美麗的中央山脈，因為一個月前，有二個人試圖到對岸，結果，被出草的布農族襲殺。

荖濃溪源自北邊的玉山，穿越我們島上最晚探勘的南玉山區，流經這裡時，將大地劃分成二個世界。百年前，東岸仍然是布農族的國土，西岸到月世界的惡地形才散居著平埔族，與漢人混居。但百年後，走在六龜的街上，誰是平埔族的後裔已難辨識。溫馴、誠實的平埔族早被漢人同化，對岸的布農族也遷移了，部落舊址杳然無存。

仍有草木迎向寒冬的天空

不同的時代，不同的旅行方式。我們搭乘這世紀對自然最具威脅性的交通工具——汽車，帶著透過車窗所擁有的、了無意義的地理印象，輕易渡橋；然後，換搭林試所的吉甫車，前往十五萬分之一地圖仍然沒有登記的南鳳山。地圖上雖然沒有姓名，南鳳山可是小巨人，海拔高達一千七百公尺。頂峰旁的小屋，像隻赤腹山雀般，小巧地偎在它的肩上。今晚，我們準備在那裡與森林過夜，明晨再翻山去扇平。

鳥畫家何華仁，戴著野鳥學會的迷彩帽，站在一座小橋，等候我們。瘦小的他，才在六龜蟄居一年，如今卻是最熟悉這裡動物地理相的人。過了橋，吉甫車吃力地爬上陡坡，顛簸地穿過濃霧的林間小道。

車上，除了司機，我們三位旅行人，還載著兩天的口糧：粗麵、麵筋、瓜子肉罐頭。台灣的山上已有太多垃圾，隨身只帶這些吃的東西，夠了。

吉甫車穿過山黃麻的山麓，進入台灣杉的世界；我們正經過典型的台灣中海拔。日子入秋，檸檬桉正要嘩然落葉，仍有其他草木勇健地迎向寒冬的天空。每處山坡都有裡白蔥木傲然盛開的金黃圓椎花叢、山芙蓉熱烈綻放的粉紅花蕊，它們使入冬的山有朝氣蓬勃的錯覺。南部的森林大抵是這樣，總覺得少了一個冬天。

車前一對雨刷，不停地揮拭著結成水滴的雨霧。這種天氣要做自然旅行，很難豐收的。獼猴不肯露面，猛禽科也不會盤飛，只能奢盼藍腹鷴；但我們經過的林間小道，不過走出幾隻小竹雞，沿著小山溝找甲蟲，較空曠的地，也只孤立著鶇科候鳥。

一隻膽小的鳥鏽色滿身停在枯枝上

第一位發現藍腹鷴的人，是英國首位駐台領事郇和（史溫侯之漢名）。一八六六年，郇和在台的最後一次旅行，就是上溯荖濃溪，在這附近遇見獵人圍捕水鹿。他原本計畫由此攀登玉山，前往東海岸一個叫烏石鼻的小台地，可惜半路被召回中國大陸。郇和這趟旅行有許多自然誌的意義，放諸早期交通史亦然。在那個殖民主義當道的年代，六龜一直被漢人認定是上玉山的主道。同年冬初，「老台灣」的作者必麒麟（W. Pickering）也由此出發，在一名高砂族老婦與二名羅漢腳的引導下攀上玉山，這項傳奇，他都寫在書中，只是後來的人均抱持懷疑。冬天上玉山，皓皓白雪隻未字提，誰相信呢？

上述是六龜探險的黃金年代。又過十年。日軍侵台，牡丹社事件爆發，沈葆禎下令開鑿八通關中路後，六龜的地位才陡然下降，一路滑跌至今。現在，想上玉山的人，泰半選擇東埔、水里一線，或從阿里山越嶺而去。歷史上的荖濃溪早被遺忘了。

中午，抵達南鳳山的小屋，巡山員和司機離去後，整座南鳳山剩下我們三人，還有傳說中的日本兵鬼魂。午後，霧雨更加溼重。套上雨靴，進入長滿紫花霍香薊的伐木小道，花海二旁盡是砍伐後的林相。它們還要一百年，也就是二〇八八年吧？才會長成原始闊葉林的相貌，那時，它才會恢復成一八八八年清末的林相。

一隻藍磯鶇站在伐後草生地的枯枝上，鏽色滿身，膽小而驚懼，大概才從北方飛來不久吧！這是今天看得最清楚的鳥類。林內傳來的鳴啼都是常聽見的山音。近幾年，疏於入山，我的聽力銳減，常把松鼠和兩棲類的叫聲混淆，誤為鳥鳴。六年前，旅行關渡，我教何華仁沿淡水河認鳥，現在反要靠他點醒。每年十一月，他都要在此做繫放工作。晚間掛網，清晨取鳥；測量牠們的尺寸，磅秤重量後放回。

我問他：「為什麼不畫鳥了？」

他說：「不急於這一時，觀察久一點，畫得較準確。」

他比較樂於跟我討論羽毛和鳥巢的問題。

在這裡住久了，他的腦海似乎存有一張無形的地圖。哪裡會有什麼生物，大致都能判斷出來。我靦腆地尾隨於後，最後回到屋前的蓄水池，尋找如雷鳴的蛙聲。池中有隻墨綠的樹蛙，眉線金黃，後趾蹼帶紅。莫氏樹蛙？台灣的樹蛙不及十種，我們竟辨識不出，只好照相記錄，或者是新種也說不定。

滿山鶯啼蜘蛛張網結成大迷宮

我們試走明天要翻越的御油山小道。面向東方的山坡有一處伐後的草原，台灣杉不過是二三公尺的幼童期。這兒是大群斑紋鷦鶯與蜘蛛的家園。每隻鷦鶯都藏在草叢，藉聲音傳遞訊息。等了約莫半小時，只聞滿山鶯啼，竟不見一隻。蜘蛛則在杉樹到處張網，結成立體狀的大迷宮，有的狀若燈籠，牢固地足以捕捉大牠們百倍的鷦鶯。

回途，遇上一隻鼬獾，踽踽獨行，暴躁地向我們發出咕嚕聲；我們似乎擋住牠的去路。對峙十幾秒後，牠才不情願地放棄，鑽入草叢裡。通常，在潮溼的原始林或次生林下，鼬獾的足跡最容易辨認，親眼看到卻不容易。每回上山，遇見哺乳類，我總會心驚，悲憫的心驚。我害怕自己看到的，都有可能是最後的幾隻。

五點，山上的夜來得快；費了一陣時間轉動柴油發電機，這才帶動小屋的日光燈發光。屋內略有山上慣有的陰溼霉味，但比我經驗中的其他高山小屋乾燥。房間內除了木床和桌椅外，還有一具時鐘與電視。電視是這兒唯一能和山下單向溝通的工具。看守小屋的，通常是一位巡山員，他獨對森林與電視。按何華仁的經驗，假如一個月不下山，只看電視新聞，足夠知道山下發生何事了；但一個人整天和電視做伴，是什麼樣的日子呢？有些自然科學家還希望電視也不要，讓自己更專注於野外工作。他們多半不喜歡與人、與都市接觸，更遑論溝通。

十年來三本筆記寫滿了鳥事

三年前，耶誕夜後一天，靈長類學者戴安・佛西（Dian Fossey）之死就是一例，與其說她是被非洲土著謀害，還不若說是早被整個文明世界定罪。佛西生前最後幾個月，未跟人說過一句話，雖然她的同僚只住在百尺外的另一營地。

一隻白耳畫眉飛到屋前的台灣杉，啄食寄生於上的愛玉子，這是牠今天的晚餐。我們也開始進食，瓜子肉、麵筋拌入粗麵。飯後，何華仁提手電筒，出門找貓頭鷹。我取出賞鳥記事本，花半小時，記錄今天發現的鳥種與動物。這本手掌大的記事本沾滿汗泥與草跡，封面也磨損多處，破舊不堪。十年來，我用了三本，寫的盡是鳥事，除了何月何時何地，加上各類鳥名和植物學名，還有一大堆數目字。最近許是年紀大了，漸漸對數目字感到寒心，害怕某種疏離感的侵噬——雖然數目字透露許多生態的訊息。我比往常花費更多時間，添加有生活想法文字的敘述。文字敘述讓我感到厚實的溫暖，好像對童年以後繼續活著的生命有了交代。

八點，天空露出幾顆小星，還未及辨識，又隱沒雲層，有隻領角鴞卻被吸引，發出「霧」聲，也只短噓一聲，森林又靜寂下來，只剩蓄水池的那隻樹蛙，繼續大鳴。五公分不到的身子，牠已從中午叫到現在。不知吸引到同伴去否，或者，那是牠的領域，正警告同類不准進來？白天的林間小道，佈滿了雨後的小水灘，成千的蝌蚪蝟集在那小小的空間裡，爭取生存的權利，等待著變成成蛙。牠是森林中最善於利用雨水的脊椎動物。

林雕浮升發出嬰兒似的哭啼

星子隱逝後，又有連續的「霧」聲，穿透闇昧闃然的夜幕。一隻白面鼯鼠像流星般劃空而來，亮著一對發光的金眼珠，倏忽掠過屋頂。牠開始上班了。對大部分動物而言，整個森林這時才開始熱鬧起來。森林是屬於夜生活的。白晝不過是鳥類、蝴蝶，還有我們這些山中過客在活動。當森林的夜市開鑼，我們卻懵然窩入發霉的被褥，蜷縮著自己，酣然入夢。

隔日清晨，西南的窗口陳列著淡黃的曙光和清遠的淡雲。從窗口的景色研判，何華仁起身的第一句話就說：「太陽出來，猛禽科也該現身了。」太陽一出，山谷會有蒸騰而上的熱氣流，猛禽科知道如何利用熱氣流的對流原理，藉它的運送，不斷地盤飛、滑行，升至頂空，鳥瞰下面的森林。

我們走出門，滿山盡是迎接陽光的鳥語。果然，一隻碩大的林雕，從御油山的稜線赫然浮升，發出嬰孩起床似的哭啼。牠是台灣最大的猛禽，傳說中會爪掠小孩的老鷹。遠遠望去，一身烏亮，只尾羽露出淡灰的細橫斑與黃爪。賞鳥十年，第一次見到林雕；不知台灣還剩下幾隻？看到這食物鏈最高階的龐然巨物浮出，對這座森林、對台灣的高山，我有著強烈而衝動的感謝。林雕跟我們一樣餓了，一連幾天的陰雨，牠大概也蟄伏一段時候，趁這時出來覓食。我們回到屋內吃昨晚的剩物，牠仍在屋頂上空徘徊，直到我們再出發，依舊滯留在附近的山頭。

上抵御油山的稜線後，要到扇平，必須穿入濃密的檜木林。這裡有日據時期的舊碉堡與古道。古道大致沿稜線的起伏築成；清末與日據時期，橫越中央山脈，都靠這種築路方法，艱難地翻山涉水。布農族可不興這一套，在他們眼裡，只要是大地，到處皆有路。他們也常常惡作劇，四處破壞當時的山道。日本人在開拓橫貫道時，遂遇著清末開山撫蕃的同樣困境，更不時傳出探勘隊遇難的消息。

多少古道仍掩埋在荒煙蔓草中

一九〇九年，台灣總督府派出的探勘隊，首度進入此地山區，企圖找出屏東與台東間交通的橫貫道。其中一支由最北一條——六龜至台東，採直線式橫越。結果，兩名探查的警察遭到襲殺，無功而返。時隔一年，又為布農族阻撓；一直拖到一九二〇年代才測定，完工。這條橫貫道的打通，為何困難重重，除了布農族不願受到入侵，採定的路線不當也是主因。日本人一直想從六龜直接橫越出雲山，然後下鹿野溪抵台東。出雲山就站在南鳳山右側，海拔二千七，是中央山脈主軸。南鳳山和它比，只及腰肩。

這條路開通後壽命也不長，和清末的中路一樣，鳥道一線，旋開旋塞。三〇年代，連台灣山岳會的登山人都對此路缺乏興趣，寧可繞遠道，從六龜繼續上溯荖濃溪，到北邊的關山去翻嶺，再南下台東。日後，這條關山路遂大致成為政府開拓的南橫公路。御油山稜線是否為二〇年代的遺跡？我對此問題充滿興趣。近年來，有些史學家也熱中古道研究，因為中央山脈仍有許多未為人探出的古道，掩埋在莽莽荒草中。

一路下坡，穿過參天的紅檜、墨綠的孟宗竹後，進入肖楠的原始闊葉林。這條林間小道有二三個月沒有人跡，路面覆滿姑婆芋和其他草本植物。我們持木條不斷撥探、劈砍，仍然迷失在林心。幸好未起山霧，螞蝗與蛇類也未活動，否則勢必要延誤下山的計畫。十一月了，大部分蛇已冬眠，這時若遇到，八成是有毒的。

走了四小時，中午才接近扇平林區。一隻藍腹鷴從頂空的林枝上竄入草叢，疾走遁失。我只看到一團大黑影，懊惱不已。去冬，一個起濃霧的清晨，何華仁曾帶著兩名探鳥人，尾隨五隻藍腹鷴，走在南鳳山的林間小道。他們保持廿公尺的間距，陪藍腹鷴家族走了兩百公尺的路，時間約十分鐘。這是我聽過，觀察藍腹鷴最精采的紀錄！

六龜山水原甲蟲與蛇類之鄉

午後，我們到水塘拜訪有名的拉都希氏赤蛙。拉都希（La Touche）英國人，和發現貓熊的大衛神父一樣，都是早期探查中國內地動物的重要人物。一八九三年時，他從台南府穿過惡地形，試圖來六龜探查，結果走到楠梓仙溪的杉林就放棄了；因為瑞典的探險家霍斯特（A. P. Holst）已捷足先登，他不想重複調查，於是去了大武山山腳。昨天，在南鳳山時，我曾遇到一隻孤獨的黃山雀，落腳在大霧中的枯樹上。霍斯特是黃山雀最早的發現者，隔年病死台灣。我們因黃山雀，知道他來過六龜，也去了阿里山，但來台兩年，他還去過哪裡呢？早年的文獻並未透露更多的消息，留下一團迷霧給我們。

早期自然誌，前來六龜的博物學者中，拉都希、霍斯特都是滿清末年的人物。日據時期，六龜成了京都帝國大學附設台灣演習林事務所。聚集此工作的學者，人才輩出，毋庸贅述；但其中有位值得一提，他是著名的蝶類專家江崎悌三。一九三二年，江崎氏第二次來台採集，從台東縱走關山一線，南下六龜，有一夜搭宿事務所，在發電所的電燈下，採集迄今仍未被重視的甲蟲與蛾類。六龜山是否可比桂林，見仁見智，甲蟲與蛇類確是冠於全台。令人驚嘆的，這幾年，日本昆蟲學界仍有人悄悄來台，直抵六龜，默默從事這樁採集工作；台灣目前最好的蝶類圖鑑，還是由八〇年代的日本學者編纂而成。

先不管日本學者了，一和他們比較，就會令人汗顏羞愧。六龜也是現時國內自然學者從事中海拔動植物調查的聖地。例如李玲玲在做獼猴生態研究、徐仁修在拍攝哺乳類動物、劉燕明在製作十六厘米自然誌的紀錄片……。荖濃溪以東，象徵著我們最後的希望。沒有六龜，台灣自然誌勢必失色不少，佔台灣最廣的中海拔森林也無多少重要事蹟了。

黃昏時，走過金雞納處理場，一隻新成鳥的朱鸝站在白匏子上，旁邊有傲骨瘦立的檸檬桉。這裡是台灣最容易見到朱鸝的所在。牠也是東亞第一位探鳥人郇和筆下，台灣最美麗的鳥類。

何華仁跟我說：「你很幸運，才來兩天，林雕、藍腹鷴、朱鸝都看到了。」

是嗎？我透過望遠鏡遠眺，無奈地苦笑。朱鸝正在陽光下整理羽毛；右肩、左翼、尾羽，攤開、收攏，再逐一攤開，亮著透明的翡翠紅。啊！我寧可全台灣的人都看到牠們，認識這些一起生活在島上的稀世鳥種。

（一九八八年十二月三十日）

小綠山之歌

赤腹松鼠的對答

中午十二時半，氣溫降到二十度左右，天色陰暗，林子的視線甚差，未發現任何值得記錄的事情。蛾類、攀蜥們仍在，寒蟬確定是消失了。林子裡最響亮的是一種單音而清楚的鳥叫「滋」，猜想是冬候鳥白腹鶇回來了，但未在密林看見任何身影。

天氣雖然不好，基本的鳥種仍然都記錄了。他們大部份都在老位置活動。譬如紅尾伯勞茶火、小白鷺阿英和魚狗魯魯都在小坡池。一對白頭翁在池邊吃瑪瑙珠，牠們真是水果大王，小綠山的薯豆、姑婆芋、水麻、杜虹花等各種漿果，牠們都喜歡。藍鵲家族和覓食團體在鞍部和三叉口間的竹林活動。小彎嘴在菜畦的芒草叫著。野鴝、尖尾文鳥、斑文鳥、山紅頭等在大草原棲息。那兒也有藍鶲的叫聲，蜻蜓未發現半隻。

特別觀察了赤腹松鼠懸垂在香楠樹枝頂端的巢。它是用枯葉、枯枝黏裹在一起，由下往上看，形成一個黑色橢圓的大巢，相當隱祕。那些枯枝有不少是利用了攀附在香楠的山藥枯藤，做為巢的主要支撐。

但赤腹松鼠們並不在巢裡。第一次經過鞍部時，便發現一隻赤腹松鼠（A鼠）在竹林。折回時，那兒正不停地發出小狗細弱的叫聲，接著又有粗啞的狗叫，以及火車出發似的叫聲傳來。一邊發聲時，牠還搖著尾巴。叫了約莫十五分鐘後，竹林不遠處，有另一隻赤腹松鼠報以類似蛙鳴的對答，離前A鼠二十公尺左右。過不久，第二隻赤腹松鼠（B鼠）停止對答。A鼠繼續恢復小狗似地鳴叫，B鼠後來又回應了。但牠回應時，頭朝相反的方向，尾部也較少抬起，看來像是雌鼠的形容。仔細比對了兩者的身子色澤，就是找不到任何細微的差異，勉強覺得A鼠的尾巴較膨鬆、老化且蒼白。

半小時之後，A鼠才停止鳴叫，走向B鼠。B鼠依舊未理睬。A鼠到水同木摘枝幹上的綠色漿果吃。過了一陣，B鼠也跟著去採了。葉子被燈蛾毛毛蟲吃得一乾二淨的水同木枝幹，有些地方又冒出淺黃色的新葉子。

上述我的觀察是否為赤腹松鼠身間求偶期的對答呢？「玉山的動物」一書有如此描述可供參考；「每年三至七月是赤腹松鼠的繁殖期。尤其以五六月間為盛，此時雄的赤腹松鼠會棲坐樹上，昂頭引吭高吼，發出響亮、單調而持續的叫聲，一方面吸引雌性注意，另一方面藉以劃分領域。」今天赤腹松鼠在鳳頭山的表現正是如此的行為，但這時節並非圖鑑所敘述的繁殖期。

一九九三・一一・一八・陰

中午雨始停止。在草叢裡記錄兩隻赤胸黑腹的螽斯。大的約10 mm，小的也有 4 mm，這種螽斯鳳頭山常見。就不知是否為發出「叮叮叮」者，或者只是常聽到的「悉悉」。

白頭翁群在林冠上層活動，牠們是覓食團體的主角。白腹鶇、極北柳鶯、山紅頭等都跟著牠。藍鶲家族明顯地散開來活動。在大草原和鞍部、三叉口都零星記錄一隻。草原的是一隻雄鳥，就不知是否為輝輝，抑或是藍翅。我覺得前者的可能性較高。藍翅和白舞恐怕已離開大草原。

蜻蜓並未全部離去，在北麓林緣還記錄一隻白腹尾、黃胸黃腳之雌豆娘，在菜畔看到的則是一隻赤紅蜻蜓的淡黃色雌蜓。緣於此，相信放晴時，牠們的雄蜓應該還會出現。

台灣石楠落葉了。葉形和水同木近似的水冬瓜並未遭到燈蛾之毛毛蟲噬咬，它是鞍部目前最蒼翠的植物。

從水塔方向下山，那兒山壁的野牡丹漿果還未分裂，即已焦黑、枯萎。這方向的九節木果實則由黃轉紅了，不知白頭翁喜歡否？三角葉西蕃蓮結了許多黑色的漿果，比前些時在菜畔所見豐盈。摘了一些試吃，大一點的勉強淡出一點甜味，但實在不好吃。另外，有一種類似波葉山螞蝗的豆科，三出複葉的攀藤，葉紙質絨毛狀，豆莢成熟時，呈紅色狀，裡面有兩顆黑色種子。回去查對了學名，叫鹿藿。豆科裡豆夾有兩顆黑色種子的就屬它們，非常容易辨認。有的書說它的花是黃色，但這兒長的卻是淡紫的蝶形花。

這個區域還有一種多年生草本的菊科，前不久在翡翠水庫附近的山區看見，花期正盛開，路徑兩邊都有黃白的花朵。何華仁特別帶我去辨認。沒想到小綠山附近山區也不少，而且晚了一些，這時才盛開。它叫大頭艾納香，喜生於林緣、次生林，葉子呈橢圓形，頭狀花序，果期也是這個時期。

一九九三・一一・一九・陰雨

長腳赤蛙

中午時，烏秋偶爾會在菜圃出現，去年的紅尾伯勞阿宋大概是不會來了。

除了枯木，史因福蝸牛最愛在姑婆芋葉棲息。它的葉片上常有條形的糞便。黑枕藍鶲家族先是個別活動。有一隻雌鳥在鞍部，輝輝可能在大草原的大枯木下面之木叢棲息，而不是藍翅（連著兩天壞天氣時的記錄）。牠在那待了一段時候。後來，飛入小綠山。半小時後，三隻由鞍部陸續飛到小坡池的血桐。猜測是要洗滌。果不其然，輝輝先下去洗了七八回。兩隻雌鳥也下去同樣多的次數。有三回兩隻一起入池，另有一回則是三隻幾乎同時飛入池子。如此壯觀的場面，著實令人不敢置信。我悄悄接近時，輝輝和一隻雌鳥已梳洗結束，退到後面的密林，還有一隻雌鳥在血桐淨身。這是發現牠們淨身以來最頻繁的一次。

台灣木賊區小水道邊的那隻大溪蟹，終於爬出來露面。牠全身深褐色，關節和螯都呈棕黃色。不遠處，有一隻正在移棲的長腳赤蛙雌蛙；體型碩長，比雄蛙魁梧多了。

現在正是長腳赤蛙和拉都希氏赤蛙活動的季節，拉都希多半在林子下的枯葉叢，長腳赤蛙在草原、水塘和菜畦等地。前幾日就一直聽到他們低沉而單調的「者、者」聲，今天站在水塘時，四處更是「者」聲不斷，所有過去有水畦的地點都有。後來向蛙類專家楊懿如請教，她的描述相當生動活潑。她是如此形容的：像今天這樣甫下過雨，又晴朗無風的日子是長腳赤蛙喜歡的活動的日子。十二月時會更多。而下個月綠色的台北樹蛙也會出現。至於蟾蜍，九月時已開始交配。

赤腹松鼠在巢邊現身，似乎在修築巢之外壁，但未過多久，就躲回巢裡。感覺那巢有好幾個出入口。林子裡仍是白頭翁的天下，牠們好像暴增了不少。

菜畦這邊也有野鴝了，似乎會發出另一種「追伊」的叫聲。記得昨日吳尊賢跟我說過，野鴝的叫聲非常好聽，所以鳥店也喜歡飼養。日本人還因喉部之鮮紅色斑，給了一個美名：「紅燈兒」。那紅色現在想來還真是草原最亮麗的色澤。紅尾伯勞茶火繼續在林緣的山鹽青棲息，那兒十分接近藍鶲活動的鞍部。

小坡池邊的蜻蜓群都在，有大坡（一隻）、赤紅（雌雄皆有）、猩紅、細腹等，還有三隻細紅腹的雄蜓。菜畦上「優雅的」雌雄都在。杜松也有一二隻。紅腹豆娘不少。發現了一種長約3mm左右的紅腹小豆娘，也在小水塘附近，六至九節部份呈黑棕色，複眼紅黑各半，胸部紅色，背上有一條黑縱斑。以前在此記錄的一種近似日本學名 Agriocnemis femina，第七至十節橙腹的小型豆娘。前一種在日本蜻蜓圖鑑尚未登錄。

天氣放晴，斑龜和一種眼後有紅斑的紅耳龜都喜歡在斜木木樁上引頸，享受溫照地日曬。孔雀峽蝶、紅擬豹斑蝶和小白鷺阿英（右腳黃趾較高）、魚狗魯魯都在池邊活動。

一九九三．一一．二〇．陰轉晴無風

圓葉雞屎樹

寒流來襲，氣溫降至五、六度。史因福蝸牛消失了，各類攀蜥也未見身影；一隻非洲大蝸牛在路上被車輛輾碎。螽斯仍在草叢鳴叫，甚至看到一隻赤紅身黑腹的螽斯若蟲。

稜線上低矮的圓葉雞屎樹第二度開花了。花五瓣，小而淺白。它和攀藤的雞屎藤一樣，屬於茜草科。葉對生，無臭味；倒卵形、葉面無毛，但枝莖密披著毛茸。它的核果成熟了，跟花一樣彷彿從葉腋勉強迸出，奇異地暗藍色，這種色澤的果實鳳頭山相當少見。菜畦裡有一種叫扛板歸，也是紫色果實，頂生成團，惟色澤略淺，印象沒有圓葉雞屎樹的深刻。在寒冷而見不到多少生物活動時，圓葉雞屎樹的白花與藍果，透露著令人感動的生機。

菜畦水丁香族群，那一條條紫紅帶綠，縮小香蕉的長條形朔果已經成熟，逐一爆裂開來。無數地棕色之芝麻般小粒的種子，開始滾落附近地面；水丁香就靠它們大量繁衍，成為菜畦濕地的優勢族群。

林子裡仍有鶇科的「茲」叫，已經四五天了，身影還未見到。藍鵐家族和山紅頭在小溪溝棲息。有一陣子，輝輝一直躲在林冠上層，瑟縮著身子。大概是天冷，不太願意活動吧？這個家族最後前往小坡池，這麼冷的天氣，猜想牠們應該是不會下水的，但我猜錯了。牠們還是下去洗滌，真不怕凍著！而且，是改由血桐旁的另一棵白匏子樹下池。這次，牠們沒有星期六時洗滌的記錄次數多，不過三四回便離去。

真難得林子裡沒有蚊子來叮咬，林邊仍有琉璃小灰蝶和各種蛇目蝶、三線蝶翩翩起舞，但其他蝶類都未見蹤影。在菜畦記錄到雄的細腹蜻蜓，行動遲緩，停在青菜葉上。為何知道牠的性別，因為能非常接近，清楚地看到牠近腹部第二節上的交尾器，明顯地凸出來。要辨識雌雄同色蜻蜓的性別，似乎只有這種寒流時節，在蜻蜓們結束這一年活動的尾聲，行動變得遲緩時。

谷地上一棵香楠上的枝幹叉口，有一個黑色的大巢。走近細瞧，外頭裹以枝莖，裡面是枯葉。看來又是一個赤腹松鼠的巢。或許是廢棄的，也有可能是另外的赤腹松鼠所搭建的（有三隻赤腹松鼠一起記錄的情形），一切仍有待進一步觀察。

褐頭鷦鶯在小坡池集聚成對，叫個不停。這是繁殖期以來，很少看見的情形。最近記錄的多半是單獨一隻。牠們和白頭翁都在芒草上吃芒籽。茶火也在附近，並未理會牠們。

有斑鳩從大草原的枯木過境。第三回記錄斑鳩在那兒經過。

一九九三・一一・二二・陰

十二月◆黃碧端 篇

澄江融溶的雪

黃碧端小傳

國立台灣大學政治學學士、碩士，美國威斯康辛大學文學博士。曾任國立中山大學外文系系主任、國立中正文化中心國家劇院暨音樂廳副主任、國立暨南大學人文學院院長、教育部高教司司長、國立台南藝術學院校長等職。著作有《有風初起》、《沒有了英雄》、《記取還是忘卻》、《書香長短調》、《期待一個城市》、《下一步就是現在》等。

黃碧端寫作紀事

• 最早的「作品」是小學三年級時，被老師指派去參加台北市的小學作文比賽，因為國語課還沒上過作文，完全不知「作文」為何物，但意外得了第一名。

• 小學五、六年級時曾在學生刊物上發表過一些短詩、短文。

• 中學、大學期間，較多散文創作，大多發表在當時的《中央副刊》上。

• 大學畢業後，有十年以上時間全無創作。在美國威斯康辛大學留學期間，由於劉紹銘、瘂弦等先生的鼓勵催促，在《聯合副刊》、《中國時報・人間副刊》等處發表了若干域外書評。

• 一九八〇年返國任教於中山大學。初期較多作品是為《聯合文學》月刊撰寫之書評。一九八六年應《聯合副刊》之邀撰寫每週專欄。中山大學位於高雄西子灣，因此以「西灣隨筆」為欄名。一九九二年八月北上任職國家兩廳院，欄名改為「黃碧端專欄」。

• 除學術論文、書評及其他散論外，專欄文字十餘年來已累積成個人文字成品之大宗。

黃碧端的散文觀

散文之第一要務是求其「不散」，然後才能談其他。

散文之用，一為寫情，一為寫事。言之有物自是第一要務。此外，寫情要不落入濫情，寫事要不流於歧蔓，其要都在剪裁和組織——剪裁和組織，使散文不散，使散文可讀。

蜉蝣過客

居處近山，初搬來時才是仲春，住了一陣子，頗為不曾見到一隻昆蟲入屋而覺得納悶，以為莫非卡森（Rachel L. Carson, 1907-64）筆下的「寂靜的春天」提前來臨，各種污染和殺蟲劑的大量使用已經使小生物們從地面上絕跡了？

我並沒有猜對。五月一到，蟲虺紛紛從冬眠中醒來，開始來報到了。先是羽翼翩翻的大小飛蛾，繼則是頭角峥嶸的各色甲蟲，入夜屋裡亮起了燈，牠們便攀附在紗窗上伺機棄暗投明。成功的那些，進得屋來，或繞室彷徨莫知所止，或盤據一點瞑然入定，更多的則是在燈下打轉，時時和燈罩碰撞，咚咚有聲。數小時後便見陳屍處處，盡成投火的烈士。

以為這些撲火的小生物真在完成什麼壯舉，自然是人類自己相當一廂情願的想法。生物學家早就發現，飛蛾的自焚，不是因為牠想投火，而是因為牠視網膜上的落光點一定要和光源保持一個角度。飛蛾因此便得一邊飛行一邊隨光源的位置調整方向。其結果是，牠的航線畫出來剛好是一個投向光源的所謂「對數螺旋」（logarithmic spiral），以自焚為終點。死的其實是莫名所以，卻讓人類羅曼蒂克的聯想得到一個附會。

沒興趣撲火的那些小蟲，常常便成為我書桌上的訪客。對於我這樣一個難得在凌晨兩、三點以前就寢的人來說，這些訪客真是眾人皆睡之際的最好伴侶。訪客中最饒趣味的是一種小指甲大小的甲蟲，背上鑲著翠綠的圖案，像極一個小小的盾牌，眼睛則細小如粉粒，嵌在三角小頭的兩側，頭上還頂著兩根天線。這小蟲既不畏人也不擾人，來時只是靜靜的沿著你的書本或紙張的邊緣，划著細細的六隻長腳游走，偶爾停下來定定看著人，也有時搖動它的「天線」，彷彿有什麼信息要傳遞。……這樣週旋過幾個小時，往往使你明晚坐在桌前時不免忽忽如有牽掛，期待也許牠該再出現，然而等你搬動過幾本書，往往便發現牠蜷縮在一角的屍體了。有時隔一兩天又有同樣的小蟲來逡巡，雖明知無非是牠無數同類中的一隻，且也不免隔日便要遭到相同的命運，卻還是教人每看到一樣的小綠甲蟲頂著牠背上的小盾牌出現在桌上，便覺得是同一個小友在殷勤探看。

小綠甲蟲的生命週期大約就是幾天而已。這些小東西是真寄蜉蝣於天地，想來總沒有長命的。常常駐足在我的燈罩上的還有許多出奇漂亮的小飛蛾，牠們的羽翅有的金光閃爍，有的花紋斑斕，使人暗詫造物者必然是個精力無處發洩的藝術家，再不起眼的小生命也可能寄託了他最精密絢麗的設計。

然而，再精密絢麗的設計也每每在人間只得瞬間的逗留。（那大匠，這樣揮霍著祂的創造力！）在這並不寂靜的春天裡，不為投火的壯烈，也不為和一個夜讀的陌生人寓目交會的片刻牽掛，無數的生命乍明旋滅，也許只為妝點這世界的一點有情吧。

（一九八六年六月一日）

時光的聲音

馬佛（Andrew Marvell, 1621-1678）的一首名詩，寫給他的矜怯的情人，說倘若世界無盡時間無窮，矜持便不成其為病，「我的愛，縱然早於天地之始，你也可以一直拒絕到末日。」這多情的詩人，說他並不在意他的癡愛綿長成幾千年，用來一一讚美過情人眉眼身體的每一部分，最後一個世代才終於到達她的心。「可是」，詩人峰迴路轉，圖窮匕現：

背後我總聽得
時光之神駕著有翼的馬車
飛馳而來：
在你我前方遙遙橫亙的
卻是永恆的無邊荒漠。

在那「荒漠」，詩人預言，美貌消失，歌聲歇止，固守的貞節無非饜了黃土下的蟲虺，而情愛成灰。

所以，馬佛要他的情人，語氣一邊是要脅一邊催促，「當青春在你的容顏留駐如朝露」，當熱情正熾，且及時行樂吧，「以歡樂衝決生命一扇扇的鐵門。」

時間轔轔的馬車如飛而來，我們都聽到它的聲音了。兩千年前的一個不知名的詩人，也許在長安市上，也許在洛陽酒坊，不也曾聽這聲音而覺人生如寄，興嘆「不如飲美酒，被服紈與素」麼？然而，一個類似的感悟，有時會導向兩個完全不同的決定：在哀生之須臾的同時，有人要及時行樂、美酒紈素，有人則要發憤上進惜取寸陰；正如同樣了悟了繁華易逝，賈寶玉選擇的是斬斷情緣，遁入空門，甄寶玉卻要立志功名重整家業。

有人不僅看到人生如寄，時光的馬車轔轔而來，且看到整部人類文明的大歷史也只是西移之日，黑暗等候在盡頭。近代美國詩人麥克里希（Archibald MacLeish, 1892-1982）。曾把一首發歷史之悲情的詩冠以這樣囂張的題目——〈你・安德魯馬佛〉（You, Andrew Marvell）。詩裡，西風殘照一寸寸被夜色取代，漸長的日影自古波斯、克里特，一路掩襲而過北非南歐。——「終至夜沉，地面再無低垂的慘淡的光，海上也無長日照耀。」對於時間，人能做的，麥氏覺得，不過是：

在陽光下俯身

去感覺那快速而隱匿的
夜的陰影來臨……

這首詩，和馬佛的關聯也許在隔代的兩個詩人都同樣感受到時間對人事的無情。在對抗這無情時，馬佛想抓住短暫的歡樂和青春，麥克里希卻看見歷史終點的沉黑，連悲願也不暇抒發。「你，安德魯馬佛」，怎麼了呢？「永恆的無邊荒漠」籠罩著的無非是夜的陰影麼？

如果也給那位勸人「莫待無花空折枝」的詩人寫這樣一個回應，「嘿，杜秋娘」也許是個醒眼的題目。

卻說什麼呢？

我們比麥克里希領會過更多興衰的滄桑，知道空枝也許再發花，黑夜過後仍有黎明。可惜這似乎不是那要人惜取少年時的詩人所關切的。一樣的感悟總帶來不一樣的決定。

（一九八七年七月二十六日）

愛憎童蒙

小孩可愛，大多數寫小孩的文字都在歌頌他們，讚美童心純真無邪等等。寫的人的出發點大約和歌頌星光、鮮花、青春……一樣，愛的是這些東西表相的純美可喜，至於童心裡頭真有些什麼，說時恐怕未必想到。

其實，所有成人可能有的東西，小孩的小小的心裡必也一應俱全。因此小孩也是可怖的，他們是所有不可知的未來的決定者，純美的表相之下隱藏著無窮盡或善或惡的可能。

當然，小孩還別有可憎處。「烏有市」的劉紹銘教授有過名言，說不曾為人父母的，沒資格寫小說，因為「還沒有真正經歷過人生的苦難」。他自己，在我所熟知的人當中，是對小孩的喧鬧最深惡痛絕的一位。小孩的惹嫌自古已然，《紅樓夢》時代禮教豈不森嚴，第九回書塾裡代儒不在時諸童打鬧的一場好戲，恐怕即使主張自由放任的育嬰專家司潑克（Benjamin Spock）看到，也要搖頭咋舌。《東坡集》裡有一個對付小孩吵鬧的辦法：「塗巷小兒薄劣，為其家所厭苦，輒與數錢，令聚坐聽說古話。」這段話，不但為當時的街巷說書留下了一個難得的記錄，也證明童心自來就是「不古」的，戲嬰圖裡那些肥嘟嘟、一團和氣的小孩，是千古年來大人們從沒有實現過的夢。

小孩的可愛並不保證他必得人愛，他們這樣無可避免的「薄劣」，又是鮮花似的柔弱，一旦落到不是自己父母的大人手裡，會有什麼境遇真是全憑機緣造化。迭更斯、雨果筆下那些苦兒並不全是寫來賺人眼淚的，人世間的孩子落到那樣境地便會有那樣遭遇。我們在說孩子可愛的同時，實在未必想到自己真面對一個小孩時會有多愛他。

文人當中特別喜歡小孩和特別「厭苦」小孩的都有。前者如寫《愛麗絲漫遊奇境記》的路易斯卡羅（**Lewis Carroll, 1832-98**），後者如去年底過世的英國詩人拉肯（**Philip Larkin**）。卡羅一生結交了無數的小朋友——差不多都是小女孩。有四十年之久，他在任何場合看到美麗的小女孩便千方百計找機會認識她們和她們的父母，邀請小孩們去散步看戲，家裡則搜集了無數動物、玩偶、音樂匣等玩具來取悅她們。日後成為不朽之作的愛麗絲故事，便是他說給他最鍾愛的一個叫愛麗絲的小女孩聽的故事發展出來的。拉肯則正相反，「小孩都是可怕的」，他說，「他們無非自私、吵鬧、殘忍、粗俗的小混蛋。」生命對於他，只是一代代把悲慘傳遞下去，有一首詩裡他便勸人「及早抽身，莫留後患」。他的生前摯友小說家金斯萊艾米斯（**Kingsley Amis**）的兒子馬丁艾米斯（**Martin A.**）最近有一篇追記他的文字，記述自己從四、五歲時開始和這位冷峻無趣的父執交往的印象，讀之使人莞爾。

巧合的是，極喜愛孩子也罷，極不喜歡愛孩子也罷，卡羅和拉肯有許多相似的地方：兩人都口吃，生性羞怯，有反社會的傾向。拉肯是戰後英國最重要的詩人，卻曾拒絕了桂冠詩人的榮銜。他的飯桌前據說從來沒有過一張以上的椅子，因為生怕有椅子坐，客人會留下來吃個便飯。卡羅則有時刻坐立不安的毛病，使得他幾乎不能有正常的社交，只有面對小朋友時他才諧趣自在。

兩人更大的相似是，他們都終生未婚。固然也各自有他們的理由，但，也許，識得了孩子的真相——不管是最可愛的還是最不可愛的——也就臨近了生命的真相；這，使人在面對由自己來延續生命的可能時，會悚然心驚裹足不前吧。

（一九八六年八月三日）

寂寞

偶然翻到元初書法大家鮮于樞（1257-1302）的行草，「山僧獨向山中老，唯有寒松見少年」。字雖是走雲連風，氣勢磅礴，觸目卻教人看出大寂寞來：即使心如止水的山僧，也有他的青春歲月，也有他的盛年，然而朝顏瞬息，只有寒松獨見；人，只是悠悠地老去。

這樣的寂寞，也透露在陶淵明用最平靜的語氣描寫墟里之人「相見無雜言，但道桑麻長」，或抒說自己農事稍歇，「長恐霜霰至，零落同草莽」的時候。熱愛田園如陶淵明，如果周圍的人相見但道桑麻，唉，你要原諒他的寂寞，桑麻之外柴扉長掩的寂寞，知道日月擲人而去，人事轉瞬零落的寂寞。

所有的繁華都有歇盡時的冷清，熙攘的人群裡也會有大寂寞。然而有一種寂寞是剝盡了繁華的結果，選擇了這寂寞的人，只是義無反顧地，把生命典當給它，從換得的寂寞裡咀嚼出苦澀的創作動力來，看奧基非（Georgia O'keeffe, 1887-1986）的畫就給你這感覺。奧基非無疑是美國最重要的畫家之一。然而她也是一個把半生埋失在新墨西哥沙漠的滾滾黃沙中的女子。她用最明麗最女性的色彩同時捕捉這野地裡盛放的生命和赤裸裸的死亡——一邊是逼人而來的花卉，飽蘸著活力；一邊是血肉全銷的動物白骨，以空洞的眼眶，看著大千。——她的筆觸，介於一絲不苟的寫實和意在畫外的象徵之間。寫實的部分，我們都看懂了，象徵的呢？是剝去了文明的外衣後，獨對生命真相的探索麼？還是調和生死兩極的努力？我們也確實不難在她的畫中看出盛開的花朵和枯骨之間相似的地方。

然而奧基非的繪畫世界裡並不容納人事，連道桑麻消長的人事也沒有，她選擇了滾滾黃沙的大寂寞，讓那寂寞成就她獨特的美感，完成她對生命的詮釋。

似乎鮮于樞和陶淵明都比較自憐一些，也可能是文學比繪畫容易自憐。然而寂寞本來既可能是對一個空寥景象的表面解釋，也可以是主觀的自我感受。我們以為寂寞的黃沙，對奧基非也許充滿了繁複的意象和探索的可能；我們以為回到田園樂在其間的陶淵明，卻自有他「鳥獸不可與同群」的孤獨失望。史載鮮于樞「晚年懶不耐事，閉門謝客……以研讀終其身」。鮮于樞其實只活了四十五歲，所謂晚年，還是許多人的少壯，他畢竟也是那選擇了把生命典給寂寞，從中咀嚼出苦澀的創作力的人。

（一九八八年六月二十六日）

沒有了英雄

這是一個英雄失去名字，偶像紛紛從基座上傾頹的時代。

二次大戰的英雄如艾森豪、蔣委員長、麥帥、佛朗哥，都逃不掉身後立場分歧的評價。一場官司口角、一番新聞追擊，要拉下多少場面人物，證諸眼前日日在發生的事例，更是難以預測。

這樣的現象，直接的後果是，我們失去了對人的信念。而沒有英雄就跟沒有信仰一樣，是價值崩潰的徵兆，人的原始本能和利害考量，在這時代替了聖賢的規矩尺度，使得朱紫難分、啼笑兩非，在責備和寬貸之間我們也同樣失去了尺度。

當然，樂觀地說，價值崩潰也是價值重建的先兆。固有的忠孝節義、騎士精神等倫理規範，在某一個意義是對人的生物本能加以理性演繹和社會制約的結果。這些價值的崩潰，因此也可以視作是人開始從自己的生物桎梏和外在制約得到了解放。

然而人何嘗是真能解放的呢？人不崇拜民族英雄之後轉而崇拜載歌載舞的演藝明星；不崇拜經濟大儒後轉而追隨股市乍富的新貴；「解放」了對父母的孝道的人民，把所有的孺慕之情一古腦轉移給了「毛主席」……，我們恐怕抵賴不了，人，有極大的成分還是巴伏洛夫（Ivan P. Pavlov, 1849-1936）心理實驗裡的狗，從來沒有能逃過內在本能和外在制約的預期結果。

因此，在看到所有的權威都面臨挑戰，所有的英雄都岌岌然要失去他們的名字的時候，我的感覺不能不說是憂喜參半。我樂見人從習而不察的局限中覺醒；沒有這樣的覺醒，各種僵化的教條規律會成為自我腐蝕的根源。但另一方面，人類當中不需要英雄或有能力否定英雄的其實只是極少數，大多數人在高喊打倒的同時，其實是渴望有英雄可以追隨的。那麼，在我們的時代裡，舊有的權威或英雄被打倒之後，能夠取代的英雄在那裡呢？芸芸眾生真要到舞台、股市、黑道以及肢體取勝的街頭抗爭中去尋覓他們的英雄嗎？

歷史上，最大張旗鼓發揚英雄崇拜情結的，大概要算是英國的卡萊爾（Thomas Carlyle, 1795-1881）了。在卡氏著名的演講集《英雄與英雄崇拜》（*On Heroes, Hero-worship and the Heroic in History*）中，這個極端的英雄膜拜者認為捨英雄無歷史，因為歷史全是英雄創造的，是英雄為我們找到了秩序（order），有了秩序，才帶來了和平和紀律。

卡萊爾未嘗沒有他的道理。問題是，卡萊爾也是對當時正急速發展的工業主義、物質崇拜和民主浪潮極度排斥的人。而他自己，則終其生都在與貧困和病魔奮鬥。這當中透露出來的訊息也許是，卡氏一方面已經預測到了物質主義和民主體制正是摧毀傳統英雄的利器；另一方面則因為自己不幸的境遇而對不世出的救星格外懷著希望。

假如我們還可以往前推衍的話，那就是，在距離卡萊爾一個多世紀後的今天，時代證實了卡萊爾是對的：傳統英雄在一個工業化和民主化的社會中會越來越無容身之地。可是，卡氏所不曾預見的卻是，這樣的社會正是因為有前代的英雄一一鋪路，使得困蹇不再是我們得日日面對的常態之故——倘若我們都像卡萊爾，貧病如影隨形，說不定也就會像他一樣仰望英雄、膜拜救主了。

攘臂高呼的群眾其實多半是英雄主義者，在他們對英雄的排拒和尋覓之間，既印證了卡萊爾的體悟，也說明了他的體悟的根由。

（一九八九年十月十五日）

孫將軍印象記
——兼記一隻箱子

孫立人將軍在十一月十九日告別了他充滿傳奇的一生。

前年夏初，我曾因偶然的機緣見到孫將軍，得半日的盤桓閒話，此時寫下來，也許聊可作為一點歷史註腳和對孫將軍的紀念。

先翁和孫將軍是清華的同學，在校時少年意氣相投，曾一起組隊打籃球，且結拜為兄弟。先翁來台之初因此曾在台北的孫府小住，有一隻大皮箱當時便留在孫宅。其後不數年，孫將軍被黜，形同幽囚，三十幾年間整個世界都失去了他的訊息。這隻留置孫宅的箱子，先翁自己都可能忘了，先翁過世後，晚輩更無一人知道。一九八八年的春天，忽然親友輾轉傳話，說孫立人將軍有電話，希望我們去取回一隻先人的箱子，了卻他一樁心事。外子和我因此在那年暑假驅車台中，按圖找到向上路孫府。

當時為孫將軍平反之聲已漸起，這也許是他開始較能和外界聯絡的原因。我們到時，應門的人，據後來將軍告訴我們，也已經是保全人員而不是治安人員了。

應門的大漢進去通報，我們在院落裡等著。我想起水晶寫張愛玲，說見到張愛玲，「諸天都會起震動」。手無寸鐵的張愛玲使諸天震動，曾經統率大軍屢建奇功的孫將軍，出現時「諸天」又當如何呢？我在等候的那一兩分鐘裡，心情是好奇，也不無一種伴同期待而來的忐忑。

然後孫將軍從庭院一端的小徑走過來了。不，我當時並不能確定是不是他，因為以一位年近九十的人來說，他是極挺拔而步履安穩的。然而，是孫將軍，遠遠地帶著微笑走來，諸天並沒有震動。孫將軍彷彿完全忘了自己的彪炳功業，眼前只是一位清雅而祥和的老人。他穿著格子襯衣，米色長褲，腳上穿雙跑鞋，是非常輕便的打扮，他的臉色紅潤，幾乎沒有什麼老態。在隨後的二、三個鐘頭裡，我發現我早先注意到的微笑，其實是他面容的一部分——一個你也許期待他不怒而威的將軍，結果竟是不笑時也永遠有一種和悅如微笑的神情。

孫將軍仍有極好的記憶。先翁少年的事情，小輩們都不甚了了，將軍談來則仍歷歷在目。他提到同期幾位一起打球的朋友後來結拜為兄弟，先翁長數月，是老大，將軍居次。那一屆的清華同窗人才濟濟，聞一多、梁實秋都是。當時清華是留美的預校，這些人後來也就同時赴美，但各進了不同的領域。

孫先生住的是日式宅院，屋裡放著唱機，他說年紀大了，看東西吃力，日常還是聽聽音樂的多。屋角的一隻凳子是象腿做的，我笑問是不是將軍從緬甸或印度打來的，他說是啊，本來是一對。另一隻我竟不記得他說下落如何了。他又領著我們看了屋裡各處，有一個小神龕，他說是太太拜佛用的，樓上還有一個，說著轉頭問我們：「你們信不信教？」我們回說都沒有宗教信仰，他於是放心說：「我也沒有，我只信這裡——」他說時把右手貼在左胸上。

走過一大櫃書時，孫將軍停下來說，這些書是當年撤退時一路運來的，我正考慮捐給清華大學，那是我的母校嘍，但不知他們能不能安頓一個好地方，這些都是善本，隨便放著，壞了可惜。——那櫃裡都是宋明版的線裝書，渡海來台時將軍正當叱咤風雲的盛年，但是，持劍的將軍並沒有忘了書，我一直聽說孫將軍中、英文根柢很好，從他對那一櫃書的牽掛，也許也可以看出性情的一斑。

當然，談話並沒有觸碰到「孫案」，外子只試探地問，這些年，心情一定很受影響吧？將軍看了我們一晌，淡淡地說：「歷史一定會還我公道的。」我不知道他是寧願這樣相信，還是對歷史的公正有這麼大的信心。他顯然正急切地要在餘日中把惦記的事情一一清理好，包括那一櫃想捐給清華的書，包括那一隻要我們來取的箱子。對瑣事尚且如此一絲不苟，對於事關他一生榮辱的兵變案件，他能淡然到什麼程度，當然不是我們一次晤面淺談所能觀察到的。歷史也許會使真相更貼近真相，但歷史卻也可能使是非判別的角度扭轉。孫將軍極在意自己的清白，我卻忍不住要生出一點淘氣的想法來：歷史會不會雖然證明了孫將軍的清白，卻又顯示他為了清白而作的倫理堅持並沒有絕對的意義呢？孫將軍的悲劇無疑在這裡：他為忠誠受疑而付出代價，在生命中其他的榮耀都被剝奪之際，他唯一在意的是要證明自己的忠誠。歷史還報他的，會不會是類似岳武穆的史評，使他贏得了尊敬，但否定了他的忠誠的絕對意義？這問題，也只有歷史能回答了。

孫府的後院種了不少花草蔬果，孫夫人指點給我們看各是些什麼。顯然花草多數是她在費心照顧。那隻成為隔代緣會的引線的大箱子就在後院的儲藏間裡，兩位「保全」人員幫忙抬出來，箱子厚重，生鏽的鎖也無鑰匙可開，先翁隸籍陝西，孫先生看著箱子開玩笑，說這箱子看來還是陝西牛皮做的呢！但我們卻疑惑，這箱子，沒有任何名牌標記，蒙塵鏽垢的程度顯示三、四十年間沒有人啟動過，其間將軍自己又經過天翻地覆的大變動，家當都是別人安置他時一併「移送」的，怎麼證明是該我們取回的呢？但將軍堅持，說我不會記錯，這是陝西老牛皮做的箱子。兩名保全人員建議把它撬開看看，其中一個隨即去拿了起子槌子來——我想他們的好奇程度可能尤甚於我們——將軍仍說不要不要，完整地帶回去再處理，你父親怎樣交給我的，我就怎麼交還你，他對外子說。

我們於是一路帶著這隻「陝西老牛皮」的大箱子回到高雄，找鎖匠剪斷了鎖。裡頭這樣重，竟只是些尋常鍋盤碗碟，已經發硬的衣物，還有一頂蚊帳。一直到找到一截先姑過世的輓聯，才終於證明這隻箱子果然是該我們領回的。這隻箱子想來是先翁來台時匆促間胡亂填充就帶著的，後來過孫府小住，發現裡面並沒有什麼需用的東西，便留置下來沒有帶走，可能日後自己也完全忘了有這隻箱子。

然而，這隻箱子，在孫將軍心靈顛沛的歲月中跟著他謫遷，上面雖然沒有任何標記，他卻清楚地記得是誰的東西，而在終於能夠有限度地跟故人通音訊的九十高齡，他要箱歸原主（即便只是原主的後人）。

我想起蘇格拉底飲鴆前不忘向鄰人借過的一隻雞，但是，才借的雞容易記住，我不能理解的是，孫將軍如何在三、四十年間牢牢記住別人不經意留下的一隻破箱子！

自古美人如名將，不許人間見白頭，從前讀到這樣的句子，覺得對孫立人將軍特別適用，也許因為他彪炳的勳業和煥發的英雄形貌同時喚起我們對英雄和美人的兩種珍惜之情，而英年被黜，使他意外地在老去的歲月裡維持著英雄不老的形象，像濟慈或雪萊，在生命光燦之際離場，或者像岳武穆，把壯志未酬的遺憾留給世界，從此再不老去。

因此，我不能不說，意外地有一個機會去看孫將軍的時候，我固然有一種去看一個英雄的期待，我也因為終究要面對英雄白頭而有一絲不忍和遺憾。然而，原來老去的英雄仍可以極動人，這卻不一定是我先前所曾想到的。告別時，孫將軍殷殷送到門口，說下回你們來，也不必約定，我除了上醫院檢查以外，總是在家，你們有時間就來便是。我們唯唯，卻因路途遙遠，且也知道九十高齡的人不一定禁得起太多訪客的攪擾，因此始終沒有踐履再訪之約，隨後不久看到各界為孫將軍祝九十大壽，盛況足可視為非官方的平反，將軍重新出現在眾人面前，也許百感交集，也許，對歷史的公正更增了信心，減低了憾恨吧。

然而我終也不敢說孫將軍一定有怎麼樣的憾恨，有時想起見到他的情景，輪廓有點模糊了，那彷彿成為表情的一部分的微笑卻是極度鮮明，還有他以手按胸，說自己不信教，「只相信這裡」的神情。許多英雄人物，在極度失意時都以宗教力量來幫助自己度過難關。在這一點上，孫將軍是勇者中的勇者，這樣的勇者不待宗教的天國迎接，人間最終的是非便是他所信仰的天國，當他說「歷史一定會還我公道」時，恐怕便是以一種宗教的虔誠在講吧。

如其然，走進歷史的孫將軍也就無懼地走進屬於他的國度了。

（一九九〇年十一月二十五、二十六日）

散文教室

作品導讀

導讀者：石德華

1 林文月篇（作品30～56頁）

林文月的文化思維混融而多元，陳芳明教授評林文月的散文書寫匯集三種不同的文化氣質：「一是台灣歷史的餘韻，一是中國傳統的薰陶，一是日本文化的流風」。在她的學術生涯中，曾為學界帶來的盛事，也是最大的自我挑戰，應屬花費六年時間翻譯典故繁多、行文迂迴纏綿的日本古典名著《源氏物語》。

念大學時，臺靜農老師嫌她的文筆過於流麗，教她要往平實的方向努力：「文章要澀一點，像吃橄欖一樣，才能越嚼越有味道」，她在文章中也提過，自己寫作曾喜歡鋪張緣飾，鉅細靡遺，中年之後，寧取平實而不慕華靡，除去枝枝節節，比較注意篇章結構與布局韻律。她主張散文的寫作經營安排是必要的，但最高的境界還是要經營之復返歸於自然，所以她的散文仍運用意象，但都自然而無痕跡，有意似若無意。

林文月的散文風格溫婉典雅，情感內斂節制、節奏舒緩從容，文字雖經營平淡自然，但筆下每每呈現醇厚人情，琦君評其：「平易中見情趣，樸實處透至情」，為寫實與抒情融鑄標新的體式。

不過，林文月散文最耐讀之處，在於她對人事物理之種種興悟感懷所呈露出的，變常之間的生命觀照，以及同胞物與的溫厚胸懷，擺脫單純抒情與一味說理，林文月往往將思辨至體悟的過程，鋪陳得精確細微，使細膩的感受與迂深的思考都分外清楚，作品調融感性與理性，「情致中有理趣、理智中有情致」。

用研究學術的精細樸素「烹小鮮」，林文月的《飲膳札記》非常醒目。全書都是庖廚之事，每一篇散文就是食譜，她放慢文字速度，用繪畫的「工筆」、電影的「慢動作」，翔實呈現佳餚完成的每一步驟，讓人感覺，每一道美食都像一個生命個體，由蘊釀而成長而完成。但食物僅只是媒介，「婉轉附物，怊悵切情」她無限珍惜與感傷的是每一道食物背後，相關的人事變化和聚散記憶。

〈溫州街到溫州街〉用素淡的描繪，勾勒素所敬重的兩位老師之間的友誼。真正厚重的情感，通常不必借得形式，臺靜農先生與鄭騫先生「六十年來文酒深交」而多年並無往來，溫州街到溫州街雖近亦遠；那一日，小費些周章才得的聚首場面，場景何其簡約、文字何其素樸，但那一生相惜，奇文但得知音賞的喜悅相得，卻靜靜釀成一股厚重無比的情感張力，溫州街到溫州街，從來就不存在距離。文章呈現上一代學者的醇厚風範，也一併展現那個遠去年代師生情感的典範。末段作者親自再由溫州街走到溫州街，將全文一體收合，當她定神凝睇間，時空真幻交錯，無常與永恆互疊，感傷幽幽漫升，然而「談笑親切」、「春陽煦暖」二句，適度斂收化轉悲意，使文章仍在對可敬師長溫馨的舊憶中結束而情意深遠。林文月用節制的情感、不疾不徐的筆調書寫傷逝的題材，令人低迴不已，真切而雋永。

〈江灣路憶往〉選自《擬古》散文集。林文月的散文一向被稱為「正統」，但她卻常有實驗性嘗試，以變換作品不同風格與形式，「擬古」散文系列就是刻意摹擬古今中外十四篇作品，而創作的十四篇擬古新作。〈江灣路憶往〉擬蕭紅的《呼蘭河傳》，都採空間敘述手法，《呼蘭河傳》以一個小城為主軸，〈江灣路憶往〉則以一條道路為主軸，向四方作幅射狀延伸，介紹周遭環境，並追憶往昔人事，筆觸樸淡，字裡行間卻輕輕逸起薄薄的感傷。

2 王鼎鈞篇

（作品69～87頁）

王鼎鈞對文學觸角多伸，寫詩、寫評論、寫小說、寫劇本、寫作文理論，但他最鮮明的標誌仍是散文，他也把自己「最後定位於散文」，一九七七年曾獲選「當代十大散文家」。王鼎鈞寫作逾半世紀，著作冊數直追創作年數，創作力十足豐沛。他的人生三書以幾百字雋秀迷人的小故事，包孕耐人尋味的人生哲理，是七〇年代膾炙人口的暢銷書，校園內幾乎人人必讀，被譽為「最短的文章，有最多的讀者」。

王鼎鈞有「散文魔法師」之稱，在寫作世界永遠年輕永遠有試驗精神。他一再挑戰文體的新貌，跨越文類，融各種技法於一爐，擴大散文的藝術能量：比如他有時在你面前說理，有時在文字的背後說理，你只看文字就會錯過深意，比如他的說理一向指引人性光明面，但是他也豁出去似的，寫出一本以他畢生經歷、體驗解出「人生黑暗面定律」的書，比如他創寓言體哲思散文，也可以用文學語言教人認識宗教境地，比如他寫詩化散文，也用小說戲劇的敘事技巧融入散文的格局，比如他理性說明的作品締造了佳績，過幾年，感性抒情的作品又能再造高峰。隱地說他：「登上天梯，把散文視野又拉大了天地」，張騰蛟則說他：「把中國文字的功用發揮到了極致」。

王鼎鈞的語言風格以曉暢凝鍊為基調而展其千姿百態，已過世的作家黃武忠曾以「從容中有嚴密，精鍊中有變化」二句形容王鼎鈞的文章。從容，因為視野寬闊；嚴密，因為講究章法；精鍊，因為運用文字的純熟；變化，因為他不拘格套。讀王鼎鈞的作品，感覺是一位洞明世事的長者，以慣看秋月春風的意態，正娓娓對你叮嚀囑咐或教誨指引，當他在說故事；尤其是訴說自己故事的時候，經歷特殊、意象鮮活、情感真切深沉，令人盪氣迴腸。

〈對聯〉一文選自《左心房漩渦》。「左」，暗指左派，象徵故國；「漩渦」，指翻攪、掙扎，指他對故國山河的情思越漩越深，難以自拔。這本書是王鼎鈞抒情散文的代表作，一九八八年出版即獲許多獎項，雖是散文集，但「從頭到尾是一篇文章」，只有一個主題——去國懷鄉。書中的「我」鮮明強烈，「我」的心路歷程就是全書進展的脈絡，但這個「我」並不是作者個人，而是遭逢離亂世代，千千萬萬背井離鄉中國人集體的辛酸與堅毅，那是一個「大我」。《左心房漩渦》由一己際遇的悲愴反映巨大的時代苦難，營運出悲壯蒼涼史詩一般的意境。〈對聯〉屬書中第四單元的作品；也就是心路歷程由酸楚、憤懣、疑惑轉為篤定寧靜之後的「澈悟」階段；文中的黃河具象徵作用，透過對黃河的批判表達對中國的思索與情感。不負責的黃河帶給中國人這麼大的苦難，我們還需歌頌它嗎？作者設下一個深沉無比的質問，再經由冷靜清明的思辨，給予一個真理性的答案——「偉哉黃河，豎高了是天柱，鋪平了是地維」，每個民族都有自己命中注定的的天柱地維，經歷民族大難血的洗禮，及傷痛後理性的爬梳反省，「我」超越傷痛與尖刻，獲得信念的重建。「對聯」是本文引子，也一向是「中國」的象徵，老夫子以小個人疊映著大時代，三幅下聯象徵三種還鄉的心情，多用排比類疊句式使情感深刻、行文富節奏感，幾處形象化描寫，使意象分外分明，這篇文章充滿藝術表現手法。

〈崔門三記〉選自《看不透的城市》。王鼎鈞定居紐約，以異鄉人的心眼細微觀看這個豐富多元城市的種種，本文透過華人子弟的就學，顯露中西文化的差異及美國校園內關於種族膚色的對待問題，王鼎鈞依然用他的「談話風」在敘述，但不難由他冷靜幽默的筆調中，感受到一片蒼涼辛酸。在異鄉，都是流浪，流浪者總有其不同形式的茫然，王鼎鈞一生漂泊，他說會離開家鄉的人都因為背後有根刺，大陸有刺，台灣的那根刺更長，而美國是他想遺忘以往的「空門」，他慣看世事的恢宏豁達底層，仍有抹不去的一絲淒冷。

王鼎鈞曾說，時代像篩子，篩得每一個人流離失所，篩得少數人出類拔萃，大半流離的他，站在自己這句話之上。

3 簡媜篇

（作品96～122頁）

簡媜，當代台灣散文不可忽略的名字，崛起於八〇年代，是一個深具開創力的作家。學生時代即以《水問》一書展露文學才情，從蘭陽平原到台北盆地、從靈慧少女到女性自覺、從不婚主義到新家庭主義、從世間情愛到島嶼關懷、從《水問》到《好一座浮島》、從灑紅絲綢到黑色麻衣，經由歲月的淘洗，她的散文題材隨關懷視角的不同而不斷超越舊我、開拓新境。她一本本主題式的著作，都是一個個生命議題的解答，可以完整銜接出小我的生命歷史，同時也記載在歷史一段特定時空下，台灣這個島嶼橫切出的種種世相。一九九九年，《女兒紅》一書入選「聯合副刊」評列「台灣當代文學經典三十」之一，簡媜是最年輕的獲選作者，入選原因為「新風格的實驗與創意上的成就有目共睹」。

簡媜的散文意象繁複，語言接近於詩，想像深富魅力，對文字的試驗遊走文法邊緣而渾然天成，散文風格靈動多變，可以穠麗、詼諧、嘲諷、浪漫、清奇、寬闊、豪壯……，跳脫閨閣格調，表現中性風格。她甚至可以因應內容決定語言風格，比如以穠麗寫青春短歌的《水問》，以空靈寫見性悟道的《只緣身在此山中》，以溫暖樸實寫捕捉鄉音的《月娘照眠床》，以詭豔寫對女性命運探問的《女兒紅》，以滑稽中帶悲憫寫都市觀察的《胭脂盆地》，以嚴厲嘲諷寫社會觀察的《好一座浮島》，她自述：「我的散文性格多變」，「這是沒有辦法刻意去營造，是自然而然的一種型變」；台大何寄澎教授評論簡媜作品的語言腔調：「一是具有濃厚女性陰柔氣質的美麗之音，一是逸出閨閣氣習……變幻多姿而悉歸於寬厚莊嚴的溫煦之音」。

〈漁父〉是一篇悼念父親的文章，以對第二人稱傾訴的口吻寫成，敘述腔調近於對戀人的傾吐。開篇第一句「父親，你想過我嗎？」呢喃即似戀人絮語，至於企圖要求承諾肯定而不斷問索試探，彼此十分在意卻始終壓抑的情感，以及對方總是恰恰閃偏角度的失落的相尋……，都是作者刻意透過這些鮮明的愛情的形式，道盡十三載愛怨夾雜、若即若離的父女情感。簡媜對父親存有一份複雜的感情，這份感情因父親的早逝，在現實生活無法驗證而更形複雜，空缺的「父親」的位置，因時空距離添注了浪漫的成分，而且相較於親情的與生俱來，簡媜的父女親情必需跋涉探詢艱辛如此，貌與神都更近於愛情，全文因之而父親一如戀人，纏綿的戀慕繚繞不休，感情上呈現一種超越的美感。

「一半壯士一半地母，我是這麼看世間女兒」，用簡媜《女兒紅》序文的一句凝注女性角色，其中生命情境墜深淵無悔不回，最為主觀強悍、大氣壯烈的莫過——母者；換個角度看，母者實可看作所有女性形象的總合。

簡媜對女性角色有極為細膩敏感的觸覺，〈母者〉一文賦予母者深具苦難與永恆悲憫的象徵，「引領生者亦安慰死者，呈現平安的秩序」，是指揮宇宙的最大力量。全文以信眾朝山貫串，以母愛聚焦，三個母親分別擔負的子離、子病、子亡故事穿插，運鏡如電影、敘事如小說、意象如詩，大量形象化書寫充滿渲染力及綿細無邊的感動力，其中甘冒神諱自作主張在懺悔文末加上女兒名字，以及「我願意」那一段詢問，主觀、決絕、剛健全然就是「風蕭蕭兮易水寒」況味。

簡媜的文字有時令人驚豔到幾近虛脫，深層內在情感的奧祕，她不僅細究還能翻挖，屢屢令人驚嘆低迴，而她「喜於實驗，易於推翻，遂有不斷地、不斷地裂帛」，我們且凝眸、傾聽、容動、心喜，因那扶搖直上清亮激越的高音。

4 陳列篇

（作品129～147頁）

一九七六年出獄的陳列，在列管監控下，以翻譯維生，因由「寫作大抵屬於這一類可以不必牽累太多人的文字工作」，他選擇了散文創作，並蓄意從夢言囈語、情趣雅味的時尚文風另闢蹊徑。四年後，以散文〈無怨〉獲第三屆時報文學獎散文首獎，翌年，再以〈地上歲月〉獲時報文學獎散文首獎。

一九九〇年陳列應玉山國家公園管理局邀約，從事自然寫作，他以精細的描繪、清新的語言等文學筆法，成功轉化一般大自然生態調查報告深澀的呈現形式。而玉山歲月這一年，帶給他一連串的驚訝與摸索、學習與啟發，他用心探觸的大自然知識，深刻刻畫先前單純的美感興趣；也因和自然萬物的親近，看得見各種現象背後，逐漸浮現的秩序，他虔敬感受生命的無窮奧妙，以及人與天地之間神祕契合的喜悅，他自述：「這一年裡，我經常覺得，生命裡的視野正重新開始。」一九九一年《永遠的山》結集出版，同年獲時報文學獎推薦獎。作家劉克襄譽其為：「親和力甚高的『自然寫作』典範。」

「恍若過客之去來，留下驚鴻一瞥」，陳列的作品質高而量少，因為在陳列心中，政治比文學更具社會關懷改革立竿見影的效果，因此他常在文學與政治之間徬徨，以至無法專心創作。陳列的散文風格舒緩靜和、深情內蘊，散發深厚的動人力量。創作題材除卻自然寫作之外，尚有個人生命感懷、農村山居生活的敘述、以及對弱勢族群的深切關懷，他不僅是個為山水請命的自然寫作者，也是個站在厚實土地上擁抱群眾的人道主義者。

〈無怨〉及〈老兵紀念〉都收錄於《地上歲月》一書。〈無怨〉原名〈獄中書〉，但他無意在文中暴露控訴什麼，只想呈現一個人被禁錮時，內心的起伏騷動和省思，以及一些可能的自足方式。囚禁，是一種失去空間換來時間的生活方式，在一丈見方仄迫的囚室裡，午睡從雷雨中醒來，時光靜靜挪走，思感跳躍隨機，現實與回憶交錯，最後，雷雨聲的恬靜中，他將自己放置在宇宙之中，與大地萬物融合，泯除並肯定了自我，透過他心念起伏至柔淨的過程，我們尚且看到寬恕與包容無比巨大而澄明。生命哲思深細精確，全文低吟緩唱的走向溫柔平靜，呈現陳列一向的，內斂沉思的特質。

〈老兵紀念〉分為四小節，既可獨立成章亦可串聯成珠，史詩一般記錄於歷史一段特殊時空裡，身處台灣的外省老兵，青春與生命無意義的流失，蒼涼孤寂終其一生的莫大悲哀，並且觸碰出效忠信念的虛無荒謬感。一方成長、一方衰老，陳列看老兵的視角有改變，但他自然而然就以兄弟手足的情感，貼近憐憫這被歷史擺弄被社會忽視的族群，末句「啊！苦難的大地生靈」，完整表露陳列噴薄而出的熾熱的入世深情。

愛，不會岐義。愛山林與愛眾生，自我內視與關懷弱者，淡逸與熱情，雄闊與溫柔，都是陳列。

5 莊裕安篇（作品155～171頁）

從日據時代賴和、蔣渭水，到上一輩的王尚義、顧肇森，到王溢嘉、陳克華、王浩威、侯文詠，到年輕一輩的歐陽林、陳豐偉，文壇實不乏醫生作家，莊裕安側身其間，比較另類一些、玩世一些、擠眉弄眼了一些。將醫病經典融入散文書寫，以人文思維貫入醫學專業，自是不在話下，但莊裕安作品的最大特色在於他融繪畫、電影、音樂於文學，並在這所謂廣義的「藝術小宇宙」之中，悠哉游哉、左右逢源的自在豐足。因由博學多識，他的作品往往華洋雜陳的出入典故、旁徵博引，史料與新資訊處處，既豐富讀者的知識，也使自己的創作題材不斷拓開。

莊裕安致力散文但並不安於純正散文，醫理多苦悶，藝術知識的處理也很容易端正得像教材，幸喜莊裕安的散文風格幽默慧黠、機趣橫生，他擁有無拘無束且非常驚人的想像力，可以締造意想不到的創意聯結，魚與浮士德、小鬼當家與波灣戰爭、伍迪愛倫與奇異果都能在他筆下作關聯，作家陳黎說他可以把「只有一丁點血緣關係的事物結合成近親」，莊裕安的散文真像一幅鮮麗的抽象畫，狀似即興拼湊，其實自有章法。而多用且善用比喻、反諷、誇張、渲染的寫作手法，使即便是身邊細微末瑣的家常事，都能被莊裕安處理得形像鮮明無倫、滿紙活潑生氣，〈野獸派丈母娘〉一文即為此間代表作。

〈野獸派丈母娘〉以大量誇飾、映襯、比喻手法，對丈母娘的做菜與作畫，分別做一體之多面繪相，造成強烈的突梯感而效果非凡。他先用正寫描繪做菜，由買菜至炒菜、至菜上桌、至人進食，無一局不虎虎生風豪情萬丈，揮灑出丈母娘對做菜；其實是護愛晚輩的純粹熱情，你以為可觀的到此為止了，然而「好像歌劇的第二幕掀開紅簾」，作畫又翻高了一層，原來「做菜」雖精彩卻仍是鋪墊，飯後這部分才是主戲。莊裕安以對丈母娘的正寫，加自己揣摩上意弄臣心態的側寫，雙管齊下鮮明表達丈母娘對繪畫的專業及癡狂，在詼諧有趣文字的底蘊，讓我們感受到的還有女婿對丈母娘的包容，那是長幼倫理，是人與人之間的了解與成全，是一種浮世裡的人生情味。前者的「野」，是生命力的橫向潑濺；後者的「癡」，是生命力的直衝不悔，兩者由「熱」字一體貫串，生命活力沛然不可羈握。文末「原來她烹飪一如作畫」巧妙滙合兩者，使全文開合有致，結構完整。而病貓一段則是附加一筆更顯旨趣，生命只任情奔縱在美好的事物上，奔放鮮明的人必極端，不如此「餒」、「病」，怎能盡達丈母娘的「野」、「癡」。

〈膽固醇與法斯塔夫〉在致病元凶與小丑弄臣之間騁其多元精細的創意聯結，文中醫理、戲劇、樂評、文學俱陳，膽固醇與法斯塔夫兩個平行主題穿梭如織，輕鬆談說卻織理分明，是標準的莊氏散文。

莊裕安另有「旅行作家」之稱，旅行，是自我的延伸，對熱愛閱讀的他而言，他用旅行這件事映證書本知識，或修正原來的錯誤認知，或解構不同民族被文化差異所烘托出來的價值，他本來就喜歡音樂、文學、美術，所以旅行時自然也會尋找這些東西，他主張旅行不妨建立趣味性，食衣住行都有學問存在，文學性或文化抒發倒並非絕對必需。〈夏夜微笑〉就是莊裕安的旅行散文，熱力十足的哥本哈根對比著沉寂冷清的洛芳伊密，這兩個北歐城市，夏天同樣是日照時間很長的白夜，卻呈現狂歡與沉靜的鮮明落差，作者隨遇興發，將這兩種迴異的生命型態並陳，形成一樁「鮮事」，中間雖綴以北歐野草莓一則，仍不脫「太陽」的一線串起。〈夏夜微笑〉雖不屬厚重的文化抒懷，但我們還是感知得到，旅行，仍得先作些功課。

自然就有趣味，所以莊裕安的樂評也擺開專業的沉重，用文學敘述音樂，是充滿文采和流露真情的聆樂心得，希區考克說：「電影是一片蛋糕。」無論拍的是謀殺片、恐怖片，他都要處理得可口香甜，莊裕安的樂評也是。莊裕安說：「可口是藝術的手法。」

莎士比亞和明牌有什麼關聯？三重到三張犁為什麼有蝴蝶結？「神經喜劇」、「時代感」、「新潮前衛」都是對莊裕安作品的評論，但我認為，思維跳躍是他的詩人本色；活潑靈動是他的內在本性，他是在喜歡文學之前就先愛上幻術的，不過，也千萬別忽略了，有人總用幽默詼諧在以輕說重。

6 余光中篇

（作品189～209頁）

余光中在詩壇，是祭酒；在散文界，是大家，對散文他主張應具有彈性、密度和質料，亦即散文對文體、語氣應兼容並蓄，應具有美感素材，文章字詞應有獨特品質。他以自己的創作實踐這些主張，注重字句的錘鍊、辭采的豐美，善用典故事例以增強效果，常發揮縝密的巧構與文思，形成獨特鮮明的散文個性。

有人稱余光中的長篇散文為「大品」。他的大品散文，閎偉豪麗，彷若「鋪采摛文，聲情悅耳」的賦體，四十歲之後，大品散文的風格逐漸緩慢，他開始收起銳勁，轉向內斂。至於題材，他往往換了一個地理環境就在新環境捕捉新題材，比如一九九五年他去到西子灣，他就「讓春天從高雄出發」。

「小時候，鄉愁是一枚小小的郵票，我在這頭，母親在那頭」，鄉愁曾是余光中創作及生命中的重要意象；七〇年代鄉土論戰蠢起，在論戰中也有些人誤以為他反對台灣鄉土文學。余光中說自己二十二歲離開大陸，對家鄉的記憶清晰無比，鄉愁自然成為年輕時創作的重要主題，但鄉愁不限於某一鄉某一鎮的概念，去到美國、香港他懷念台灣，回到台灣，他的鄉愁又包括香港，鄉愁是會變的，尤其年紀稍大後，他的歷史感重了，鄉愁歷史化，成為更深刻的「文化鄉愁」。

這幾年，經由自己的文學經驗，及憂心台灣學生國語文程度低落，余光中大力主張「向古人借光」為古典文學請命，他所秉持的就是這份捨我其誰的文化使命感。不僅地理性，余光中還認為所有回不去的美好，都是鄉愁，鄉愁也包含時間因素，時代一變就會有鄉愁。至於鄉土論戰，他反對的是三〇年代左翼文學標榜的「工農兵文學」，並非鄉土文學，他說：「『土』是現代文學應吸收的東西，肯定沒有什麼比『土』更充實可愛的了。」關於散文，他很早就說過：「不如讓我寫得像──自己。」

〈開卷如開芝麻門〉全文先由反面入文帶出主題「開卷」，然後環繞主題，將讀書的功用、什麼是有智慧的書、如何讀書、自己的藏書等題材以輕鬆的筆調，淋漓酣暢瀟灑自如的盡達旨趣，尤其他主張精讀卻不否定略讀，自己愛書卻不鄙薄附庸風雅，顯現他的思維廣闊、容涵寬厚。末尾以書劫收束，狀似隨意，其實回應著起筆的反面立論，是不露痕跡的嚴謹。

〈我的四個假想敵〉寫一位父親的色厲內荏，「厲」在他以女兒的男友為假想敵，每每疑心暗鬼，處處設法防範抵制；「荏」在劍拔弩張的背後，全是一片深情。余光中貌似儼然，其實充滿童心，在綠樹蔭濃的廈門街，他參與四個女兒的成長，常滿足於漫著乳香的襁褓，靠向他快樂的肩頭，他曾說每個人都有一個半童年，一個是自己的童年，另半個是子女小時候；而所有年輕爸爸的快樂，僅次於年輕媽媽，身為「女生宿舍舍監」的他簡直無法接受女兒的一夕成長、心有他屬。全文繪聲繪影、誇張幽默，「爸爸是女兒上一輩子的情人」，讀此文彷彿聞得到一絲甜甜的醋味。這篇文章可以和余光中另一篇散文〈日不落家〉並讀，〈日不落家〉中，四個女兒都長大了，「假想敵」業已出現兩位。

余光中七十歲生日時，出版詩作《五行無阻》、散文《日不落家》、評論《藍墨水的下游》，他說這是「自放煙火，證明老而能狂」，象徵他澎渤激越的生命力，但我不同意他下的「煙火」二字，在台灣文壇，余光中的作品，恆是燦星。

7 楊牧篇

（作品218～253頁）

十七歲以後，他叫「葉珊」，三十二歲之後，他叫「楊牧」；葉珊瘦，楊牧胖；葉珊寫詩和散文，楊牧除了文學創作，還寫評論、翻譯、校箋、編纂；葉珊是抒情的感性的，楊牧是敘事的知性的；葉珊是單純的浪漫青年，楊牧是關懷生命關懷現實關懷世界的知識分子。楊牧說：「我並不是討厭葉珊，只是我已無法回頭。」

花蓮高中時期，比起同學，他的快樂少一些，笑聲低一些，像棒球場上的右外野手，隔段距離看內場又叫又跳，聚攏著開會、討論策略，沒人招呼他過去，於是他站在碧絲綠草上，拔一根野草梗，放在口中嚼，有一種寂寞的甜味。嚼野草根的時候，最適合聽鳥鳴、聽風、聽海浪，他就這樣無聊的建立起自己的小世界，小世界裡開始為文學留席設位。每一片波浪都從花蓮開始，花蓮的山海與成長記憶，深邃影響著楊牧的創作生命，陳芳明說：「原鄉的召喚，構成楊牧文學中的最大張力。」一去國四十餘年，花蓮始終隨他到天涯到海角，他不僅用書寫回歸故鄉，後來他真的又回到家鄉。楊牧用打棒球做比方，「棒球就是你一定要離開家，然後也一定要回到家。如果不回到 home base，就是殘壘了」。不回來，一切都只是殘壘，即使三壘滿壘也沒有用，但跑壘仍是必需的。

楊牧從中國古典文學、西方文學、現代詩汲取各種藝術技巧，融入散文之中，塑造獨特的自我風格，並不斷求新、求變，開拓現代散文新境界，焦桐說：「楊牧是台灣最勇於試鍊文字、語法，也最卓然有成的巨匠。」

楊牧認為詩與散文都必需具有精美的形式、精緻的結構，精緻並不一定是小巧，精緻也可以博大深刻，最成功的散文必須於結構上顛撲不破，於文字的鍛鍊洗亮深沉。楊牧的筆勢悠游不迫、從容舒卷，冷靜節制的情緒用以使渣滓沉澱，也「用以掩飾心裡埋藏的深情」，雖然楊牧的文學風格多變，但潛藏在他生命裡的浪漫主義精神始終不變，「文學中最令人動容的主義，是浪漫主義。」楊牧說，而所謂浪漫主義，他說那是：「叛逆懷疑的精神、自由不羈的意志、獨立思辯的能力、公正人道的追求、溫柔熱情的體現。」楊牧的詩文呈現迷人的氛圍，流動美好的閱讀效果，近年來文風走向敦厚深沉。

〈六朝之後酒中仙〉選自《搜索者》。收在這本集子裡的散文是他「儘可能以肯定的心情來敘事抒懷的文章」。〈六朝之後酒中仙〉一文書寫飲酒的正面意義，物趣之外更美的是人情，文中每位「酒中仙」無不意態酣暢，知交情誼流洩全篇，更兼記文人逸事。「星子如香檳」，何其晶瑩浪漫，「以酒化解生命的沉鬱」，多麼俐落灑脫，酒事好情韻，酒情在記憶的甕底芳香有味。

〈戰火在天外燃燒〉選自《山風海雨》。劉克襄曾說，到通宵，要帶七等生的《沙河悲歌》，到龍潭的三坑仔台地，就帶鍾肇政的回憶錄，去花蓮回來，就要讀《山風海雨》。《奇萊前書》——《山風海雨》、《方向歸零》、《昔我往矣》屬於系列性自傳體散文，是楊牧的成長三部曲，但不能只看作他年少記憶的回溯，而是他回首探索自己一路追尋詩、美和愛的蹤跡，說明生長之地對一個人內在建構的絕對關聯。《山風海雨》敘小學五年級以前的事，〈戰火在天外燃燒〉是書中第一篇，透過一個稚幼孩童的眼，勾勒戰爭末期的花蓮。

〈疑神〉是楊牧思維感悟類作品，閱讀觀書而檢驗書中宗教、神話、真理等課題，並探討詩的智慧與美。「神」指形而上的符號，包含供奉的形像、經書禱文內容，和所遭遇的權威，「疑」，就是他對這些思想及實踐的質疑，但他的終極關注畢竟仍是真與美。

楊牧的散文為當代美文的典範，詩文皆堪稱台灣文壇的大方之家，滿場賀彩聲中，他依然記得野草梗的滋味。

8 阿盛篇

（作品263～282頁）

十七歲投稿副刊、主編校刊，高中時期他就具有文學的基礎，當兵及大學四年雖未創作，卻大量汲取文學養分，教書期間，他在中時「人間副刊」發表一篇〈同學們〉，在「聯合副刊」發表一篇〈廁所的故事〉，兩篇散文一刊登，就被兩大報視為「明日之星」，而競相展開網羅行動，結果阿盛選擇進入《中國時報》工作。在文壇上，新人能受如此禮遇，阿盛應是第一人。當時是一九七八年，鄉土文學論戰甫進入尾聲，不少台灣作家開始以詩、小說、散文關注本土文學，但怎樣才是「鄉土文學」意義下的好作品？〈廁所的故事〉適時出現，無疑是令人振奮的強心劑，當時楊牧特地寫信給聯副稱讚〈廁所的故事〉「真是一篇上乘的散文，質樸敦厚的鄉土文學」，對於阿盛的語言，楊牧說：「語言在我們的生活中衍生成型，勢必擺脫不合用的種種規矩，台灣人能講道地的北平話當然不錯，但總是帶點土土的鄉音講『台灣國語』更令人著迷。」當時一些關於鄉土文學的問題，諸如題材、語言，透過這篇文章似乎帶來反省思考同時也清楚了出路。〈廁所的故事〉很具指標性，阿盛因此被稱做「廁所作家」。

五〇年代戰後出生在台灣鄉間的一代，長大後多半去到城市求學就業，他們身處七〇年代台灣的劇烈變遷中，一面親睹農村的沒落，一面接受都市文化的衝擊，若他們提筆寫作，筆下自然會流露兩種題材：對土地鄉情的依戀，以及對城市的觀察，阿盛的散文大致以此分為抒情散文與議論散文兩大類，前者是他隨手拈來的台灣鄉民經驗；後者是知識分子的責任。事實上，阿盛曾說：「寫作不用別人推，小心划槳自在行可也。」寫作對阿盛，性情使然罷了，他並不在乎文體的界定，他喜歡庶民題材，喜著筆於凡人凡事的細痕微處，「但凡人事皆可觀」，他只堅持「抓住人性作文章」。

阿盛作品的特色，在於強烈的敘事風格。他從小愛聽故事，長大就以文字說故事，因此他的散文有著「特有的說書風氣與寫實真味」。阿盛作品的另一特色是語言運用的靈活，他不僅生動的使用方言，尚有「造句阿盛」之稱，比如他常創造「人情留一線，久後好相見」、「錢是英雄膽」等等有節奏的警策語，而諸如「常感痛不欲生——不欲其母生他」、「公害——公公害子孫」等等句式，不就是多年後成為青少年次文化的「白癡造句法」嗎？

〈廁所的故事〉與〈稻菜流年〉都屬抒情散文的代表作。「道存乎屎尿」，上廁所是生活中重要卻鄙瑣的事，但是，由竹片或黃麻稈到衛生紙卻是文明進化的「大事」，這篇農村廁所演變史，活脫就是七〇年代台灣農村社會變遷的縮影，文中以舊日農村居民對新事物接受過程所呈露的突梯拙趣，輕鬆化了時代轉型時期的種種不諧調。再多的眷戀亦無法留住時光中必然的消逝，以俯臨之姿回首最心愛的農村舊憶，這類作品對阿盛而言，是人性本然對生命既往歷程的緬懷再現，然而歲月就此走過，透過這些作品，更是他對那回不去的至情真性純樸時光的悵然感傷。

〈稻菜流年〉以田鼠象徵農民，田鼠的知足認命只求溫飽，唯一擔心的是無法預知及對抗的天災，善良單純的農民不也是在災變或乍然而來的干擾面前永遠束手無策？一個農家子弟書寫這樣的題材，情感深邃而辛酸。

〈西門墜馬〉選自《綠袖紅塵》，這本書書寫六七〇年代都市改變與墮落下，街頭暗角的弱者身姿。雖採取第一人稱敘事，但阿盛用報導文學的筆，善於重組材料的功力，冷靜真實的在為這些風塵女子代言。但他書寫社會底層貧病家庭的悲苦、風塵女子春春有詩有夢的內在探觸，並非只為討一把同情淚，阿盛用「溫溫的刺」揭露社會的病態和逐漸變調的價值觀。

阿盛散文，舊憶的再現，來路的履痕，不論對小個人或大台灣。

9 陳冠學篇

（作品289～301頁）

大三那年，牟宗三先生的諸子哲學深深引他走向哲學思想的路途，三十歲的時候，陳冠學就很希望自己能寫成一本形而上學的書，及一本田園日記，這樣的夢想，經由歲月，一步步築夢圓夢而成果斐然，不僅完成《論語新注》及三本有關莊子的論述，《田園之秋》更是膾炙人口，除此之外，他還完成台灣史、台語研究，及文字學方面的著作。

《田園之秋》是陳冠學的代表作品，日記體散文，是他蓄積三十年，用三年時間寫成的三個月的日記。陶淵明不為五斗米折腰，思田園將蕪而回家，「悟以往之不諫，覺今是而昨非」；陳冠學在路邊看到一朵小小的藍色草花，「猛烈地使我覺省過來自我遺失之已深」而回歸田園。葉石濤說這本書「充分反映台灣這塊美麗土地所孕育的內藏的美，同時也是一本難得一見的博物誌」。

陳冠學認為，私的日記一概不宜公佈，公的日記算不得是真日記，《田園之秋》是一本公日記；是文學創作，不是個人隱私。其實，除卻文學的意境，這本書很鮮明的，應屬哲思的抒發，知識分子的耕讀生活是儒家，但全書的價值體系哲學思維則屬道家，他親炙土地自然，思索宇宙天地哲理，「像一尾魚游入一泓清泉，我得游進這空氣中」，在簡單樸素、平靜自足的田園生活中，他才找得到澄澈清明的自我，才找得到他所說的「諧順」。

然而，隱士通常是激烈分子，這一點，陳冠學一如梭羅；我們不可因田園而只將他定位為遠離社會現實的消極遁世者，台灣史、台語、台灣的美，甚至他的曾經參加省議員選舉，都是陳冠學的社會關懷，是他抒發對台灣的愛的不同形式。《田園之秋》避開具體的現世問題，回歸文學的本質尋求一份淨美，是他刻意「吊在不朽的高度來寫」，「不讓它有任何污染」，但以陳冠學的淑世情懷來看，這本書更應該看作是，透過對理想世界的謳歌來提醒針砭俗世，讓文學的功用切合莊子的「無用之大用」。

有了「針砭俗世」這層理解，對〈大洋國〉一文便能充分會心。寓言是虛構的故事，指涉的卻是現實人生。身處荒誕迷亂之世，知識分子恆有理想境地的嚮往與追尋，那是對現世批判的出口。〈大洋國〉這篇寓言是陳冠學的二十一世紀新理想國度，民主反思及資本主義揭陋的新世代觀照中，不難看見老子小國寡民、湯瑪斯烏托邦、陶淵明桃花源的投影，更有著柏拉圖理想國絕對精英執政的「哲學家皇帝」理想。根源性探掘存在現象並正本清源解決問題，是陳冠學哲人式思辯方式的呈現，剝絲抽繭、層層析理，以「見解能盡精微」去建構說服力，雖純屬個人的政治理念，但不超離、無浮誇，「獨裁」並非反智，是對「民主」最透闢入裡的勘探後，站在對立面的建設性思考，他直接戳破民主的假相；當他在一九九七年寫出資本主義社會文明進步包裝下種種的醜與惡，那一樁不深深切中二〇〇四年我們都痛心的台灣政治現況？這就是陳冠學慣擅的，哲學式深層本源性探討。

「人」；或該說「心智」；才是一切的根源，無論那一種側面、那一本著作，形式簡約，心靈潔淨素樸，都會是陳冠學不變的堅持。

〈對稱〉一文充滿理性邏輯思維，在物理學與哲學、事實描述與價值判斷、巨觀與微觀、天道與人道之間反覆思辯，處處呈現哲學的弔詭存在。末尾以不對稱為人生本相作結，體恤人在生命的不對稱中力求平衡，所散發的生命活力與悲愴，為全文的理性清晰添上一抹溫暖的感性色彩。

10 張曉風篇

（作品311～328頁）

曾昭旭說：「曉風之所以為曉風，毋寧在她內裡的愛」，要閱讀張曉風的作品，絕對不能不明瞭她胸中——不絕普遍洋溢的大愛，而這股大愛的根源，亦是她作品裡的兩種動脈——赤誠的民族主義者及虔摯的基督徒。張曉風的作品滿溢著愛與感謝，她用「對人的愛」來完成對上帝的愛，而「真能使我血脈賁張，心如搗臼的仍一張張中國人受苦的臉」，張曉風以自己印證這兩者的兩相成全。《地毯的那一端》時期，張曉風作品大抵不脫心靈悸動的「小我」領域，《愁鄉石》一書開始出現一個愛國者赤紅血液的熱騰，文章也呈現沉重的力道，到了八〇年代，「曉風體」散文斐然成型，這時期的作品全屬沛然抒情的宏篇，取材、佈局、文字都見藝術的勝利，文筆亦秀亦豪，流露大悲憫情懷，也散發令喜之者一見傾心的文字魅力。九〇年代之後，張曉風的作品走向哲理小品時期，文章以小事小情的深蘊為主，用感性書寫人生道理，以啟人深思。

因由「曉風體」散文的特色，張曉風的作品一向是散文教學的最佳教材，她駕馭文字爐火純青，修辭繁複優美、新穎出奇：多對稱、善比喻、重意象、富節奏，描摹技巧尤其高明巧妙。她常從最平凡簡單的事物提煉喜悅，看到生命的樂趣及生活的奧妙，在事與人之間挖掘、發揮正面意義。而中國傳統文學成為她創作的養分，她的作品處處流露古典經驗，她總能點化古典，使傳統脫胎換骨，化身另一個新鮮的生命。

〈你要做什麼〉一文選自《從你美麗的流域》，是「曉風體」散文成型時期的代表作。用好幾個小主題呼應一個大主題，以一小堆事件合成一個大事件的寫作手法，在當時是一種創新，張曉風自己詮釋：「也許可稱之為『歸納法』。……由於歸納法便於我抽離獨立事件，而又能透過剪裁、舉隅、烘托、統合我想要表達的主題。」換言之，散文是「實」，但寫作者一如導演，可以運用各種藝術手法讓作品設計性呈現，以圖彰明主題達到效果。這篇文章首尾相合，中間串以六則事件，共同負起責任，共同將作者的心聲闡發得分外明澈。太上忘情，太下不及情，多情者唯吾輩耳，覷眼紅塵眾生，情感越深者悲憐越多，作者想做樹、想做菊、想做一枚啼痕、想做月、想做一隻殘陋的碗、想做一條漠不相干的裙子，想做迴避主體，超然不涉的邊緣角色，這並非信念或感悟，而是大悲憫情懷負荷過滿時，一種暫時的情感出口，是明知不能的想像慰藉，而越如此就越顯出，眾生，是最甜蜜的擔負，「情繫天地間」本然就是張曉風的生命本體。

一九七五年，張曉風應國立陽明醫學院首任院長韓偉博士之邀前往任教，她用不同於中文系的另一套對話的本領，另一種思考的方式，對醫學院學子從事人文教育。人文，人的價值至高無上，張曉風由極細微處層層剔亮醫者的擔當與使命，循循善誘自己的子弟深度思考「醫生」這份職業的神聖，全文婉約寬宏、情真意切，身處「醫生等同於富貴功名」的台灣社會，這樣的叮嚀，發聲於三十年前，尤惕醒於今日。

無論透過怎樣的文學形式或題材，張曉風都示範了最美麗的入世情懷。

11 劉克襄篇

（作品337～353頁）

早在一九八〇年初，他即投入自然寫作，並不斷開拓題材與形式，從早期研究奠立他文學風格的「賞鳥」系列開始，透過他多年來在台灣各地的踏查經驗，不斷從事田野、古道、鐵路、古籍文史、古地圖、動植物等生態關懷與史理人文探勘。他說自己的創作類別和範圍，不曾離開山川地理和自然風貌的題材，但由於養成四處旅行，並不斷觀察記錄的寫作習慣，「經過自然生態運動的洗禮，自己在台灣這塊土地的見聞，彷彿也多涉獵一些過去文學所無法提供的養分」。從過去朋友稱呼他「鳥人」，到目前似乎稱「自然人」會比較貼近的情況來看，劉克襄的自然寫作，可以看作是一種策略；也可以看作是他在不斷的蛻變；但或者也可以看作是，自然廣袤與人文縱深所交織出的寫作型態，本然就生機無限，他正現身說法著這樁無限可能。

成大台文研究所簡義明評介一九九二至二〇〇二年，劉克襄的文章，主要是鎖定兩大範疇：一是「自然教育」、一是「自然旅行」。

史地探勘與自然觀察都需要知性精確，讀劉克襄的作品，遠可接受萬物聲息的薰陶與教育，近可學習土地倫理和人群之間最好的依存方式，至少也能毫無壓力的多閱文獻、多知踏查者、「多識草木蟲魚之名」。然而，劉克襄散文最動人的質素，我認為在於情懷；不渲染的知性書寫中，掩藏不住對存在萬有的讚歎、喜悅、熱切、詳和、不安、焦慮，那是感性的詩的情懷，尤其他以陪伴兩個兒子成長的父親的角色，專為兒童青少年書寫的作品，擺脫說教的距離感，以赤子情懷引領下一代，「將對自然的『愛』和對孩子的『愛』攪拌在一起」。

「油桐花開時想搭平溪火車……，去雙溪車站，只因為想搭上一次藍色的平快車，……回台中時，都要順道去拜訪泰安車站，看看不同季節時，它的變化。」絕不可不提的，是劉克襄的旅行觀點。他試著推翻過去舊有的旅行思維，摸索出一種孩子氣的率性和單純的滿足，他認為，在這個蕞爾小島，做些短距離移動，就可能會發現台灣的細緻與遼闊。他筆下的每一個小鎮、小車站，都充滿溫暖親和老朋友般的召喚，而他書中所介紹的許多景點，經由網路傳播，都造成旅遊風潮。

一九九〇年之後，山林田野的劉克襄有了「都市轉向」，他認為自然觀察得經常往高山溪口跑，反而對社區附近的「都市荒野」缺少現實性觀察；高山大都很偏遠，「家山」可就在附近，於是他開始以他家後面的「小綠山」做定點觀察，經常帶社區的人到附近作自然觀察，透過自然教學的實踐，他希望讓更多人分享這美麗豐富的世界，「當我們打開自家的窗口、陽台，或者每天上學時，就能實現這個理想」。

〈荖農溪畔的六龜〉與〈小綠山之歌〉就是遠地探勘與家山尋訪的代表作。〈荖農溪畔的六龜〉一文，於不斷前行中不斷溯往，作者以曉暢的敘述，將文史資料與生態現象融合無間，剔亮台灣自然誌光譜中，很重要的那一顆。〈小綠山之歌〉是《小綠山》三書之一，劉克襄以此說服我們，活潑潑的自然生態與我們的距離不在城鄉近遠，只在一念之間。

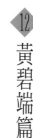

12 黃碧端篇

（作品360～379頁）

隨筆作品的特色是：篇幅短小精緻，題材自由不拘，可敘述、可議論、可描寫、可抒情，以作者個性的表現與文字風采的呈現為主，是一種表現個人生活觀察、思想與情感的散文。〈西灣隨筆〉專欄作品中，文學性和抒情意味濃厚的篇章，收錄於《有風初起》，這部分作品是一個文學人對有情世界的觀照，筆調閒適從容，文學典故與現代新知梭織，楊牧評其「舊學與新知雙勝」；社會觀察評論類篇章則收錄於《記取還是忘記》，是黃碧端以社會觀察家與評論者身分所寫的文章，筆觸冷靜，關懷面深廣。以這兩本書為代表，恰可看出黃碧端書寫的兩個向度，感性抒情與冷靜知性形成黃碧端寫作的兩種風格。

不炒作、不辛辣、不尖酸刻薄、不冷嘲熱諷，黃碧端處理論述文字顯得平和溫文，魯迅的批判像短小銳利的匕首，出手即刺痛人，黃碧端的評論像柔綿的掌力，不刺痛，但會有繚繞的後力。年少的台大歲月，她從殷海光老師身上取經，學習和平理性的思辯過程和態度，到美國唸書，更讓她見識到，一個民主成熟的社會，民主素養會很自然地顯現在人的思考言談，包括對異見的寬容，民主不會只靠體制而建立，她篤定認為，民主必須是一種生活態度，所以，「細緻且富辯證地說理是一種必須的實踐」，不必一說話就劍拔弩張，只想羞辱或扳倒對方，她總是清晰分析，用文字講理，正是因為，她始終堅持將說理與民主融入生活。

〈浮蝣過客〉是一篇生活情趣小品，寫作者仲春夜讀的觀察與體悟，融合了趣味性與知識性。要寫「不寂靜」便先以「寂靜」宕開懸疑，小甲蟲的工筆描摩形像具體、生動鮮明，作者以嫻熟的文學技巧為全文增添不少興味。而人掛念著小蟲，小蟲是燈下夜讀者的訪客，物我相牽繫，這世界可以因一些童心與想像而溫暖多情了起來。文末「再精密絢麗的設計也每每在人間只得瞬間的逗留」、「無數的生命乍明旋滅，也許只為妝點這世界的一點有情吧」，從書桌上的細微觀物扶搖上天地之間的宏觀角度，將感悟拉昇到生命哲思的層次，簡短數語，使趣味與知識之外多了耐人尋思的深刻意義。全文以小喻大，餘味裊裊。人寄寓此生不也如蜉蝣過客？生命之實不也就在於雖短暫亦能絢美？

〈時光的聲音〉、〈愛憎童蒙〉、〈寂寞〉、〈沒有了英雄〉都屬知性與感性並存的專欄作品，兩造觀照、出入中西，在一個議題上作最精鍊清晰的分析，再平靜含蓄的帶出自己的觀感。〈孫將軍印象記〉是此中例外，雖在專欄刊登，但這真是一篇動人的寫人作品，以一隻箱子為緣由，在這一段短暫的共處時空中，作者無意感性，只於平凡瑣事隨遇興發，竟讓我們嗅得到歷史的蒼茫，孫將軍的武將嗜書、一絲不苟、和悅微笑，以及淡淡一句「歷史一定會還我公道」，對應著他一生的際遇，真令人無聲唏噓，而當他回頭，把右手貼在左胸，說自己不信宗教「只相信這裡」的時候，所有人似乎都只能啞然以對，這一幕真是一位悲劇英雄一生永恆的停格畫面。黃碧端善於翦影取材亦善於剪裁，文學素養功深。

這幾年，島嶼多事，長期寫社會觀察的文章，黃碧端難免無奈，「所有的直言，只是無力的預告而已」，那麼，身為知名專欄作家，她會有怎樣的提醒？「年輕人如果有什麼『責任』，就是預存一個善意，相信歷史上有典型，現實裡也有好人，而自己的生命意義是要使這個社會更好，可是我們這些做『大人』的，在要求他們預存這個善意的同時，也得對得起他們的這個『善意』才行。」大人有責任讓孩子相信社會的美好，始終相信義與理都可以爭取，於是黃碧端不放棄發聲、不放棄細緻說理、不放棄期望。

九　歌　文　庫　1　3　4　0

散文教室

國家圖書館出版品預行編目 (CIP) 資料

散文教室 / 陳義芝主編、石德華導讀 . – 增訂新版 . -- 臺北市：
九歌 , 2020.10
面；　公分 . -- (九歌文庫 ; 1340)
ISBN 978-986-450-311-7(平裝)

863.55　　109013367

主　　編──陳義芝
導　　讀──石德華
創 辦 人──蔡文甫
發 行 人──蔡澤玉
出　　版──九歌出版社有限公司
　　　　　臺北市八德路 3 段 12 巷 57 弄 40 號
　　　　　電話 / 02-25776564・傳真 / 02-25789205
　　　　　郵政劃撥 / 0112295-1

九歌文學網　www.chiuko.com.tw

印　　刷──晨捷印製股份有限公司
法律顧問──龍躍天律師 ・ 蕭雄淋律師 ・ 董安丹律師
初　　版──2002 年 2 月
增訂新版──2020 年 10 月
定　　價──400 元
書　　號──F1340
I S B N──978-86-450-311-7